柔美的

◎ 曹存有 主编

旋律

Roumei de
xuanlü

内蒙古文化出版社

图书在版编目(CIP)数据

柔美的旋律／曹存有主编. -- 呼伦贝尔:内蒙古
文化出版社,2025.5. -- ISBN 978 - 7 - 5521 - 2611 - 2

Ⅰ. I207.22 - 53

中国国家版本馆 CIP 数据核字第 20254WL892 号

柔美的旋律
ROUMEI DE XUANLÜ

曹存有　主编

责任编辑	姜继飞
装帧设计	鄂尔德木图

出版发行	内蒙古文化出版社
地　　址	呼伦贝尔市海拉尔区河东新春街 4 付 3 号
直销热线	0470 - 8241422　　**邮编**　021008

排版制作	呼伦贝尔市圣山排印设计有限责任公司
印刷装订	三河市华东印刷有限公司
开　　本	880 毫米 × 1230 毫米　1/32
字　　数	240 千
印　　张	11
版　　次	2025 年 5 月第 1 版
印　　次	2025 年 5 月第 1 次印刷
印　　数	1—3000 册
书　　号	ISBN 978 - 7 - 5521 - 2611 - 2
定　　价	58.00 元

序　言

我与永才兄相识于一次政协会议的分组讨论上，感觉他是个"粗人"：发青的连鬓胡子痕迹，浑厚的男低音极富穿透力，红色的领带有点低调的张扬……

其实，我们应该在20世纪90年代就"认识"了。那时我刚参加工作，对诗歌也爱意正浓，闲暇时常读单位订阅的《中国体育报》和《呼伦贝尔日报》，每每在《呼伦贝尔日报》副刊上看到他的作品，甚为仰慕，印象比较深的还有王忠范、王静远等诗人。

现在两相对比，实在难以印证。这就是我心中的那个"诗人"丁永才吗？诗情细腻、语言灵动，绝不是这个粗豪的汉子能有的。我心里如是想。随着交往日深，我才感觉这是"丁永才"。

《柔美的旋律》结集出版，永才兄嘱我作序，我心中忐忑不安。一者怕才疏学浅不能挑起如此重担，二者忧水平所限辱没一众评论家的名声。再三推辞后，永才兄给了我极大的鼓励，遂鼓足勇气担此重任。祈望各位大家包容我的无知和鲁直！

诗歌是情感的绽放。艾平对丁诗情感的自然流露给予了充分的肯定，宋湛称他为"呼伦贝尔和内心的歌者"。他的诗情来源于他的乡情、故园情、草原情……

诗歌是人生的思考。夏万奎认为，一个诗人的写作要追求一种生命存在的诗化和审美化。永才兄无疑是这一理念的践行者。

诗歌是语言的艺术。诗人借助语言的技巧妙笔生花，让独特的情感体验直达读者的内心。王云介、蔡文婷等评论家均注意到了丁诗中的这一点。

诗人是需要"白日梦"的。永才兄也食人间烟火，他大口喝酒、大块吃肉……虽是"俗人"一个，但他兴味所致即白日做梦，营造了自足的"精神家园"，让读者栖居其间、体味自然。

……

此辑文章长短不等，视角不同，文风各异，精彩纷呈，定名为《柔美的旋律》恰如其分。诗意彩虹的色彩斑斓，浓墨沉香的氤氲葳蕤，岁月沉浮之下的歌吟，既有对自然生生不息的礼赞，又有六十年人生的况味……掩卷沉思，万般滋味。功不唐捐，玉汝于成。"新作选录"正可以证明永才兄的成就是自然的，他诗情正浓，创作不息。

辑中文章要比我的文字精彩万分，我想还是给读者留一些自己体味的空间为好，这里就不再啰唆啦！

曹存有

目　录

第一辑　诗意彩虹

第二辑　浓墨沉香

第三辑　人生歌吟

目

录

第四辑　岁月礼赞

第五辑　新作选录

第一辑　诗意彩虹

技巧是对真诚的考验

——丁永才诗歌读后

艾　平

在我们呼伦贝尔，年复一年地产生和消失着一批又一批的青年诗人。他们产生于这块土地的富庶与悠远，消失于生存的安逸和艰难。丁永才属于痴情不改、十年如一日的一类。他的诗集《雄性意识》《未了情缘》的出版，显示了他渐近形成的审美个性，也显示了他在呼伦贝尔为数不多的诗人中令人瞩目的艺术成绩。他在1988年主编、1991年出版呼伦贝尔四十年来第一部诗选集《情系北方》，以及多年在报纸副刊、文学期刊所从事的诗歌编辑工作过程中，广泛地团结和影响了一批写诗的朋友，营造了我们这块土地上的艺术氛围，为呼伦贝尔的诗歌繁荣发挥了作用。

丁永才默默地写了十年，他的那些诗是泥土一般淳朴的童谣，是破堤之水一般激荡的情歌，是老白干一样浓烈的男子汉的宣言，有的还是通过高度抽象的意象沟通感官与理智的试验。丁永才并没有刻意地为自己编织一顶"草原诗人""森林诗人"或"某某派诗人""某某流诗人"的桂冠，只是忠于生命的感受："站在目光无遮无拦的原野上/我开始蓓蕾般的畅想/并以雄性的遒健之气/谱写那一刻的战栗与冲动"（《自白》）。

可贵的是，在庸常岁月的过程中，在为了生存、为了尽父兄的责任必须去奔波的艰难中，他竟然保留着一块诗意的净土，竟然没有麻木粗糙迟钝。真的不知道他是怎样在夜深人静的时候忘记了衣食住行一地鸡毛，又是怎样在第二天的梦醒时分割舍了梦中的诗情。在物质对精神强有力的覆盖面前，诗人是第一个受难者，因为他的家园奠基在世上最敏感最细腻最易碎的灵魂之上。精神被车裂的苦，丁永才是吃过来了，但他不是个失败者，他以良好健壮的心理素质，客串起了诗人和俗人这两个截然相反的角色，终于把自己最珍贵的一切写在了诗中。

丁永才的童年是在一个半农半牧的北方乡村度过的，那里至今路途闭塞，古风犹存，乡情浓重，母亲烧热的土炕、隔壁扎羊角辫儿姑娘红红的脸膛、父亲的七月的麦穗和半截子老旱烟，还有马头琴古老的传说、勒勒车、老黄牛，是他生存的背景。于是他抬起头，把目光举向村口的小路，有一天他动身了，母亲含着泪光的眼睛叮咛着他，八月底瘦瘦的月亮陪伴着他，他考上了大学，毕业后当上了大学教师，学会了通过文字符号传达生命的激情和信息。他的生活开始亮丽多彩，可是骨子里的东西——对天地父母的感恩思想、故园情结、像农民侍弄春畦企盼秋收一样勤勉的行为方式，一直顽强地留存着。这种朴实自然的精神，不仅仅是他的诗歌创作取之不尽的生命经验，更重要的是，那亦是热情的源泉，使他得以保持住一个诗人具有理智之光的直觉状态。在他的三百余首诗作中，以母爱、童年、故园风情为题材的作品占了相当大的比例："一闭上眼睛/便有逝去的日子/温柔地围拢过来/让我想起一九六二年/故乡那个雪花飘飞的季节/母亲在自己烧热的土炕上分娩了我……"（《乳香》）；"爆竹一声脆过一声/我知道离家近了/那排扎下根的柳篱笆就在眼前/那盏挑在正月里的灯笼就在眼前/儿时叫嚷嚷满村疯跑的伙伴呢/儿时羞答答摆弄衣襟的伙伴呢/乡邻们吆鸡喝狗的音调依旧/许多孩提的故事/却变得一会儿清晰一会儿朦胧/故乡蓝莹莹的天依旧让人心醉/家里的柳篱笆依旧编织着春梦/那根紧紧拽着正月的缆绳/也一如我儿时天天盼年的心情"（《正月》）。

在他另外一些写爱情、大自然、大学生活、草原人、伐木者的作品中，也处处流露出一样的情怀，或者说他到底是以一个从记忆繁密的原野出来的游子的知性来面对世界的。田野使他想到并且重新端详和理解了自己的父亲：七月/阳光熟透的季节/我在城边的田野看见麦穗/看见麦穗就想起了你/想起田野里/挥汗如雨的父亲//……整整四十度风风雨雨/星星和汗珠若种子/深深地埋进去/纵横的犁沟刻满褶皱的额头/你依然用你农民的风度走着/……我那疲惫而多情的心知道/田野里挥汗如雨的我的父亲/是为了收获一个又一个希望呵/而远离故土的你的儿女/只能从七月的色彩/呼吸家园的芬芳/只能从丰收的信息/想象故土的沧桑……"（《看见麦穗》）即使是赞美女性，他还是没有离开固有的角度，他没有描述妻子的美丽和温柔，而是去写她第一次来到农村婆家时的情景："……你的目光走进去，走近爸爸/爸爸额头那岁月的褶皱里/膨胀出公公的得意/你的目光走进去，走近妈妈/妈妈眼角那年轮冲刷的沟壑里/欢畅着婆婆的甜蜜//……你也有过叹息/叹息婆家的日子像那锅/发不起来的黑馒头/但你没有埋怨/当晚，那只熬红了眼的灯泡下/你跟公婆一起策划了/关于农家富足的问题……"（《我的女人》）

丁永才将他的第一部诗集定名为《雄性意识》，基于自己的诗作多从《草原上的男子汉》《伐木工的诙谐曲》《渔汉子心目中的另一半世界》等男性角色的位置出发去进行一种昂扬、雄悍的歌唱。在丁永才大学毕业成为呼伦贝尔人以后，这块寒冷原始的土地上那些以极其靠近自然的方式生存的劳动者旋风一般地涌入了他的情感空间，那些"……指挥马蹄的打击乐队/拨响一个世界轰隆隆的和弦……"（《草原上的男子汉》）在"太阳的热情烘干大网的白日/我们便大喝60度的老白干/大吹不上税的牛皮……"（《我们这群渔汉子》）以"冻不僵的目光/撞响山林//……在北纬48度的风雪线上/集材、集材，大垛的原木/堆起冬天里烫金的秋天"（《雪原的旋律》）的传奇故事，猛然间亮丽了丁永才的视野。他一旦拿起笔来的时候，那些早年埋藏在心灵深处的情感开始在另一种风景中像火与水似的燃烧冲腾，大有一发而不可收的气势，形成了他诗歌创作的第一个高峰期。令人欣慰的是，丁永才没有像一般采风诗人那样，为我们提供一幅幅居高临下而拍的色彩缤纷的风光照。他在情感上与这里一个个带着冰碴儿和膻腥味儿的形象亲近，于是几乎是无意识地进入了角色，把自己想象成他们中的任何一个。我们在丁永才的诗中看到的草原上的阿爸——终年沧桑佝偻着腰把马奶酒高高举起来的阿爸，与他自己那个满脸皱纹在田野里挥汗如雨的父亲是那样相似；他写的草原上用咀嚼苣荬菜的乳汁哺育了儿子的黧黑又健壮的额吉，也让人想起他的在泪光中望着他走出小村的老母亲。知识层面的提高与生活空间的开阔，并没有一下子把他变成怜香惜玉的文人雅士。他笔下的女性，大多被忽略了柔姿美貌，他只是热情地赞美她们的善良、勤劳，尤其是对劳动者的忠贞的爱情。他完全知道自己扮演的这些角色最受不了的是什么："听说牧羊人妻子的裤腰带上，又缠住了一个小白脸/⋯⋯我们的愤怒攥得咯咯响/真想把那个骚货捶个扁扁扁扁"（《偷摸人家女人的汉子》）。"如果有哪个轻佻曾用骄傲/黏住了我们的好奇划亮过我们的瞩目/然后撇撇嘴甚至让我们之中的哪个/在冰雪之夜瑟缩半个钟点失望半个钟点/我们会用语言的冰雹砸她的矜持/漂白她的脸颊让她的良心发颤⋯⋯"（《伐木工的诙谐曲》）当他的诗句像泪水一样地从心底流出来的时候，他的心不能不隐隐作痛，难道他能忘记朦胧少年之时，那次尚不具形状，但比泉水还要清纯，以隔壁红脸膛的女孩子为偶像的，最终因为贫穷而失败的初恋吗？他因此比别人更能进入这些粗壮而豪放的劳动者的心灵，分外敬重他们的勇敢和坚强，懂得他们朴实无华的情爱，理解他们建立在终日劳作中的人生理想。他是凭借自己的生命经验，倾注了满腔的真挚，在自己的诗歌创作中塑造了北方土地上劳动者的群像。

童年差不多可以决定或永远影响一个人的气质，对于一个诗人来说，童年总是使他心中充满柔情和梦想，保持一种青春的心态。有的诗人，一辈子都在写童年的感觉。丁永才在他的诗中张扬的不仅仅是一些表层的，尚未长出胡楂子的雄性意识，更重要的是他通过自己塑造的一个个富于个性的艺术形象，升华了久于生命童年的那种以劳动战胜现实的幸福观，这种精神诞生在中国的一个闭塞的小乡村，由一种敦厚笃实的文化孕育成形。或许，他塑造的这些艺术形象还不够饱满丰厚，他对人类精神的挖掘还不够深入，显得有些平面化，但是因为这一切源于生命的血脉，真挚、动情，足以感人肺腑，足以把丁永才从当今过于都市化、过于"世纪末"情绪化的诗坛中区别出来。

作为一个具有进取精神的诗人，丁永才的近期创作逐渐进入了艺术的自觉自为状态，开始注意把握生命中那些直觉体验与理性感悟的融合，试验着通过意象的有序组合和来自内省的通感，把诗的领域拓展到普通的三维空间以外，使作品变得富于张力和内涵。他所做的努力，我们可以在他的组诗《雨天的故事》和此后的一些短诗中感觉到。

庞德说过，技巧是对真诚的考验。在我看来，丁永才的诗歌创作一旦进入自觉自为的状态，同样面临着如何保持生命里的泪水与鲜血永远鲜活，不被神魔一样的意象语言窒息的问题。纯技巧的艺术是不存在的。丁永才的诗歌，首先是由衷的情感，其次才是轻松、自然、近于口语、夹叙夹议的语言方式。他的诗往往先营造一个氛围浓重的生活场景，然后调动一些比较典型的细节，设法避开抽象与直臆，利用情节的势能导出一组组抑扬顿挫的诗句：

冰雪消融的时令/大森林开始怀春/伐木工的日子却冻结了/冻结的日子里/雪橇、雪爬犁寂寞了/伐木工也醉卧/在滴答着烈酒味的胡楂子里/听落叶松吱吱地拔节/看白毛风打着旋儿泛滥/思念也落地生根/跷着脚渴盼女人，来开花/来结果，那果实必定红艳艳的/像北国红豆，缀满莽原/男子汉般隆起的胸前……（《雪原的旋律》）

她的男人去城里找金钥匙了/她真恨那将无数次团圆/拉长成别离的汽笛/而每逢丈夫的假日/她都忘不了早点去瞭望/那两

条伸出森林的铁轨//有时，站台上等来一场泡沫般的欢喜/她埋怨男人是一条黑了心肝的汉子/森林里再也找不到的不恋巢的鹰/夜里，当她搂着那两个鹰的娃娃翕动呓语/她便把丈夫的城市幻想成雪地/远近一片洁白，多少次/她都赶了梦的爬犁驰去……（《小镇上的女人》）

丁永才习惯的意象，是在情节的运动中自然地显现出来的，进而借此达到对意境的推进。比如"梦的爬犁"和幻想成白雪地的城市，北国红豆缀满胸膛的莽原，《我的女人》的"结婚证书""发不起来的黑馒头""擦亮火柴般的行动"，《阶梯教室》中的"竖起的路"，等等。诗人对于意象的依附，往往把诗逼向极致。当年北岛把《生活》写成了一个"网"字，芒克把《土地》写成了"我全部的情感/都被太阳晒过"这样一句话。丁永才写诗以原初的情感为能源，没有太多前人的审美经验沉甸甸地压在肩上成为他的文化负担，他似乎更在意如何动情地把自己的谣曲唱完，而不是想方设法地使自己与众不同。在他的作品中，很难找到习惯上被称为"诗眼"的点化之句，也没有过重的斧凿痕迹，他不为语言而语言，不为意境而造境，只是保留一气呵成的情势语势，让真诚自在如原野上的树木无拘无束地生长。这显然是他的长处，也难免是他的一些作品带有很强的即兴感而尚欠精深的原因。

丁永才在他的创作谈中使用"精神家园"和"散文化"这样两个概念来总结自己的情感语言方式，这种自知事实上已经把丁永才推到了未来的课题跟前：现代人文精神的危难将会把这种远风一般的牧歌谣曲推向何方？山的后面将是一座更高的山。更为重要的是要在诗的王国中确立属于自己的，哪怕并不显赫但十分坚实的文化位置，在艺术理想的地平线上找到自己的距离和焦距。艺术的结果是否定之否定后面的保留和更新。诗人将永远置身在艰难也美妙的操作过程当中。相信丁永才会以固有的勤奋和聪慧去赢得这一切。

（艾平，中国作家协会会员、中国散文学会理事、内蒙古作家协会散文委员会副主任、呼伦贝尔市文联名誉主席，著名散文作家）

铸就男子汉犷悍灵魂的诗人——丁永才

王云介

丁永才是呼伦贝尔著名诗人、散文作家、报告文学作家，也是20世纪八九十年代呼伦贝尔诗坛领潮人之一。

他在《雄性意识》一书的《自白》里写道：

"许多年前那一股饥饿之风/刮晕了母亲/我便大胆地接见了父亲/最初的幻想总企望抠破天空/天柱倾折骤然轰轰隆隆/撞破了我一枚又一枚憧憬//许多年后总藏不住莫名其妙的躁动/总觉得浑浑噩噩的白日梦/倒让我忘不了父亲捧过我的粗手/母亲眼波里那常伴我走出/小村的凄婉与朦胧//站在目光无遮无拦的原野上/我开始蓓蕾般的畅想/并以雄性的遒健之气/谱写那一刻的战栗与冲动"。

丁永才1962年隆冬出生于科尔沁草原深处的一个小村庄，那里名不见经传，"有烈酒而不通铁路"（诗人语），却是令他魂牵梦绕的地方，他曾在那块土地上种过地，放过牛马驴骡，当过小学教师。1980年他考进内蒙古民族师范学院中文系，系统学习了文艺理论和古今中外文学知识。1984年他毕业后被分配到内蒙古呼伦贝尔管理干部学院中文系任教。1991年调到《海拉尔晚报》社当记者、编辑，后任编辑部主任。1993年调到《骏马》杂志社做编辑，后任执行副主编。2003年调到内蒙古文化出版社工作。

少年时代的丁永才就对自己的人生充满了幻想，他说："十五岁，在故乡无遮无拦的科尔沁草原上放牛牧马时，我就幻想有朝一日也做一个'斗酒诗百篇'的诗人。因而，躺在阳光熏软的沙地上，望定遍野的碧草、五颜六色的花朵、撒着欢儿的牛犊马驹与吹着口哨的鸟，那么多的骚动时常折磨着我瘦弱的身板。而真正玩弄起那些分行排列的令人心潮澎湃的东西来，却是在做了一年多'孩子王'（小学教师）又在大学的床铺上辗转反侧了两度春秋之后。那时，我已初度二十一载光阴之舟。过去，那些曾经不着边际的幻想渐如灰烬。胸怀里却沉积了许许多多简单的生命现象。于是，我不断地将它们描摹出来。因为简单，所以自我感到有一泓又一泓令人亲近、叫人激越的情韵饱含于字里行间。"

丁永才是在"大学的床铺上写下第一首诗"（诗人语）的。在大学读书时，他对古今中外的诗人情有独钟，悉心精读过徐志摩、艾青、勃朗宁夫人、聂鲁达等诗人的作品，这些大家的诗风时常令他莫名其妙地躁动不安。经历了一个又一个辗转反侧的不眠之夜后，他写出了第一批小诗《赶集》《心里爱我却不说》《灯光》等。后来，他幸运地结识了《哲里木艺术》编辑部的陈敏老师、《科尔沁文学》的冯占海老师，还有《中国青年报》一位不知名的编辑，他说是他们扶着他蹒跚地走进了美丽的诗的精神家园。与文学结缘伊始，他说："我惊奇地发现，我的生活从此亮丽起来。乡土、爱情、人生，这诸多的诗歌创作的母题，聚于我的脑海，竟形成一首一首激情澎湃的颂歌。"

回忆为诗的艰难历程，丁永才写了一篇文章《十年，苦苦地追求》，他说："十年间，我放牛、种地、当小学教师，读完大学后又登上大学的讲台。斗转星移，世事沧桑，不知不觉中我竟与缪斯结下了不解之缘。从那时起，我几乎每天都在埋头读诗作诗，然而，寄出的诗稿大多经过一段颠沛之后又疲惫地停泊在我的掌心。我真的有点绝望，可又不甘心。也许我是大器晚成吧，辗转反侧、夜不能寐之时我常用这样的话聊以自慰。不过对诗的追求依然是苦苦的。多少个日落日出，我在林间小径上冥思苦索；多少个不眠之夜，伴着妻子女儿那香甜的梦寐，我在桌前奋笔疾书。终于熬过无尽青灯黄卷之苦以后，我的百余篇习作变成了铅字，报社、电台相继发表和播出了介绍我写诗经历的文章……"被公认为青年诗人以后，他对诗歌艺术不敢有丝毫怠慢，反而感到压力更大，一如既往地苦苦追求，他说命中注定，诗歌女神的若即若离，会让他的一生不得安宁。

迄今为止，丁永才业余从事写作已经二十余年，除了写诗，他还写报告文学和散文。1994年3月他出版了第一本诗《雄性意识》，1995年12月出版了诗歌散文集《未了情缘》，1997年12月出版了报告文学集《社会在你面前》，2008年11月出了诗集《萦梦故园》、与人合作出版了纪实文学集《没有翅膀的天使》等。此外，他还做了一项有意义的工作，即主编了呼伦贝尔第一本大型汉文诗选《情系北方》，对呼伦贝尔20世纪80年代的诗歌写作进行了一次梳理，为本土的诗歌繁荣发展起了促进作用，在呼伦贝尔诗歌史上留下了一个深深的印记。因此，我们说丁永才是20世纪八九十年代呼伦贝尔诗坛的领潮人之一。

丁永才的诗以阳刚阴柔并行著称，阳刚如雷霆闪电、流虹昊日、出谷长风、骏马奔腾，雄浑、劲健、豪放；阴柔如轻风徐徐、烟云舒卷、明湖涟漪、小溪轻吟，温深、徐婉、淡雅、飘逸。这两种风格的形成和诗人的生命体验与个人才情气质密切相关。以前，曾有评论者专门就丁永才的诗歌风格作过评论，下面笔者将就丁永才的诗歌作整体把握与评析。

一、粗犷豪放的男子汉宣言

有人说"选择了一个城市就等于选定了一种人生"，这句话用在诗人丁永才身上也比较恰当。大学毕业以后，他选择到"草原明珠"呼伦贝尔定居，从此便把自己融入了这片绿野，由儒雅的大学生转变成了草原上的男子汉。他在《边塞情》一文中说："十几年了，我的根深深扎在呼伦贝尔。这期间，有朋自远方来相邀一同奔赴秀丽的南国，缘于脚下这块土地的神奇，我把朋友送上了孤独的旅程；也曾有朋自迷人的海滨之城呼唤过我，因于这块天空的辽阔，我便把对朋友的歉意投进了邮筒……这期间，我曾留恋于'幽绝扎兰天一方'的秀水河畔，沉醉于老舍、翦伯赞诸先人诗之神韵；我曾踯躅于烟波浩渺、波光粼粼的达赉湖滨，沿着玛瑙石装饰的沙滩，一睹成吉思汗拴马桩的风采；我曾驻足于素有'神仙洞府'美誉的嘎仙洞内，望定刻着鲜卑人道劲遗言的洞壁，想象远古时代传说的奇妙……呃，我曾跑马于无遮拦的草原，我曾游荡于无际涯的森林，我曾攀缘于望不断的山峦。在温馨的蒙古包，我一口掬光老牧人高擎的大碗酒；在古老的木刻楞，我一口吞进老猎人大块的手抓肉……这期间，边陲小城海拉尔在意料之中发生了巨变：楼群们羞涩着拱起，姑娘小伙五颜六色的摩托穿梭于街道，特别是沿边开放试验区建设的步伐稳稳地迈进了一截又一截……一缕缕不灭的记忆犹如这一坏坏沃土，撒满我深扎于呼伦贝尔的根，我的根便成尺成丈地疯长，然后抽出叶片，结满腔满腹的边塞情。过去，我对呼伦贝尔知之甚少；今天，我的根饱吮它的芬芳，我才知自己早已为之染情且不能自拔。"呼伦贝尔以它的博大胸怀和非凡气度接纳了丁永才，而丁永才也以他特有的气质很快融入了这片能赋予诗人无限遐想的草原，在情感世界里，他热爱这个第二故乡，他的许多诗也讴歌了这片曾使他生命放出光彩的草原。在诗歌散文合集《未了情缘》里，有一章就是以《第二故乡》为题的。在"第二故乡"，诗人悉心地倾听过《马头琴的传说》，陶醉地欣赏过白云谱写的《牧羊曲》，亲身体验过洒脱热烈的《安代舞》，真切地感受过《欢腾的草原》……《大草原的独白》一诗，就集中倾吐了大草原的心声，流露出诗人对大草原的理解与热爱："在这大海般涨潮的土地上/我用草浪亲吻、亲吻——主人、羊羔、牧群/我还用主人赋予我的/神圣的强悍者的风骚/和粗犷纵横的男子气/向世界、向大漠宣告/我是中国的大草原/给予，才是我爱的全部意义"。这些描摹草原生命状态、铸就草原男子汉犷悍灵魂的诗篇在丁永才诗歌整体中分量较重，也比较有特色，它们浑厚大气、凝重壮美，能够体现他的诗歌风格和水平。

　　塑造草原男子汉形象，诗人首先选择了"牧马人"这个角色。因为他深知他们是这片广袤绿野的真正主人。在《草原上的男子汉》中，一开篇诗人就以毋庸置疑的口气给出结论：草原上的男子汉"心胸就是坦荡""就是旷远"，接着便为我们形象地展示了他们牧马的壮举，他们举起套马杆指挥着奔腾的马群就像"指挥着一支大乐队",而马的沸腾好似"粗犷的疯狂的打击乐",这种宏大而传神的比拟使读者如临其境,如闻其声,如见其人,会自然地产生久远的艺术联想。诗人还抓住了几个有代表性的生活细节来展示草原上的男子汉的独特性:草原上的"男子汉就应该粗犷",他们"能把大块的手抓肉一口吞进","能把大碗的白干酒一口捅光",高兴时他们激情澎湃,"围着通红的牛粪火"跳起"自己改编的安代舞","比粗犷更粗犷比疯狂更疯狂"。诗人在塑造男子汉形象时不只是从雄烈、孔武、刚毅、狂放这单一方面进行的,而是注意了形象的立体化、人性化,因此这些男子汉也不乏闲情与温情,"闲暇时我们也背着伙伴们/采一束如血如火的萨日朗花/带给我们的女人孩子们/让她们与我们一起分享炽烈的情感"。因此,我们看到的这些平凡的英雄是很热爱生活、懂得感情、有欣赏美的本性的人。另外,草原上的男子汉表达感情的方式也与众不同,他们"没有当面向女人向孩子忏悔的习惯/我们只是紧紧地拥抱她们/用胡楂子揉搓她们/搓得她们流露出和解的目光……"这是一个以特殊性选择一个独特表现对象的范例,既突出了对象的雄性特征,又可以看出诗人观察生活的敏锐性和艺术处理能力。诗人还注意到性格与环境的关系问题:草原上的男子汉的生活很实在,因为"打击乐"后面系着"流动的毡房";草原上的男子汉的生活有高远的目标,那就是"要用地平线一样长长的套杆/甩掉草原过去的粗劣的轮廓/套住草原未来的精湛的画卷"。诗写到这里,平凡英雄才真正地站立在了大地上,成为这广袤原野的主人,才有了现实意义。诗在结尾处由具象到大境界提升了诗的品格,使诗获得了普遍的意义。

塑造草原男子汉形象，诗人还选择了"打鱼人""伐木工"等角色，因为呼伦贝尔渔猎经济、森林工业也远近闻名，这些角色自然具有代表性。在《渔汉子心目中的另一半世界》（组诗）里，诗人以声音入手，提纲挈领地给读者描绘出了额尔古纳河上打鱼人的"生活主旋律"——"撒网声"，这主旋律"总是大大方方总是轰轰烈烈/奏出我们收获的甜蜜"。然后抓住细节来展示他们粗犷强悍的性格：他们"大喝60度的老白干大吹不上税的牛皮"，即使躺倒休息，男子汉的声音也是"鼾声如雷"。雄性的风采、雄性的声音跃然纸上。《伐木工的诙谐曲》给我们展现的是另外一种生活情景，即伐木工的豪情和英雄气：在北风呼啸、大雪纷飞的冬季，"当雪橇雪爬犁狂欢/白毛风撕裂桦树林/寒冷围攻木刻楞戏谑木刻楞/我们的胡楂子开始悬挂冬天作响冬天……"而闲暇时节，"遗忘了雪橇寂寞了雪爬犁/翘起叶叶解冻的胡须/我们以男子汉的剽壮/咚咚咚走进城市……""让我们山林的气息眩晕他们吧/让我们粗犷的旋律震颤他们吧……"这首诗里的男子汉英武刚烈、豪气冲天，而诗风也更加雄健、豁朗，洋溢着阳刚之美。另有一首《男子汉的宣言》也值得一提，它直抒胸臆、公然宣布了男子汉对待爱情的态度。"我们坦荡胸怀坦荡视野/坦荡我们纵横驰骋的男子气/等待等待着……"他们鄙视轻浮与天真，他们说："我们的胸膛可不是停泊撒娇/停泊哭泣的地方。"因而爱情还没有到来的时候，他们宁可以"烧酒为侣"，让烟圈在脸上"开放寂寞"，也要等待那真正的"狂欢"与"惬意"。

艺术要创造有个性生命的东西，那么艺术家就必须把观察点放在特殊的表现对象上，即使是司空见惯的日常生活，也要找到特殊的表现角度，并让它以自己特殊的个性方式表现出来，也就是说，要把风格铸入对象之中。丁永才的诗塑造的草原男子汉就是选择了这样一些特殊的表现对象，形成了自己的风格特色。在这一类诗中，他铸就的是勇者顽强的灵魂，讴歌的是大无畏的精神力量和积极进取的生存价值，在野性的自然和犷悍的精神层面建立了诗美坐标。

二、温婉忧伤的故乡情结

离人思乡是丁诗的一大主题。十八年的乡土生活阅历对诗人未来的人生和创作影响比较大，游子思归的情愫与对童年经历的追忆就成了丁诗中最牵动人心的一个情结。丁永才的童年和少年时代是在科尔沁草原度过的，他在那里种过地、放过马、当过教师，播种过希望的种子，孕育过纯真浓烈的感情，因而"故乡"对他而言意义非同寻常。"故乡"在他心里是实实在在的，是色彩斑斓的记忆，是温暖浓厚的乡情，是刻骨铭心的母爱。他说："我的故乡很贫穷，至今仍处于酒香四溢、铁路不通的封闭状态。但浓浓的乡情、深深的母爱铭刻于我的心怀。故而，我的诗集《雄性意识》《未了情缘》里的不少作品都涉及了那至情至真的深刻印象：'几年后/双唇抿不住激动地面对故土/面对曾经熟识的故乡云/与陌生了的满脸胡楂子的童年伙伴/真想喊一声我回来了呀/乡亲'（《面对故土》）。"这真正是"未老莫还乡，还乡须断肠"（唐韦庄《菩萨蛮》）。

另外一首诗中，诗人是这样写母爱的："当我把柔柔的月色唤作母爱之时/当我把暖暖的怀念唤作母爱之时/便有母亲唤儿的声音/响在梦里常回的故乡"（《母爱》）。这样美好的情感，深刻地影响了他的创作，他曾说："生活一开始就给了我无穷无尽的爱，这爱成为我一生都流淌着的情感源泉，使我永志不忘。因此，我更加感受到生活的美丽与人生的意义。"

《看见麦穗》抒发的是浓郁的乡情与亲情，塑造了一个曾经戎马倥偬而今"用农民的风度走着"的父亲。这个父亲形象是一代受过战争洗礼的农民的化身，年轻时，他曾奋不顾身，以"整个生命扑向前线"，勇猛无畏；在"硝烟退尽之后"，他不求功名，不要回报，一心回到了他眷恋着的、生他养他的故土，履行着一个农民普普通通却踏踏实实的义务："整整四十度风风雨雨/星星和汗珠若种子/深深地埋进去/纵横的犁沟刻满褶皱的额头/你依然用农民的风度走着"。这是一个执着、坚韧、具有强大生命力的父亲形象，他平凡而伟大，普通而可敬。在父亲的形象站立起来以后，诗人再也抑制不住激情，强烈地抒发了儿子对父亲的怜爱和思念之情："我那疲惫而多情的心知道/田野里挥汗如雨的我的父亲/是为了收获一个又一个希望呵/而远离故土的你的儿女/只能从七月的色彩/呼吸家园的芬芳/只能从丰收的信息/想象故土的沧桑//看见麦穗便想起你呀/我那田野里挥汗如雨的父亲"。这首诗情感饱满，赞叹和思念里略含苦涩和忧伤，很有艺术感染力；父亲的形象也已经超越了具象，获得了象征意义，因而能引发人们普遍的情感共鸣。

难以归抵的浪子情愫常常使诗人产生缱绻思绪，在《乳香》里诗人写道："一闭上眼睛/便有逝去的日子/温柔地围拢过来/让我想起一九六二年/故乡那个雪花飘飞的季节……"《小河》里的抒情主体也是一个十分眷恋故乡的人，他把自己比喻成"迷途的羊羔/找到了妈咪"；重返故乡以后，他便"一头扎进小村的怀里"。对故乡的眷恋与梦想是缠绕诗人笔端的一大主题，而梦中的故乡在诗人的心灵深处又是与母爱密不可分的。《母爱》最让人依依难舍、魂牵梦绕的是，在"我"离开故乡之时："那日，母亲一夜不眠/雄鸡未鸣她已为我备好行装/躺在滚热的土炕上闭着双眼/我却感觉到母亲的别泪泛着青光……"在漂泊他乡的岁月，诗人多少次梦回故乡："坐在故乡的土炕上/绕母亲的膝前/说最吉利的话讲最动情的故事/看母亲的腮边漾满幸福和慈祥……"尤其是在离开家乡的凉秋八月，诗人常常"坐在异乡的床前/当我把柔柔的月色唤作母爱之时/当我把暖暖的怀念唤作母爱之时/便有母亲唤儿的声音/响在梦里常回的故乡"。这类诗采用的是主观情绪极度张扬的抒情方式，借平常的生活意象写真实的感觉心境，笔致缠绵、温柔敦厚，洋溢着东方的人文精神和传统情调。

《割青草的女孩》好似一幅乡村写意画，给人一种真纯、温馨、宁静的美感。"小河波动着野花的春天"，割青草的女孩被太阳"烫金的文字"写下"诗歌的斑斓"。我们可以想象得出，诗人在这里一定是以平和的心境回忆少年时代、倾听故乡自然界的美妙声音，由此获得了心灵的舒展、愉悦与润泽的。《遥远的夜晚》说："出于一种思恋、一种怀念/我走回那个遥远了的夜晚//仿佛又听到她的歌了/用达紫香编写的歌/柔韵里飘逸着香甜//……可如今，她嫁得很远很远/留给我的那支歌呢/糅进了一种思恋、一种遗憾"。午夜梦回，心生柔情，在温柔的情愫里虽然还能感受被爱，但已经是聚散随缘，风雨由天，无缘却有情。这些优美、恬静的乡村画卷被尘封在诗人的记忆深处，一旦用自然纯美的文字把它展开，便能使人仿佛置身于月色如水的宁静里。在现实里我们习惯了紧张忙碌，已经久违了这种心灵独语，尤其是这些珍藏很久的带有苦味的记忆，也许就是怀旧诗的艺术魅力吧。

三、含蓄轻柔的爱情小夜曲

在诗人整体的诗篇里，写得最好的要数爱情诗。这些爱情诗仿佛委婉多情的小夜曲，自诗人的心里汩汩流淌出来，是轻柔的、甜美的，是藏在记忆深处而格外小心地弹拨出来的。在以激情为主旋律的爱情里，与刻骨铭心、海誓山盟的相思相恋相比，真正让人心底回味无穷的却是爱之弦的一点点震颤，尽管它没有给爱情的版面留太大的空间，却可以让人最大程度地感受到心动、隽永。

《那天，伊敏河落下小雨》写道："雨丝在水面/织一圈一圈秘密//……一只只水鸟扑扑飞起/飞成别离的情绪……"岁月流逝、物是人非、花开花落、云卷云舒，有时完美之于生活是不理智的，所以诗人看到的是"雨丝在水面/绣许多恼人的涟漪"，它恼人，却不是诗人心灵的羁绊。《五月，我们的花迟开》倾诉的是爱情的波折和坚贞："也许 爱情本该如此/走出残酷的冬天 又必将/开放在一片温馨的阳光上//我挽住你羞怯的目光/你在我黑眸子的奔放中舞动长裙/白头翁 紫丁香旋成万花筒/只有这五月//生生死死 永远记住吧/记住 这是我们的五月/五月，我们的花迟开"。这是心知肚明的爱情，月白风清，心有灵犀，相知相解。和前两首风格不同的是《心里爱我却不说》，这首诗的感情基调是明朗、欢快、诙谐的，并且行行押韵、朗朗上口，富有音乐美。它以春、夏、秋三季为时序，以红纱巾、拧辫梢、熟透的金果三个意味深长的意象为主体，惟妙惟肖地写出了初恋少男少女的羞涩心态，可谓发乎情，止乎礼，在阳光下享受纯真的爱情。它与闻捷的爱情诗《苹果树下》有异曲同工之妙。

在这些爱情诗里，写得最真切、最贴近现实的是《我的女人》，这首诗朴实、淳厚，富有生活气息，有场面，有细节，类似情景剧风格，而没有纯艺术的悬置感："是那张粉红色的结婚证书/拉起了我们颤抖的双手/把你从一个城市姑娘/改写成一位乡村媳妇//……即便第一次走进婆家/你也依偎了那面土炕/用你擦亮火柴般的行动/宣布了你与农家的亲密……//你也有过叹息/叹息婆家的日子像那锅/发不起来的黑馒头/但你没有埋怨/当晚，那只熬红了眼的灯泡下/你和公婆一起策划了/关于农家富足的问题……"诗人说："爱是生命的一分子，这一文学作品中永恒的主题，也是我常常涉猎的范围。在《我的女人》中，我用近似口语化的诗句……写了我的妻子由一位城市姑娘变成乡村媳妇后不忧不怨的美好心灵。"

四、灵动智慧的生活即景

"创作总根于爱"，这是鲁迅在谈到自己的创作经验时说过的一句话，丁永才也有相同的感受，爱的确应该是一个诗人的情感源泉，只有爱才能感受到美、传递出美的感受。在丁诗中，有很多有灵感、有生活情趣的小诗，抒发自己带有随意性的生活感悟和情绪，我们姑且叫作生活即景诗。

《那时》是诗人孤独时从女儿小照上获得的安慰："那时女儿不在身边/那时女儿藏在照片上的笑声/常来安慰我寂寞的心情"。《浪花》是诗人驻足岸边、凝神海面的突发奇想，也可以联想到青年诗人的远大理想和青春朝气："平静时你把我揽在怀里/涨潮时我们一起冲向天涯"。青年诗人的精神世界里多为踌躇满志，充满渴求与梦幻，但在他的诗人气质里，又不乏多思善感、离伤别苦。"当寂寞困扰的时候"，他会走进白桦林，"听轻风摇动枝叶的喃喃细语"（《亭亭玉立》）。

诗人当然不会忽视生活中的坎坷、曲折或不快，他曾在《活在精神家园里的美丽》里说："生活与人生不可能一马平川，也不可能满布荆棘。如果对其充满热情与自信，这就可以求得一种解脱和超越。在《安代舞》中我写道：'我不相信前路总让人失意/落寞之时远道自有欢歌而至/像无痕之水一洗恼人的彷徨/是歌者总能从音律中体验人生/是舞者总能在步履间感受风光'；在《生命之旅》中我再次言明：'人生也是这样一个过程/花开花落的瞬间/辉煌抑或卑琐全凭自己铸就/然而花期虽短总有幽香盈袖/碌碌一生无异于行尸走肉'。这种人生的体验与生命之恋，足可以抵御一切风霜雨雪，使生活达观，生命充满生机。"从这里我们可以看出诗人的人生观，人生之旅如花，人之品格自己打造；生活没有坦途，但含苞必定盛开。这是一种积极乐观的态度，也是诗人热爱生活、寻找美好的内在动因。

丁永才不仅是诗人，还是理论编辑，深谙文艺理论，在呼伦贝尔也是较早从事文艺评论的专业人才。他虽然没有系统成型的理论专著，但在一些文章中他零零散散地谈了不少自己的文艺主张和见解，比如他在《活在精神家园里的美丽》中说："我以为，一位诗作者在诗艺的锤炼上，首先应该做到让自己的诗意趣天成，能令人咀嚼回味。所以，我在写诗的过程中，不论是一段往事、一个场景，还是复杂的人生，都力争将叙事与抒情相融合，描写与思索相统一，努力制造一种如画的境界，让读者看出画中蕴含的内容。如《林中》里有这样一节诗：'尚未封冻的水/静静地流淌着/梅花鹿的姿态很迷人/白桦树的倒影很迷人/我幻想的时光的河水里/那些让人战栗的东西/也很迷人'。其次，追求形散神不散。不少朋友指出我的诗散文化倾向明显。其实，这是我特意的追求与探索。正如诗评家张放所言：'依靠背诵、传诵的古诗时代过去了，新诗从它解放产生的那一天起，就应是鲜明地打上了被阅读而不是单纯记诵的烙印。这种通过文字媒介传达信息的诗歌，自然应是朝向汪洋恣肆、仪态万方、不拘一格的大路上奔驰。新诗即激情与心声道出的艺术化的分行排列。这个艺术化自然包括内在或外在的音韵节奏等等。而散文则无这些规律。'（引自《星星诗刊》1993年3月号）。故而，我有意尝试着将一些散文的用语引借到诗中，得到一些平近之美。如，在《咬定黄沙》一诗中，我写道：'不敢企及岁月扔掉背影/倒想用双手捧一窝风雪情/满含甜酸苦辣与樟子松干杯/呃，让我喊你一声父亲吧/让我叫你一声母亲'。再次，注重字词句的锤炼也很关键，对于一个诗作者来说，走向成功的唯一的道路是语言。所以，在我的不少诗歌里，我或以变形、夸张的手法写出幽默的情趣，或以民间口语、现代书面语言和古典诗词的名句描摹画面，或以形象的动词增强诗的立体感。"丁永才能以自己的诗歌理论为指导，不断实现自己的理想而少有盲目性，尤其他自觉追求的诗歌散文化方式，形成了自己的艺术个性。这种平实清朗的方式加上感情上的执着和真诚，使他的诗摈弃了晦涩与怪诞，弥合了与读者的阅读习惯和鉴赏心理的裂痕，受到了不同层次、不同范围的读者的喜爱和欢迎。

诗人对诗苦苦的求索精神和已经获得的文学成就是值得肯定的，但是我们也不能回避他的不足，比如我们在获得新鲜艺术感受的同时，会发现他的观照角度部分地表现为"外来者"对浮于表面的草原情致和自然景观的惊异与赞叹，在体验与传达呼伦贝尔这片绿地的精魂方面有着难以深入的欠缺；表现生活情调的一些诗，有把人生理想与自然风情作简单连接或转换的倾向。

总之，在十几年里，诗一直是丁永才情感的寄托，是他生活的重要组成部分，是他情感、心智超越现实世界的手段，是使他充实生命、实现价值的一种方式。他也与时代精神相契合，把时代精神、自我感慨与草原风情、本土文化结合起来，以草原男子汉的恢宏气度和拓荒者的探索勇气，揭示了凝聚在自己生命之中的生活在这片土地上的古老居民的顽强生存精神和豪放的人生态度，拓展了呼伦贝尔草原诗美的品格。

（王云介，曾任呼伦贝尔学院二级教授,文学院副院长、副书记。现为呼伦贝尔市评论家协会主席）

行吟草原的男子汉

——丁永才诗歌的诗情建构策略

曹存有

丁永才是呼伦贝尔著名诗人，在20世纪八九十年代呼伦贝尔诗坛独领风骚。其诗或雄浑豪迈，或柔婉清丽，表现了他对故乡草原一草一木的真挚情感，反映了他对生活的独到感悟。丁永才的诗歌情感炽烈，激情澎湃。作为诗人，丁永才熟稔诗情的建构，他通过独特而丰富的意象、精练而生动的语言、巧妙而独特的结构变化，营造出浓浓的诗情，形成了直抵人心的艺术感染力。

一、深邃多元的情感表达

"诗是强烈情感的自然表达"（华兹华斯语）。于诗人而言，他们并不缺少情感，困难在于如何将这种情感通过语言文字传递给读者。丁永才诗歌的情感无疑是深沉的、多元的。驰骋于呼伦贝尔大地上，他有着草原男子汉的豪纵；缱绻于故乡的画卷中，他有着游子的呢喃；面对爱情，他热烈而无奈……

（一）情感的真挚与深沉

"诗是心声，不可违心而出，亦不能违心而出。"（叶燮语）情感的真挚来源于对生活的直觉和热爱。丁永才说："生活一开始就给了我无穷无尽的爱，这爱成为我一生都流淌着的情感源泉，使我永志不忘。因此，我更加感受到生活的美丽与人生的意义。"呼伦贝尔美景如画、民风淳朴，时刻感染着每一位过客，多情的诗人更是被这浓得化不开的色彩和热情所包围。丁永才的诗歌里充满了他对这片土地出于内心的热爱。如《呼伦贝尔诗韵》（组诗）中，他写到毕拉河"让我兴致很高"，"神指峡的涛声/滋润抑或荡涤我的柔肠"，"成片的杜鹃花扑进我的诗行"，"任何时节登临你/都是我内心最美的芬芳"，"什么样的花海将我包围/在达尔滨罗飘荡满湖诗歌的意象"，景致给予诗人的美好情感溢于言表。

丁永才善于在平凡中发现不平凡的情感价值，通过细腻的笔触将内心的波澜展现得淋漓尽致。这种真挚而深沉的情感表达，是丁永才诗情建构的基石。在《雪原的旋律》中，他通过风卷、雪崩、口哨、伐木工、拖拉机、雪茄、雪鸡、木刻楞等意象为我们展示了一幅轰轰烈烈的大兴安岭林区冬季生活图景，最严酷的自然环境与"最硬的男子汉"形成强烈的对比，歌颂了林区人民不畏严寒的斗争精神。

（二）情感的多元与层次

丁永才的诗歌情感丰富多样，既有对爱情的热烈歌颂，也有对人生的深刻反思；既有对自然的无限向往，也有对环境变化的深深忧虑；既有游子对故乡的思恋，又有对生命价值的讴歌。他通过多层次、多角度的情感展现，使诗歌具有了更加广阔的视野和更加深邃的内涵。

"诗好比是一面聚焦的镜子。它的形象要求把生活中五彩缤纷的光线集中起来，凝聚地再现它。诗并不要求全面，但要求传神。生活是丰富的，有色彩，有芳香，有音响，有形态，诗也许只突出其中的一点。"（谢冕《诗人的创造》）丁永才善于在诗中通过一句话展现他对生活的认识和复杂的情感体验。在他的小诗《晒日子》中，一句"快乐之中的那一点委屈"道尽了普通人生活中的平凡，情感细腻，表达深邃而准确。在《达赉湖挽歌》中，"可如今一切都面目全非"把他对环境破坏的担忧、哀婉的痛苦心情表露无遗，但诗人还是在诗的结尾处充满了信心——"期待你在春风里复活"。

二、独特而丰富的意象

意象是以语词为载体的诗歌艺术的基本符号，诗歌意象是融合了诗人理智和情感的象征之物，诗人复杂的情感体验要通过有效的意象组合得以展示。丁永才诗歌有着独特的意象符号，且善于通过意象的组合表现他的情感。

（一）独具特色的意象

1.地理意象

丁永才是呼伦贝尔的诗人，他对呼伦贝尔大地充满了热爱。因此，在他的诗中，具有鲜明地理属性的意象比比皆是。他行吟在呼伦贝尔大地上，目光所及之处即是诗歌，仅"呼伦贝尔之旅"一辑中就有四十余篇。大到满洲里、扎兰屯、额尔古纳、根河等城市，小到龙凤湖、嘎仙洞、白桦林等景点，文字所及，无不体现了诗人的"青睐"（《猛犸公园印象》）、"依恋"（《金龙湖》）、"爱恋"（《博克图》）、"相思"（《扎兰屯》）……

此外，带有明显地域特征的动植物也成为诗中频现的意象，如山丁子、稠李子、樟子松、白桦林、苍狼、白鹿……

2.时间意象

呼伦贝尔虽冬季漫长，但也算得上四季分明，时间的流逝和轮回给予诗人不同的生命体验。丁永才诗歌中既有《四季歌》这样对春夏秋冬的不同情感，也有与漫漫冬季相适应的大量抒写冬季的诗歌。比如，《那一年的风花雪月》中就有"呼伦贝尔大雪原"专门一辑。应该说，冬季是漫长的，但是这种漫长恰恰给了诗人更多的思考。严寒之下，动物、植物、人……都表现出与其他地域不同的特征，这让诗人对生命充满敬畏，对万物追求生命的不屈精神充满了感动。

呼伦贝尔夏季昼长夜短，冬季昼短夜长，强烈的反差让这一地区的生物展现出明显的季节差异，也让诗人注意到了每一刻生命律动的不同形态。丁永才的诗歌中有对清晨、黄昏、夜晚等物象的细腻感受，也有对星星、月亮、萨日朗的娓娓倾诉。

3.空间意象

前文所述地理意象具有明显的空间属性，当然属于空间意象。除此之外，更大背景的空间（如雪原、草原、大兴安岭等）也常常出现在丁诗中。广阔的空间感更有利于诗人把万物统摄于一方天地进行思考，也给予了诗人纵横驰骋的奔放情感。

（二）密集的意象组合

丁永才的诗歌中，意象的排列组合往往呈现出一种密集而交织的状态。他通过多个意象的并置或对比等手法，构建出一个复杂而丰富的意象世界。这种意象的密集与交织，不仅增强了诗歌的表现力，也深化了诗歌的主题思想。

1.并置

意象的并置是指在诗歌中将相同词性、相同句式的意象聚集起来达成意象表意的群体关系。丁诗中类似的例子很多，如：

那一夜的红纱巾 白干酒 黄骠马/还在老地方等我（《这我能理解》）

三两个钓翁 一排排游艇/有韵味的山林 没遮拦的绿意/梦里的情景与现实一一叠印（《红花尔基》）

天际纯白/雪野纯白（《雪原即景》）

这些诗句通过意象的并置为我们展现出一幅美丽的图画。

2.对比

丁诗中意象的对比组合方式很多，既有动静、轻重的对比，也有虚实结合等其他方式的对比。如：

动静：路灯挑着恬静/海滩哼着歌声（《海滨夜思》）

云，冷静/浪，冲动（《海景》）

轻重：天空有点沉/我有些轻（《遇雪》）

虚实：烦躁时我们也骂女人也打孩子/……搓得她们流露出和解的目光（《草原上的男子汉》）

其他：满眼的花一点儿也不瘦/……多么丰腴/这片盛产美女 长调和骏马的土地（《陈巴尔虎草原》）

淡淡的味道/……浓浓的诗意（《恩河》）

意象的组合并不是简单的堆叠，而是诗人根据情感表达的需要有目的的"精心安排"，它实现了诗歌表意价值的整体放大。丁诗通过意象的多种组合方式，形成了强烈的气场，让读者被他的诗情深深感染。

三、精练而生动的语言

诗人依赖语言进行创作，本质上讲，诗人就是通过语言照亮晦暗的精神世界，找寻到诗意栖居的家园。语言是诗人心灵的一面镜子，它照映着诗人的思想、情感、观念。诗人都有着敏锐的语言嗅觉，丁永才也不乏这方面的天赋。丁诗的语言精练准确、丰富生动，极富魅力。

（一）生动形象的语言

1.方言俚语入诗。丁诗语言的生动形象首先来源于他对方言俚语的恰当使用。

如：我们能把大碗的白干酒一口捆光（《草原上的男子汉》）

维纳河里的水也变得猴急（《守望》）

冻得乌青的夜呵（《冻雨》）

攥紧草库伦会挤出一片葱郁（《风风雨雨》）

有一天铁塔痛苦得发蔫（《偷摸人家女人的汉子》）

2.修辞手法的使用。诗人普遍擅长运用修辞手法将抽象的情感和意象具象化，使诗歌具有更强的感染力和画面感，丁永才也不例外。丁诗几乎每一首都有着形态各异的修辞技巧。从拟人到比喻，从复叠到夸张，运用自如。

拟人：恩河水很瘦 缓缓（《恩河》）

比喻：更深更广的森林/像一张法力无边的网（《神指峡》）

酸涩的秋雨/芒刺般的嘴（《冻雨》）

复叠：到处是风的声音/到处是风的声音（《轻轻地活着》）

夸张：知道拥有一滴恩河水/便尽知了人生的真谛（《恩河》）

对比：以清清的水的姿态迎客/淡淡的味道/却让八方来宾

品出/浓浓的诗意（《恩河》）

我一生从灰尘走向泥土/怀抱你坚硬的温柔（《岩石之花》）

3.其他手法。丁诗还通过对古诗词的借用、词性的活用来形成诗歌语言的张力。

对古诗词的借用：团日团日 剪不断理还乱（《惊呆的目光》）

词性的活用：不旋转也不摆动/锥形的夜（《梦魇》）

歌里铺出的/白的心地/歌里洋溢的/绿的情绪（《雪里》）

很瘦的山/很春的水（《那天，伊敏河落下小雨》）

（二）精练准确的语言

诗歌是所有文体里语言最为精练的，这毋庸置疑。但要做到准确表意，需要诗人调动自己的感官去体验生活、生命，才能精准把握那一刻的心灵触动。丁永才是这方面的高手。

如：灯光透出蓝幽幽的拒绝（《冻雨》）

该做梦时却难以入眠/谁把爱情宠成了痛苦（《想一个人或不想一个人》）

蘑菇发出伞状的光芒（《天空》）

蓝幽幽既是火焰颜色的形象化表达，同时也把拒绝的"冷酷"表现出来了。爱情的痛苦是因何而得的？或许是"宠"吧。蘑菇与天空的象形，光芒是属于蘑菇还是天空呢？这些精练的语言把诗人真切的情感准确地传达给了读者。

四、巧妙而独特的结构

诗歌的艺术张力来源于诗歌语言的结构组合，是诗歌各种艺术形式互相作用的结果。"结构在某种意义上也是一种语言。"（王蒙语）精巧的结构本身就会形成诗意。

（一）结构的灵活多变

丁永才的诗歌结构灵活多变，不拘一格。他既能够运用传统的诗歌形式进行创作，又能够大胆创新，尝试新的诗歌结构和表达方式。这种结构的灵活多变，使他的诗歌具有了更加丰富的艺术表现力和更加广阔的创作空间。丁永才曾言："我有意将一些散文的用语引借到诗中，追求诗歌语言的平近之美。"

他的诗既有章与章之间的回环复沓，如《草原上的男子汉》中"我们是草原上的男子汉"一句在第一节中安排在倒数第二句，第二节中在最后一句，此后单独成行。这种自由奔放的结构形式正恰合了草原男儿的狂放不羁。也有复沓的诗句在中间或结尾，形成诗意的螺旋升华。如《守望》一诗中，第三节之后出现"游鱼不会再来"独立成段，在诗的结尾"游鱼不会再来"反复两次。

但是，丁永才的人部分诗歌在结构上是比较"随意"的，很难归类为某种范式。这种"随意"缘于他的诗歌结构是跟随诗意表达的需要而变化的，体现了他不拘一格的诗学追求。

（二）布局的匠心独运

在诗歌的布局上，丁永才也展现出了非凡的匠心。他善于通过巧妙的布局安排，使诗歌的各个部分相互呼应、相互补充，形成一个有机的整体。这种匠心独运的布局方式，不仅增强了诗歌的连贯性和完整性，也提升了诗歌的艺术品位和审美价值。

丁永才最为擅长的是在诗歌中建构"你"和"我"的对话。这种虚实相生的"对话体"（"你"在诗中往往是诗人的自我想象）为诗人结构全诗、表达感情提供了更多的可能性。

诗人将自我融入动植物、山川河流、日月星辰等物象中，以自我的"此在"反映他所想象和关注的"彼在"，从而达到物我交融。

此外，丁诗还尝试通过借助诗歌语言外在的排布形式形成特殊结构，来表达诗人情感的气脉流动。比如《靠在我的胸膛上》：

> 来
>
> 靠在我的胸膛上
>
> 这男子汉
>
> 宽厚坚实的胸膛上

这种形式的变化似乎让我们看到了一名娇羞的女人渐渐依靠到男人的胸膛上，应该说是一种大胆而有效的结构布局尝试。

总体来看，丁永才诗歌结构灵活多变，但有内在的核心主线，那就是结构为诗歌的情感服务，脱离了情感的结构也就是无意义的形式花样啦。

总而言之，丁永才通过精心的意象选择、精巧的结构布局和独到的语言艺术建构起浓烈而炙热的诗情，体现了自己诗歌的独特魅力和艺术价值。丁永才诗情的建构策略是一个复杂而精妙的过程，本文虽从情感表达、意象选择、语言运用及结构布局等多个方面进行了分析，但于丁诗的全部而言，还不足以"窥见全豹"，只能期待大家有更精深的研究了。

（曹存有，男，文学硕士，教授，1972年12月出生于内蒙古乌兰察布盟即今乌兰察布市，1995年7月毕业于内蒙古师范大学汉语言文学系，1995年9月参加工作。现任呼伦贝尔学院文学院院长、呼伦贝尔学院呼伦贝尔文学研究中心主任、呼伦贝尔文艺评论家协会副主席。先后在《电影文学》《语文建设》《呼伦贝尔学院学报》等刊物发表学术论文20余篇，出版《道家思想与中国古代文学理论》等著作3部，参与编写教材2部）

描摹心灵的彩虹

——诗人丁永才先生的艺术人生

李喜恩

人生最曼妙的风景，无疑是诗与远方。那么，如何获得人生的诗意与远方呢？丁永才先生用一个甲子的生活体验，坚持四十年诗歌创作的艺术人生，诠释了人生的诗与远方的生命价值和审美意义。

一、用心构筑的心灵绿洲

丁永才先生出生于内蒙古自治区哲里木盟（今通辽市）开鲁县一个酒香浓郁、民风淳朴的小村。乘国家改革开放和恢复高考的东风，农家子弟才有人生机遇融入城市，他有幸成为20世纪80年代的第一届大学生。虽然考入的不是名校，仅仅是位于塞外小城通辽的内蒙古民族师范学院（今内蒙古民族大学前身之一），但狭小的校园关不住他如火的青春诗情，刚一入大学校门，丁永才就成了缪斯女神的忠诚追捧者。在改革春风和文艺春风的吹拂下，他再也按捺不住躁动的心情，牵头创办了内蒙古民族师范学院第一个文学社团"星河诗社"，出版诗刊《星河》。大学生活的几年间，他活跃在校园文学的舞台上，完成了文学的启蒙，开启了人生的梦想。大学毕业后，怀着对草原、森林的期待，对绿色的向往，他从黑土地出发，踏上了一条向东的寻梦之路。他走上巍巍的大兴安岭，在林海雪原中捕捉诗的灵感；踏遍呼伦贝尔大草原，在蓝天白云绿草芬芳中酝酿诗行。情感空灵至此，他将自己完全融化在森林里、草原上。时光荏苒，转眼几十年，儿时的村庄小路，学校的书本课堂，编辑部的文稿键盘，出版社的业务繁忙，不断变化的学习、生活、工作环境，都没能禁锢他对大自然的殷切期待和对美丽诗行的追求向往。他是位勤奋的采风人，痴情的诗作者。只要一有机会，他就会借机出行，寻找心灵的绿洲，寻觅诗与远方；或者在构思诗作，或者在寻找诗的路上。

丁永才曾自我介绍说，自己是土生土长的内蒙古人，从小就喜爱内蒙古的辽阔和绿色，在蓝天白云之下，在离离大草原、苍茫大森林之中，自己是多么渺小，就像一滴水、一株草、一棵小树。他说自己几十个春秋的社会生活、文化工作以及诗的创作，其实就是一个构筑自己心灵绿洲的认知觉醒和自我拔升过程。

他直言不讳道："我出生在今内蒙古自治区通辽市开鲁县一个名不见经传的小村——小街基镇茂发村。那里交通闭塞，既不通铁路，更远离高速公路，信息传输很慢，但是乡村绿野，乡情浓郁，那是我大半生魂牵梦绕最最牵肠挂肚的地方。已经离开那个盛满我少年快乐的小村四十余年了，却在梦里常常回到故乡。那里是我出发的原点、心灵的港湾，也是我用心构筑的心灵绿洲。童年时常常在无遮无拦的绿色原野上，采野菜、摘山果、抓蚂蚱、捡鸟蛋……无忧无虑的我收获着无边无际的童年快乐。"

随着人际交往和社会实践空间的不断扩大，也缘于业余时间不断写作和发表诗作，在呼伦贝尔小有名气的丁永才被选调到呼伦贝尔市文学艺术界联合会《骏马》杂志社担任编辑。短短几年，他从一个普通编辑成长为执行副主编。业余时间，他舞文弄墨，在《中国青年报》《呼伦贝尔日报》《草原》《诗人》《鸭绿江》《骏马》等报刊发表了大量的诗歌、散文、纪实文学作品，出版了第一部诗集《雄性意识》、纪实文学集《社会在你面前》，还主编了呼伦贝尔第一部大型汉文诗集《情系北方》。一炮打响了连发排炮，他在呼伦贝尔文坛有了立足之地，走上了顺风顺水的创作之路。1994年5月，丁永才有幸成为一名中国民主同盟盟员。在担任内蒙古文化出版社领导和加入民盟呼伦贝尔市总支后，他参加的社会活动更多了，丰富的生活阅历为诗人提供了源源不断的素材，也使他成为呼伦贝尔屈指可数、诗作丰厚的多产诗人之一。

二、情感深处的霜白叶红

读诗犹如品尝精神佳肴。丁永才诗作最突出、最明显的特色，就是具备了文学的雄性魅力，抒发了草原上粗犷男人内心深处的细腻情感。他的较为得意诗作《草原上的男子汉》中，那男人的胡楂子在反复揉搓的镜像，就很能说明这一点。他先后出版过诗集《雄性意识》《未了情缘》《萦梦故园》《心灵之旅》《那一年的风花雪月》《我的情诗》，其中壬辰岁尾出版的《心灵之旅》，是他自谦地介绍说更"接近于纯粹的诗"，这也是他出版的第五本诗集。捧读老友带露芬芳的诗书墨香，自觉不自觉地就融入了他的诗意世界。

通读丁永才的诗作，我的整体感觉是，他的诗是大自然的、生态的、绿色的、淳朴的，大草原、大森林里的一切都可以成为他的诗行；他的诗是有温度的、有情感的、有血有肉的、有人情味道的，生活中那些人情世故细微情感的涟漪，他都能赋予诗意成为审美的享受；他的诗是有内在旋律的、有节奏感的、有音乐韵味的、适合朗诵的，就如同草原神曲一般，适合登上音乐舞蹈的演出殿堂；他的诗是雄浑天成的、粗犷雄性的、细腻的、绵绵柔情的，在永恒的主题即唯美爱情之上凸显的诗意动情动容动心；他的诗是婉约的、朦胧的、平白直露的，有些适合阅读咀嚼品味，有些适合吟咏朗读播放。如《草原上的男子汉》，就是一篇非常适合通篇吟咏又朗朗上口的诗作。"套马杆举起来举起来/大马群飞出来飞出来/转场喽转场喽/我们指挥着一支大乐队/打击乐粗犷的疯狂的/粗犷的疯狂的打击乐/后面系着我们流动的毡房……"短短几句，就将草原男人的粗犷、豪迈、热烈和奔放不羁以及转场马群的壮观景象展现得淋漓尽致。

尤其是近期诗作《那一年的风花雪夜》（组诗），他在寻求自我突破时采用了不同以往的语言。"这个季节泛滥/是风注定的使命"。"我重重叠叠的心事/深深浅浅地锁进眉头/期待你来一一抚平"。"我该为你写一首诗吗/月色却把灵感浸入心底/只听见清亮亮的月光/照我归来 照你远去"。他是位情感诗人、情诗高手，诗作中情诗写得尤其好，占据了诗作的大部分篇幅。

例如《读你的诗的时候》："读你的诗的时候/阳光是最好的背景/音乐的花瓣美丽如初/那最真最挚的表达还能复苏吗"。"我燃烧自己取暖/爱情却一天天冰冷"。《情人》："唯一的心思是野草莓/已于昨日羞涩着红透/炉火在暗夜一瘸一拐"。"见情人们约会过的地方/流言砸碎石头"。诗语中表现出胸有成竹的骄傲，这通常是抒情诗的显著特征，这种骄傲合于朦胧、委婉、含蓄的表达。诗的意蕴依稀就是依靠比拟借喻性和偏离字面意义的语言，来获得奕奕神采和情感认知的动力，让读者从诗的语言中悟到深刻的道理。

诗人有时通过一种真情实感的心灵小私密来感悟人生思考的大格局。《四季歌》："让青草的语言染醉你的心情/让山山水水的快乐缠绕你的梦境"。"我说等秋风摇醉万物 霜白叶红/我们去旅行/把我的心也变成一枚枫叶/红红的枫叶燃烧在你的记忆中"。正如法国著名诗人、文艺理论家布瓦洛在《诗的艺术》中所说的，讲究韵与理的绝妙配合，在真实的基础上彰显出诗意的善美。"那草籽般饱满而成熟的意境/还能让我们作为两头牛咀嚼一生吗？"诗是想象的艺术，是想象和激情的语言艺术。著名诗人艾青说："没有想象就没有诗。"诗人在把联想、想象等意象词语化的同时，借助一个又一个意象组合出整体的诗歌意象体系，思绪丰富，意境优美，以此传达出诗美的体验、审美的境界。

三、草原森林的风花雪月

丁永才的诗是属于草原的、森林的。他在钟情的大自然中采撷灵感，巧妙的构思常常借用简单意象、植物花草，使用通俗平白、透明如水的白话词语去表现。突兀丰富的内涵，拓展了诗情语言意境，焕发出极具魅力的艺术光彩。

诗比其他任何一种想象性的文学更能把记忆中的碎片带进鲜活的当下。诗人把思想和记忆十分紧密地融合在一起，在一首具有真正力量的诗的写作过程中，诗人有可能不回顾一首更早的诗吗，无论出自诗人自己还是别人之手？文学的思想依赖于文学记忆，诗性的思考被诗与诗之间的影响融入具体语境。例如《翠月湖边踏雪》："我每前进一步也许会踏疼往事/但我只知道离她近些春天就会来"。《某个周末 到草原去》："在梦的翅膀飞翔过的地方写诗/俯仰皆成优美的篇章"。

柔美的诗，语言叠进，如笋剥皮。《雪夜》中写道："今夜 我将成为雪/以漫山遍野的精彩/铺向你紧闭的家门"。"你终于破门而出/像一头小鹿蹦跳着却没向我跑来/一路的足迹/深深浅浅/是对我永远不愈的伤害"。诗行间显示出很强的跳跃性，其背后是思维的非连贯性，留下许多语言的空白。正是这种跳跃性留下的空白，使人联想感悟到诗人一种不可名状的郁郁情愫，容纳了诗更丰富的内涵，从而在非常有限的篇幅里，构筑出使人耳目一新的诗情意蕴。情绪的流动变化，要在具体的语音形式上体现出来。

诗是形象的，无论抒情、叙事，还是哲理、朦胧，表现的情节、情感和哲理都具有很大的抽象性。就像《雪原即景》："黎明从奶桶中升起/太阳在长调的余韵中疲倦/牛羊自牧人的瞳孔中肥壮/不管你信不信 我就这样断言"。"套马杆从他们手中轻轻一甩/丈量过的都是深深的爱恋"。诗必须找到相关的意象，通过意象和思想的相关或者相似点表现作者的思想，这样就能把含蓄的、深邃的意蕴形象地表现出来。《我常常想》中写道："我常常想/骏马在牧人的梦里奔腾/牧人的梦牵着骏马/越过一个个浪谷波峰/骏马清脆的蹄音/是草原上最撩人的歌声//我常常想/骏马在马头琴弦上嘶鸣/马头琴声牵着我的梦/在茫茫草原上/青草的语言/是对我最亲切的叮咛//我常常想/总要经过些白昼和黑夜/才能抵达草原的心灵深层/在天与地相接的地方/

放牧一下日渐苍老的心情//我常常想/什么时候 我的脉搏/与骏马粗重的呼吸悄悄相融/什么时候 我的秉性/以无畏的剽悍和不息的蹄声/激荡起我渐被荒草掩埋的诗情"。如此读来，朗朗上口，已经不单单是具有形式美和修辞美了。

四、诗意生活的人生诗意

2003年金秋硕果累累的时节，丁永才迎来人生一次转折，调整工作到内蒙古文化出版社。他从编辑部主任干起，几年后扛起了更重的担子，被提拔为主管业务的副社长。由他编辑的图书曾获得内蒙古自治区哲学社会科学奖、内蒙古出版奖、内蒙古自治区"五个一工程"奖、读者最喜爱的好图书奖、"华文微型小说"出版奖等。编辑的图书《第三种爱情》被改编成电影，在演员宋承宪、刘亦菲的演绎下呈现给观众一场轰轰烈烈的美好爱情。他从一名民盟盟员，成长为民盟呼伦贝尔市直支部主委，被选为呼伦贝尔市政协第四届委员。他撰写的多个涉及生态环保、民族、民生的提案被立案并在政协大会上宣读。他的文学创作也呈现了质的飞跃，在《人民日报》《中国新闻出版广电报》《北京晚报》《石家庄日报》《中国诗》《山东文学》《青春》《四川文学》《岁月》《大河》《北极光》等报刊发表作品300余万字，出版诗集《萦梦故园》《我的情诗》《心灵之旅》《那一年的风花雪月》，纪实文学集《没有翅膀的天使》等，有作品荣获内蒙古自治区文学创作"索龙嘎"奖。此外，他还获得了内蒙古十佳编辑提名奖、内蒙古出版集团特殊贡献奖，连续三年被评为出版社先进个人，同时荣获民盟内蒙古区委先进个人、民盟思想政治建设和宣传工作先进个人称号，各种荣誉、各种光环都降临他的头顶。他不忘初心、砥砺前行，文学成就了他，不断赢得人生的精彩。

　　草原、森林，是诗人生活的源泉。转眼六十多年零零碎碎的生活碎片，始终都是诗人寻梦的地方，它们是故乡，是草原，是森林，是文学，是构筑起心灵绿洲的点点滴滴。集腋成裘，聚沙成塔。诗人的每一天，都是从一滴水、一束光、一株草、一个意象、一行诗做起，无数天，就汇聚起了溪流江河、璀璨光明，大草原、大森林诗的篇章。诗人在关注人们内心情感世界的同时，也在思考人生哲理、感悟自然生态、关注生态文明，写下了《游鱼不会再来》《达赉湖挽歌》《往来图里河》等作品。

　　读丁永才的诗四十年矣，岁月流走带来的阅读收获，在品读的过程中也会随着文学知识、人生阅历的增长而日臻成熟。诗人的诗由当年的年轻气盛、激情澎湃，发展至人到中年的近乎炉火纯青，虽然说并不是每一块煤都能够燃烧得那么完全彻底——其实有时诗集就像奉献给朋友们的美味佳肴，要看色、香、味、形、意、器、景，要荤素、凉热、炒炖、颜色搭配，还要"看人下菜碟"等。虽说见仁见智，有些适合咀嚼，有些清脆爽口，有些回味余香，有些极富营养，但不管怎么说，对需要的人来说，总能有青睐可心的一口。

　　丁永才现为中国诗歌学会会员、内蒙古诗歌学会副会长、内蒙古作家协会会员、呼伦贝尔市作家协会副主席、中国民主同盟盟员。作品曾多次获呼伦贝尔市文学创作"骏马奖"、内蒙古自治区文学创作"索龙嘎"奖及全国其他文学奖。他的部分诗作由广播电台知名播音员朗诵录音制成光碟，为诗集的出版增添了新意。

人生处处是风景，生活处处是诗和远方。要善于发现美，才能成就诗行。艺术人生，岁月流走，人们的心灵深处，一定会有所升华和顿悟；霜白叶红，日月如梭，诗人老友笔耕不辍，且多有自我超拔。用心描摹生活的诗意，诗意的生活就会绽放出心灵的彩虹。

（李喜恩，中国文艺评论家协会会员、中国林业作家协会会员、中国林学会会员、内蒙古作家协会会员、内蒙古文艺评论家协会会员、呼伦贝尔市文艺评论家协会副主席）

诗情画意者的呼伦贝尔

——以丁永才诗歌中的呼伦贝尔为中心

亭·额勒斯

与丁永才相识，是在20世纪80年代，那个充满希望的岁月，那个心潮澎湃的岁月，那个阳光灿烂的岁月，那个风中传递理想的岁月，相聚于《呼伦贝尔文学》举办的一次笔会上。今天想来，20世纪80年代呼伦贝尔的诗人群体中，诺敏、王忠范、尹树义、夏万奎、李岩、林岩、顾玉军、尹德江、戈宝营、殷咏天、王秀竹、阿文、罗玉环、王东霞、王静远、夏鹏远、苏勇之外，丁永才以其诗集《雄性意识》，确立了自己的审美意识与艺术风格。回味那个时代的丁永才，我想起里尔克的一句话："好好忍耐，不要沮丧，如果春天要来，大地会使它一点一点地完成。"几十年来的诗歌创作，丁永才一点一点地实现了自己的诗歌追求。相继出版的《未了情缘》《萦梦故园》《我的情诗》《那一年的风花雪月》，便是他追求诗情画意的写照。当此重读丁永才一些诗歌的时刻，我又拿出他编选的亦收有我诗歌的呼伦贝尔20世纪80年代诗人合集《情系北方》，内心感慨万千，有些人仍在诗歌的世界中搏击浪花，一些人被岁月淘洗了无踪迹，一些人的诗句仍能温暖你的心田，一些人的诗句却只能擦肩而过互不相扰。"未来走到我们中间，为了能在它发生之前很久，就先行改变我们"，里尔克用这句诗归纳了我重读《情系北方》的感受与无法平静的心绪。丁永才虽出生于科尔沁大地，却长期生活在呼伦贝尔大草原，创造了许多灵感来自呼伦贝尔山水的诗歌。本文围绕《那一年的风花雪月》第三辑"呼伦贝尔之旅"中的那些诗歌，梳理丁永才的呼伦贝尔草原情结与呼伦贝尔草原情感。

在这一辑诗歌中，丁永才的诗歌视域，第一是全域视角。他的感情依托，指向全域的呼伦贝尔，指向全域的呼伦贝尔草原，以他的思绪飞向自己生活的现实呼伦贝尔。我们知道，呼伦贝尔作为一个行政区域，脱胎于元朝的东道诸王封地和后来的岭北行省、辽阳行省；清代，呼伦贝尔的岭西地区为呼伦贝尔五翼十七旗，岭东地区为布特哈八旗，鄂伦春人归属于后来形成的五路八佐。1949年4月11日，呼伦贝尔盟与纳文慕仁盟合并，形成了今日我们熟悉的呼伦贝尔地区。地域有山河之因，亦有文化之因。北方民族千百年来的游牧文明与狩猎文化，是呼伦贝尔地域的精神所系与人文底色。地域，在自然界，可以表现为植物不同，比如呼伦贝尔生长着白桦与樟子松、落叶松，比如华北的槐树；地域，在人文，在文艺，可以表现为精神旨趣不同，比如南美的魔幻现实主义，比如欧洲的象征主义。地域，在呼伦贝尔的文艺中，当然是蒙古长调中呼伦贝尔风格一般的存在，组诗《诗意呼伦贝尔》中，丁永才将呼伦贝尔的地域特色，运用全域视角，缓缓展开。"山鹰一次次腾起双翼/苍劲有力地飞翔/标志着这是呼伦贝尔的屋脊"，"我真的是潇洒的诗人吗/随意书写着诗句/面对你我无法顾及羞涩/展露与石头相近的躯体/与山峰相拥在一起"。《大黑山》中的"今生做一回守林人就已足够"，便是对呼伦贝尔林区的讴歌，是对万千大兴安岭林业工人的致敬。"我不是独自一人/还有层林尽染的秋满山风行/我从草原与河流的方向/同时向你追梦"（《五亭山》），这是想要融入大兴安岭林海的诉求。"各种色彩的传说被花朵包围/你始终站在历史与现实之外/长成世纪的主茎 每个日子的叶脉/是你生命中最嫩绿的存在"（《钓鱼台》），哈萨尔的传说，铁木哥斡赤斤的传说，嘎仙洞的传说，钓鱼台的"传说"，无一不是呼伦贝尔的传说。"我喊不出它们的名字/只知道它们是用我们/淳朴的山歌 血 汗和老酒浇灌的/为了把一切献给亲亲的你/挣扎着倾其所有的力气"（《绰尔大峡谷》），绰尔大峡谷中不见绰尔河的蒙古语含义"水流穿峡而过"，不见470千米长的奔流，不见其在泰来县江桥蒙古族镇西北汇入嫩江，但在丁永才全域视角的诗句中，全域呼伦贝尔扑面而来，绰尔河的古往今来，都浮现在他的诗句里。组诗《呼伦贝尔诗韵》，又将我们引向辽阔的呼伦贝尔大地。"让我兴致很高，甚至能看见/往事跟我只隔着薄薄的一墙/鱼群在水中练习游泳"，《毕拉河》让我们想到它的鄂伦春语含义"河流"和蒙古语含义"溢满"，也想到它在谢克特奇东部折向东南汇入诺敏河的奔流浩荡之姿。"眺望峡谷的底部/许许多多抒情的景致/悄悄涂抹了我们的心窗"（《神指峡》），而后的《石海》《杜鹃花》《相思树》均是呼伦贝尔耳熟能详的景观。《四方山》让读者匍匐在圣山的脚下，《达尔宾罗》让人们"没有失望也没有彷徨"。组诗《呼伦贝尔心灵之旅》中，"踩定青草和风声/巨大的苍穹俯下身子/俯瞰草原"（《猛犸公园印象》），"此刻草原绿色正浓鲜花竞艳/马群奔突的景色来自天边"（《金龙湖》），"一段人生真如一朵浪花呀/草原的风鼓足了长长的想象"（《达赉湖》），"石子开花的想法不断萌生/表情丰富的山坡上/寸寸秋草节节生动（《蘑菇山》），这些诗句引领读者驰骋广袤的呼伦贝尔草原，邂逅冰河时代的猛犸象，为呼伦湖又恢复到2100多平方千米的面积而欢呼雀跃，这便是全域视角抒情与讴歌呼伦贝尔带来的地域情怀。

丁永才在这一辑诗歌中，第二是运用了旗域视角。众所周知，呼伦贝尔市现辖14个旗市区，有首府海拉尔与口岸城市满洲里，有牧业四旗新巴尔虎左旗、新巴尔虎右旗、陈巴尔虎旗、鄂温克族自治旗，有林业为特色的牙克石市、根河市、鄂伦春自治旗，有农业为主调的扎兰屯市、阿荣旗、莫力达瓦达斡尔族自治旗，有农牧林并举的额尔古纳市与煤炭资源富集的扎赉诺尔区，14个旗市区宛若一串色彩斑斓的珍珠，成为自治区一张华美的画板。丁永才运用旗域视角抒情并讴歌了呼伦贝尔大地。"当最后一缕阳光恋恋不舍/满洲里开始用一天的故事/喂养自己的心灵/这时最需要一双温柔的手/抚平你秘不示人的伤痛"（《满洲里》），国门景区的晨曦，套娃广场的俄罗斯风情，卢布里西餐厅的俄罗斯歌舞，夜幕降临时全市璀璨的华灯绽放，满洲里的无穷魅力跃然纸上。"生长在草原与森林的边缘/天生注定有两种秉性/有时像骏马驰骋于草原/有时像雄鹰翔翔于云层"（《走进林城》），林城牙克石被丁永才揽入诗怀。牙克石为满语"冲刷坍塌的河岸"之意，与历史上著名的"雅克萨之战"之"雅克萨"同义，只是采用了不同的汉字音译。丁永才采用诗歌，让我们带着感情走入牙克石的海满村与暖泉村——这两个昔日归属于鄂温克族自治旗的村庄，走入林城北路和同联街，走入门都大桥和悦新西城，走入"内蒙古林都"的万家灯火中。"我就把你当成驿站吧/朋友才是我一生的储蓄/声名有无也罢 成败得失也罢/内心的平实/更是人生胜利的全部意义"（《扎兰屯》），令丁永才发出这样感慨的城市，就是著名的旅游城市扎兰屯，"扎兰"为满语"参领"之意。沙俄修建中东铁路后，扎兰屯便成为呼伦贝尔地区的商贾云集之地，天拜山的晨雾迷蒙，吊桥公园的黄昏，中东铁路博物馆的历史烟云，六国饭店的往日时光，俱入诗人笔下。"而今 从镜头里千遍万遍地读你/果实或者友情的花苞/便成为诗中意象/隔一段距离无限妖娆"（《额尔古纳》），引得丁永才一遍又一遍凝思的，就是以蒙古民族发祥地著称的额尔古纳市。"额尔古纳"在蒙古语中即"高峻陡立的崖坎、岸边"之意。额尔古纳河一泻千里浪花拍岸，"涌动着内心的热情走向你"的，又何止一位诗人丁永才？哈萨尔广场的日月晨昏，玛莉亚西餐厅的灯红酒绿，额尔古纳湿地的游人如织，拉布达林陶勒盖的春夏秋冬，"你一时新鲜得像这个季节的阳光"。而在《根河》一诗中，应该是根河这个蒙古语"格根郭勒"（意即"清澈透明河"）的无穷魅力吸引了他，丁永才流连忘返于鹿鸣山庄的弯月，守望桥与相助桥的悬索上的风，中国冷极温度计纪念柱清晰表明的日夜温差，敖鲁古雅使鹿部落景区的鹿哨声声，于是他明白了，"那些枕着松涛入眠的人/满目都是森林滋养的血性/花草树木在他们的心里疯长/他们的血管有根河的浪花/在一波一波地骚动"。当他把目光移往陈巴尔虎旗，拥有著名的国家AAAAA级景区莫尔格勒河的草原深深打动了丁永才，呼和诺尔可以入诗，巴尔虎岱巴特尔雕塑可以入诗，特尼格尔蒙餐的手把肉可以入诗，巴尔虎广场的一草一木可以入诗，"骏马 少女 花浪 草海/思念你们让我诗心荡漾/我多情的诗行/是否也让你们青睐"（《陈巴尔虎草原》），应该就有他对陈巴尔虎旗的无限眷恋。

他在这一辑诗歌中，第三是运用了山河视角。山河大地，是哺育人们成长的摇篮，有什么样的山河，就会培育什么样的人，人是山河底色的外化物，山河是人气质与精神的骨骼。大兴安岭（"兴安"即蒙古语"连绵起伏的群山"之意）绵亘千里，松涛阵阵，岗峦起伏，溪谷纵横，是飞禽走兽的乐园，蒙古高原东南名胜。呼伦湖（"呼伦"即蒙古语"末端的湖"之意）碧波万顷，湖水连天而去，为中国北方最大淡水湖。嫩江为蒙古语"碧绿的江"之意，发源于伊勒呼里山的南麓，是黑龙江（阿穆尔河）的右上源，嫩水滔滔，两岸沃野千里，村屯相望，炊烟与点点星河相映。如此大好河山，哺育了万千优秀儿女；如此壮美河山，演绎了无数当代传奇。丁永才与许许多多呼伦贝尔籍的作家诗人用如花妙笔讴歌呼伦贝尔壮丽雄浑的山河。"在一片月光下出现/又在另一片月光下沉没/我燃烧自己的心为你点亮渔火/期待你在春风里复活"（《达赉湖挽歌》），"待雾霭散尽 在谷底/银光闪烁的绰尔河/依旧耀眼而气派/月亮小镇在大山的臂弯里/出落得更加精彩"（《柴河》），这是他融入的达赉湖，这是他惦念的柴河，达赉湖边马群奔腾，柴河两岸江山如画。"明明知道人生/就如你岸边柔弱的草/寒霜打过必然低下高傲的头/却如此执着/宁可悄然地/化为一朵明亮的浪花/永远与你一起游走"（《阿伦河》），这样的阿伦河"被一年年的月光浣洗过"，"被一层层的欢笑陶冶过"。"海一样不平静的水面/岸边 酣睡着几只小小的渔船/几尾什么时代游来的梦/织着涟漪形的锦缎"(《尼尔基水库》),"将来定有那样一天/在我驻足的地方/会浓缩一角/大草原的庄严与富丽"(《伊敏河》),看着尼尔基水库的浩渺无边,伊敏河上下游的秀美风光,"我分明感受到了你心灵的震颤","我都不会忘记追随你"。呼伦贝尔的山河大地给予丁永才诗歌的灵性与意韵,壮丽自然诗化为他诗歌的情怀与心绪,《莫尔格勒河》与《哈达图》二诗便是注脚。组诗《伊敏梦寻》由"那天,伊敏河落下小雨""五月,我们的花迟开""山那边,六棵松的故事""七五三高地"等组成,可以看作是呼伦贝尔山河诗化为他"寸寸是心/寸寸是我那痴情至死的白头翁"般心结的写照。

他在这一辑诗歌中运用的第四视角是名胜视角。名胜是一个地域的精华。每一片区域均有自己的代表、自己的品牌、自己的标识、自己的形象,如同晋祠之于太原,大雁塔之于西安,大理、丽江之于云南,天涯海角之于海南岛,泰山、三孔之于山东。呼伦贝尔也有自己的名胜,像海拉尔区的成吉思汗广场、两河圣山景区,额尔古纳的白桦林景区与恩河俄罗斯乡以及蒙兀室韦民族文化园,根河的冷极村与根河源景区,陈巴尔虎旗的莫尔格勒河景区,新巴尔虎右旗的克鲁伦河营地,新巴尔虎左旗的道乐都夏营地,鄂伦春自治旗的拓跋鲜卑民族文化园与毕拉河国家森林公园,鄂温克族自治旗的相约敖包景区,牙克石的凤凰山滑雪场,扎兰屯的金龙山滑雪场,等等。名胜是一个地区的文化与历史结晶,更是一个地区各族人民生产生活的升华、浓缩。"打开驻守心灵的另一条江河/让它深入达赉湖 深入草原/与所有的日子 所有的幸福/双向吹拂 歌舞蹁跹"。(《成吉思汗拴马桩》),"想当年 祖先们/对酒当歌在河的东岸/嘎仙河波涛汹涌/挡不住他们穿石的弓箭"(《嘎仙洞》),这是丁永才对成吉思汗拴马桩的思索,是对当年的金戈铁马、征尘猎猎的追怀,亦是通过对拓跋鲜卑人嘎仙洞时代的缅怀,缅怀一千多年前建立北魏王朝的先民们。"从海拉尔风尘仆仆来看你/你的每一种媚态都是野生的/我想理直气壮地与你为伴/一生选择忠诚地守护"(《巴彦呼硕情结》),"造物主给你一种/深邃和庄严/酷似喇嘛的形象/使你有高不可攀的伟岸(《喇嘛山》),使他"面对你独特的形象",向喇嘛山引申出千古流传的情结,与来自巴彦呼硕的"我也不再回返的心愿",交相辉映。"三两个钓翁 一排排游艇/有韵味的山林 没遮拦的绿意/梦里的情景与现实一一叠印"(《红花尔基》),"在记忆的屏幕上/一次一次地闪现你/霎时如古瓶般深邃起来/可以插满/眷恋与亲昵。"(《维纳河四题·话题》),樟子松林海令他兴奋,红花尔基水库令他陶醉,维纳河的落日,"是诗人寻章摘句的脚步"。在他的《黑山头》一诗中,哈萨尔古城与蒙古汗国时代的风云变化,飘入风中,成为"千年流淌的额尔古纳河"。《恩和》一诗,仿佛将俄罗斯族人家的巴扬琴声带入心怀,让边关风情统统隐入一丝乡愁。在《室韦》一诗中,他犹如隔着额尔古纳河回眸历史,他明白蒙兀室韦人并未远去,那白桦林中仍回荡蒙兀室韦人的猎歌,《蘑菇山》《云龙山庄》《龙凤湖》《莫尔道嘎》《宝格达山》等诗,把他仰望呼伦贝尔大地,把他仰望呼伦贝尔民族文化的心路,转化为"诗人寻找诗意的步履"。

在这一辑诗歌中,运用的第五个视角便是人文视角。生活在呼伦贝尔的几十年，也是丁永才观察、感悟、理解民族文化的几十载岁月。北方民族生于斯，长于斯，一草一木，一叶一花，一个节庆，一首长调牧歌，一段舞蹈，都是游牧文明与狩猎文化的写照。甘珠尔庙的佛号，宝格德圣山的祭祀，享誉海内外的巴尔虎民歌《牧歌》，达斡尔人家的《嫩水渔歌》，鄂温克牧人的《彩虹》舞曲，鄂伦春人的《高高的兴安岭》小唱，俄罗斯族的巴斯克节，松嫩平原西缘、大兴安岭东麓的农家秋收的喜悦，都成为丁永才诗歌的人文沃土。人文滋养是最大的滋养，人文情怀是最大的情怀，人文关注是最大的关注，人文依托才是灵魂的依托。"长调的声音/来自天地间的舞蹈/在巴尔虎草原/所有人的中间走俏"（《长调》），牧歌悠扬，牧歌嘹亮，牧歌绵长，牧歌是蒙古高原的悲欢离合。"不管山下闻名遐迩的曲棍球场/怎么喧闹/你不改声色地/看破世态炎凉"（《萨满铜像》），他注视嫩江千年流淌的浪涛，他凝视莫力达瓦山的春夏秋冬，多少岁月无法磨洗的风霜石头一样坚固为记忆，多少年华无法梳理的挫折皱纹一般刻画为形象，萨满世界仍在我们的生活中，母语一样相厮相守。"在一首又一首描摹草原的诗歌里/我披一张张羊皮/捡拾那些咩咩叫的动词/像追赶滚向天边的云霓"（《羊来了》），在他的诗歌天地中，转场的羊来了，夏营地的羊来了，牧羊姑娘的羊来了，春天的羊来了，左邻右舍的羊来了，春羔的第一声欢笑来了，羊来了，呼伦贝尔的希望来了。在诗歌《重阳的时候》《水流过浅滩》《篝火》《白桦林》中，仍能感受到他对呼伦贝尔的深情，"即或错过你的花期/注视你的结果/也是不可抗拒的美丽"（《白桦林》）。英国批评家凯瑟琳·贝尔西在《批评的实践》第五章解构文本中说："在批评中往往存在着这样一种危险：一种激进的文学批评只对可接受的文本制造出一种新规定，仅仅推翻旧的价值判断而不是对它们的基本假设提出质疑，如像新批评所做的那样。"批评应该以文本为纲，以审美诉求为目，方能使批评纲举目张。以丁永才的呼伦贝尔诗歌为中心，也是这样的选择，批评其审美诉求，就是为了彰显他始终坚持讴歌呼伦贝尔的初心。为此评论，又读了他的其他审美诉求的诗，得到一些想对丁永才表白的建议——作为自20世纪80年代便与他创作交往的诗友，这个建议也好像是针对自己的，但愿能成为我们那个时代诗歌爱好者的共勉。正如德国批评家古茨塔夫·勒内·豪克在《绝望与信心——论20世纪末的文学和艺术》第二章"希望与确信（二）"中所说："人自己在铲除给定的不可预料的事物中建立起由他自己创造的不可预料的事物。"丁永才仍要"铲除"那些阻止他接近"不可预料的事物"那些东西，这些东西，应该是阻碍他拥有自己完美风格的存在，就是再上一个高峰，再换一个角度，再换一种诉说，再提高一个音节。如此，他便能自己创造出全新的，仅属于他个人的"不可预料的事物"。英国批评家特里·伊格尔顿在《当代西方文学理论》论及后结构主义时说："因为一个符号的意思是这个符号不是什么的问题，所以它的意思在某种意义上也总是脱离它本身。如果你愿意，可以说意思是分散的或者说散布在整个表现符号的链条上面：它不能轻易地加以确定，它永远不能在任何一个孤立的符号上充分表现出来，因而毋宁说它是一种有与无同时不断闪现的东西。"呼伦贝尔无疑是一种符号，在任何诗人面前也是"一种有与无同时不断闪现的东西"。如何表现呼伦贝尔这个"符号"，如何发现与把握呼伦贝尔背后万千年来的历史与文化变迁，并把这万千年来的历史与文化转化为诗歌，哪怕仅仅转化为抒情诗，都是一个巨大的挑战。希望丁永才能够完成这一个绝非容易的转变。荷兰批评家米克·巴尔在《叙述学：叙事理论导论》第一章"素材：诸成分"中引用罗兰·巴特的话："对世界的叙述不计其数。"我们期待着丁永才，在今后的诗歌创作中找到最好的叙述方式！

2024.6.21　星期五

多云.小雨 上午

（字·额勒斯，本名包玉祥，蒙古族，1964年2月生于今呼伦贝尔市鄂温克族自治旗巴彦托海镇，籍贯为哲里木盟即今通辽市科尔沁左翼中旗。毕业于内蒙古师范大学文学创作研究班，当过汽车兵，先后供职于呼伦贝尔市委宣传部、呼伦贝尔市旅游局，现供职于呼伦贝尔市文化旅游广电局。中国作协会员，中国蒙古史学会会员，呼伦贝尔作协副主席。2005年出版中短篇小说集《圆形神话》。2016年出版历史论文集《成吉思汗子孙的游牧记忆》《蒙古高原的历史风云》，散文随笔集《胡马天风》，诗歌集《圣火狼烟》。拍摄有影视剧本《牧人之子》《风雪伊敏河》。演出有历史话剧《拓跋鲜卑》，此剧2009年获内蒙古自治区"五个一工程"奖，2012年获国家话剧"金狮奖"和国家"五个一工程"奖。作品曾获内蒙古自治区文学创作第六、第七届"索龙嘎"奖，四川文艺出版社处女诗集希望奖，"塞北星杯"全国短诗大奖赛三等奖等奖项，还曾多次入选各地各类文学选集。2001年荣获呼伦贝尔盟"十大杰出青年"称号。小说《南斯勒玛》被翻译成日文，发表于2016年第8期《21世纪东亚社会学》）

诗意是灵魂永远的火焰

——丁永才《那一年的风花雪月》读后

宋 湛

精神世界的纬度越高，离星辰大海便越近；诗意是灵魂永远的火焰，这是一位真正的诗人——我读了丁永才的诗集《那一年的风花雪月》后，得出了上述认识。

我们为什么要写诗？而且，这一写就是几十年，从青春少年写到两鬓斑白，还不能罢手，总觉得有好多话欲说还休、欲休还说！

所谓的真情，之于诗，在我看来，就是说心里话。丁永才用蘸着热情的笔触，认真书写着"那一年的风花雪月"，记录着途经山水的律动，记录着蓬勃的心跳，我感受到了诗人的温度和热度！

在这样一个匆忙的阅读多元化、娱乐化的时代，诗歌的式微无疑是不争的事实。那么，诗歌本身又将何为？我认为，诗人需要"四唤醒"：唤醒人文意识，唤醒当代意识，唤醒使命意识，唤醒可读意识；诗歌需要"四拒绝"：拒绝陈旧滥套，拒绝功利工具化，拒绝创新缺失，拒绝浅写作。丁永才在创作之路上，无疑自觉践行了这些。

《那一年的风花雪月》，不仅是对呼伦贝尔自然美景的讴歌，更是对生活哲学的思考。丁永才的作品，如同一盏灯，照亮了我们对美好事物的向往，引领我们去探索、去感悟、去热爱这个世界。

通过他的诗，我们得以窥见一个诗人对生命、对自然、对情感的无限热诚和深刻理解。

真正的诗，永远只有真正的诗人才能写出来。《那一年的风花雪月》的大部分诗，就是真正的诗！

他是呼伦贝尔和内心的歌者

追溯到20世纪80年代初，作为一个满怀青春梦想的大学毕业生，带着简单的行囊，丁永才告别家乡科尔沁，踏上了呼伦贝尔这片充满生机的土地。

这一"抵达"，俯下身子就是四十多年。大草原、大森林、湖泊河流，不仅洗礼了他的灵魂，更赋予了他生命的灵性和辽远。从一介单薄的书生，到一个行吟诗人，再到一位深邃的思想者，丁永才的成长历程，正是诗意与灵魂火焰交织的传奇。

呼伦贝尔每一个地理坐标，每一方行政区划，都因他的吟唱而焕发出新的生命，被赋予了色彩和温度。他用文字和旋律，点亮了这片土地的角角落落，令途经的每一寸土地，充满了故事和情感。

生命一页一页写来，呼伦贝尔的天蓝地阔，无疑是丁永才最具灵性和发烫的稿纸。如果说一首一首的诗是生命滔滔不绝的河流，呼伦贝尔无疑给了他永不枯竭的源头。

行走着就是追逐着，追逐着就是美丽着，一路上平平仄仄。丁永才留下的足音在山水间回荡，他是大地的歌者。

歌唱呼伦贝尔，已经成为他的一种使命。

> 又是七月 呼伦贝尔最美的季节
>
> 我在浪漫的花蕊间
>
> 袒露着真诚等你
>
> 等你翻山越水而来
>
> 品尝我为你酿造的爱情
>
> ——《花》

七月的呼伦贝尔，草原广阔，牛羊成群，是一年中曼妙的季节。在这样的氛围中，大自然仿佛也充满了浪漫的气息。丁永才用诗意的语言描绘了一幅美丽的画面，同时表达了内心的期待和渴望。

> 一段人生真如一朵浪花呀
>
> 草原的风鼓足了长长的想象
>
> 想象浮升起瞬间的辉煌
>
> 沉积的力量 在你澎湃的躯体上
>
> ——《达赉湖》

充满诗意和哲理的语言，表达了人生短暂而辉煌的瞬间以及内在力量的积累和释放。

在这里，丁永才将人生比作一朵浪花，暗示了人生的短暂和美丽。浪花虽然转瞬即逝，但在它出现的那一刻，却能展现出惊人的力量和冲击力，这与人生中那些短暂而辉煌的时刻相似。

诗人笔下"草原的风"，象征着自由和广阔的想象空间。风在这里是推动想象的力量，也是激发创造力的推手。

"想象浮升起瞬间的辉煌"，诗人告诉我们，在想象中能够达到的高度和深度，这种想象不受现实的限制，能够带来瞬间的灵感和创造力的爆发。

特别值得一提的是诗中"澎湃的躯体"，躯体在这里代表个人的身体或精神，澎湃则形容这种力量的强烈和充满活力，意味着当内在的力量被激发时，个人能够展现出惊人的活力和潜力。

这首诗不仅是对人生瞬间辉煌的赞美，也是对个人内在力量和潜力的肯定。它鼓励我们珍视生命中的每一刻，认识到即使生命短暂，我们也能通过内在的力量创造出有意义的瞬间。

丁永才的《草地歌谣》，是我最喜欢的诗歌之一，我想重点写写自己的读后感。

躺在草地上我对写诗的人说

蒙古骑手将跨上追风的骏马

向麦浪轻摇的季节奔波

我也是诗人　让我们一起忍受幻想的折磨

最终哼出一首收获的歌

草原风四处游荡

一座又一座山被野花淹没

大自然敞开富丽与坦诚

写诗的人　你我顽强地走出孤独和寂寞

这块叫呼伦贝尔的地方

我曾用心灵仔仔细细抚摸过

什么时候播种　什么时候施肥

什么时候铲耥 什么时候收获

什么时候叶落归根

捧出的不仅仅是最后的丰硕

诗歌，这门古老而永恒的艺术，以其独特的韵律和深邃的内涵，穿越了历史的长河，跨越了文化的界限，与世界各地的人们心灵相通。《草地歌谣》正是这样一首充满魔力的诗篇，它以其独到的视角和深邃的思考，触及了读者的灵魂深处。

自然与人文的和谐。在这首诗中，自然不仅是背景，更是孕育诗歌生命力的土壤。"蒙古骑手"的自由奔放、"追风的骏马"的不羁与力量、"麦浪"的起伏与"野花"的绚烂，共同绘制出了一幅原生态的草原图画。诗人与自然的和谐共生，不仅体现在对自然美景的细腻描绘上，更在于诗人对自然的敬畏和理解，这种和谐是诗人创作灵感的不竭之源。

创作与生活的交融。诗人在诗中自豪地宣称"我也是诗人"，这不仅是对创作身份的认同，更是对创作过程的深刻反思。"幻想的折磨"揭示了创作中的挣扎与痛苦，但最终能够"哼出一首收获的歌"，则展现了创作带来的成就感和满足。这种从痛苦到满足的转变，是每一个创作者都可能经历的心路历程，也是艺术创作中不可或缺的一部分。

时间与变迁的哲思。时间在诗中不仅是背景，更是主题。"什么时候播种""什么时候收获""什么时候叶落归根"，这些时间节点不仅是生命循环的象征，也是诗人对生命过程的尊重和对时间流逝的感慨。通过描绘时间的流转，诗人表达了对生命无常和变迁的深刻理解，引导读者思考时间的意义。

孤独与坚韧的并行。诗人在创作过程中的"孤独和寂寞"，是每一个创作者都必然面对的挑战。然而，诗人强调了"顽强"，这不仅是一种面对孤独时的坚韧和勇气，更是一种对创作执着追求的精神。这种坚韧，是诗人在孤独中寻找灵感，最终创作出感人作品的动力。

地方特色与个人情感的交织。"呼伦贝尔"不仅是一个地理名词，它在诗中还承载了诗人的个人情感和记忆。"心灵仔仔细细抚摸过"的描述，展现了诗人与这片土地之间深厚的情感联系。这种地方特色与个人情感的结合，既增强了诗歌的情感深度，也赋予了诗歌独特的地域色彩。

象征与拟人的运用。诗歌中的"追风的骏马"和"山被野花淹没"等形象，既是对自然景观的描绘，更是诗人内心情感和追求的象征。"富丽与坦诚"则体现了诗人对自然和创作的真诚态度，这种态度是诗歌能够触动人心的关键。

《草地歌谣》以其丰富的意象、深刻的内涵和独特的艺术手法，展现了诗人对生活的深刻理解和对创作的热情追求。这首诗不仅是对呼伦贝尔自然之美的颂歌，也是对创作过程的真诚反思，更是对时间、内心、地方特色等主题的深入探讨。它是一首能够跨越时间和空间，与读者产生共鸣的诗歌。

读着丁永才的诗，我愈发相信：广义上讲，诗人都是大地的歌者，都是用心灵来歌唱的。丁永才走遍了呼伦贝尔的山山水水，他的热爱便是滚烫的心跳，而每一次美丽的心跳，便有诗歌美丽的产生。

总之，不论是写呼伦贝尔整体的印象还是局部的风景，他的笔下都是燃烧的语词，读了让人眼睛发烫，过目难忘。

他的根性写作源于灵魂一直在寻根

"根性"，一度是一个被用滥了的词，但我仍然愿意用它来探秘丁永才的诗歌世界。

抛开概念和术语，在我看来，根性就是一个人的个体生命，还有他所使用的语言、对所在地域的自然反应。

他在呼伦贝尔广袤的大地寻根，情系草原，他的根就在这方热土上！

写诗一定有"根"！由于要寻"根"和渴望让这个"根"发出芽来，一个人，从写诗那天开始，便和自己的灵魂较上了劲儿：东张西望、辗转反侧、欢喜悲伤、匍匐仰望……种种情绪不能自已，仿佛这个世界，就是用来观察的，就是用来表述的，就是用来操心的，就是用来纠结的，就是用来热爱的。

丁永才说过，如果一天不做这些事情，心里便觉得空荡荡的，灵魂便没有地方安放。

这不是和自己执拗又是什么？但话又说回来，幸好有这些感觉人类才没有丢失灵魂的闪电和火焰，它们一直为我们的前行照亮着方向。如此这般，诗确实是人类的目的和未来。

他，呼伦贝尔的游吟诗人，心灵深处的歌者，用笔尖在广袤的草原上书写着生命的篇章。这片蓝天下的大地，是丁永才最富有灵感和热情的创作空间；如果说诗歌是生命之河，那么呼伦贝尔就是他创作的"根"，是他精神世界的日出之地。

从"根"的角度挖掘，诗歌是泥土的、从前的、凝固的；它是岁月的苔痕，是沉睡的岩溶，是只可意会不可言说的经历。

丁永才的根性写作，不仅仅是对传统的复述，更是在传统基础上的创新和个人表达。读他的诗，我们发现诗人有着深厚的文化底蕴和敏锐的个人感受力。他通过这种"根性"写作方式，让诗歌展现出了独特的魅力和深远的影响力。

走来走去，寻寻觅觅，他的脚步在草原上留下深深的足迹，每一步都是对美好生活的追逐，每一次呼吸都充满了对自然的赞美。他的心灵之歌回响在天地间，他的青春和希望在这片土地上生根……直至成长为大地的诗人，自然的歌手。

那一天

靠在身后的是那一天
捧在手里的是那一天
蓦然回首望见的还是那一天

那一天的话题依旧新鲜
那一天的旧事犹在闪现
那一天的心窗本来就未关闭
那一天的想法一如从前

那一天
真有一些什么留下来
留下来做一件不灭的纪念

通常来讲，这是一首爱情诗，但我宁愿把它解读为"寻根诗"。创作这首诗的灵感来源，一定与诗人的从前密切关联。从前就是今天的"根"，是今天的精神依靠和力量支撑，化为某个具体事件或某种情感体验，便有了"那一天"。

如此，诗人加大了创作的情感投入。比如用丰富的意象来放大诗歌的内涵，如通过自然景象、季节变换等，来象征或影射"那一天"的特殊意义。

具体来说，这首诗歌以"那一天"为主题，通过反复的吟唱，表达了对过去某个重要时刻的追寻和留恋。

"靠在身后的是那一天"：诗人将"那一天"比作坚实的后盾，作为深植于生活沃土的根，它又如同生命的根据地，给予诗人无尽的温暖和力量。

"捧在手里的是那一天"：诗人把"那一天"捧在手心，显示了"那一天"的珍贵和重要，这种"根"连着心，需要小心翼翼地呵护。

"蓦然回首望见的还是那一天"：忘记历史意味着背叛，一路走来，谁能忘记自己的"根"呢？诗人在不经意间回头，发现"那一天"依然清晰可见，说明"那一天"在诗人心中留下了深刻的印象，难以忘怀。

"那一天的话题依旧新鲜"：尽管时间不息，但"那一天"的谈话和话题仍然历久弥新，"根"不会老化，依旧散发着勃勃的生机和迷人的芬芳，它的每一个瞬间，在诗人心中鲜活如初。

"那一天的心窗本来就未关闭"：诗人的心门始终为"那一天"敞开，说明"那一天"对诗人有着深远的影响，一直占据着诗人的心灵空间。

"那一天/真有一些什么留下来"：诗人认为"那一天"确实留下了一些宝贵的东西，可能是一段难忘的经历，一份深厚的情感，或者一种深刻的领悟……是啊，时间在延伸，"根"怎么会丢了？

"留下来做一件不灭的纪念"：诗人在结尾部分，进一步升华了主题，让读者在回忆自己的"那一天"时，思考如何让这些宝贵的"根性"，长成一棵开花的风景树。他希望将"根脉"永久地保存下来，作为不灭的纪念，激励自己不断前行。

整首诗一唱三咏，语言精练而富有冲击力，诗人去除了可能的冗余，确保每一句话都能触动读者的心弦。通过反复吟咏"那一天"，表达了诗人对过去美好时光即"根"的无限怀念和珍视。同时，深扎于时光隧道的"根"，对诗人来说，不仅是一段回忆，更是一种精神的寄托，激励着诗人不忘初心，奋力前行。

人在旅途，谁没有过难忘的经历？谁没有过刻骨铭心的"那一天"？谁又能忘了自己的出处？读着这样的诗，我相信读者诸君和我一样，会被深深打动，会想起自己的出发地，会想起埋葬胎衣的地方，会频频回望自己的"那一天"……这就是诗歌的力量，这就是精神天地的通感！

丁永才诗歌的根性写作，贯穿在他创作的过程中。他自觉地深入挖掘文化、历史、地理以及个人经历的根源，从而创作出具有深厚文化底蕴和个人特色的作品。

由于篇幅原因，这里不再赘述，相信读者会从他的大量诗作中，寻出他的"根"来。

他的倾听与倾诉

诗歌创作是一种深刻的艺术表达形式，它涉及创作者对外界事物的深刻理解和内心情感的流露。在这个过程中，"倾听"和"倾诉"是两个非常重要的环节。

归根结底，写作其实就是一种内心的倾诉。但前提是，想倾诉到走心的境界，必须先认真倾听。

行者无疆，行走在呼伦贝尔大地，丁永才常常从自然界中汲取灵感。他倾听着自然的声音，倾听风声、雨声、鸟鸣、草摇……这些声音，激发着诗人的想象力和创造力。

同时，我们能从他的诗中，读出他非常注重倾听内心的声音。这种倾听，让诗人更深层次地理解了自己的情感和思想，成为升华诗歌创作的一个重要路径。

而倾诉是诗人情感的直接表达，通过文字将内心的情感倾诉出来，与读者产生共鸣。丁永才的倾诉，非常注重思想的传达。在他看来，诗歌不仅仅是情感的流露，更是思想和观点的传达。

作为一名具备敏锐的观察力、深刻的思考力和卓越的语言表达能力的诗人，丁永才的倾听与倾诉是相辅相成的。诗人通过倾听来获取灵感和素材，然后通过倾诉，将这些灵感和素材转化为具有艺术价值的诗歌。

倾听是一种致敬的姿势，倾诉是一种心跳的表达。

丁永才以虔诚的信徒之心，倾听着呼伦贝尔 26.2 万平方公里的热土。由于已经心心相印，天人合一，他有了太多的感觉想表达,于是顺理成章地成了这片土地的代言人。从这个意义上来说,他不是在写诗,而是在用心倾诉。

从大草原到大森林,从大河到湖泊,他都在认真倾听。从呼伦贝尔的中心城市海拉尔到大兴安岭北部密林深处的根河,从呼伦贝尔东端的莫力达瓦达斡尔族自治旗、阿里河,到西部的扎兰屯、阿荣旗,诗人用心触摸着一个个星星般的名字,他听出了星语荡漾,他在替这方土地表达着澎湃的内心。

我想通过一首诗,来走近丁永才的"倾听与倾诉"——

根　河

在山沟里　根河
向天空举着自己的花朵
落叶松的眼神儿
在河滩上绿意初萌
黝黑的土地上
一节一节生长
四野充盈着涛声

那些枕着松涛入眠的人
满目都是森林滋养的血性
花草树木在他们的心里疯长
他们的血管有根河的浪花,
在一波一波地骚动

《根河》是一首充满生命力与情感的诗篇，诗人以细腻的笔墨描绘了根河的自然风光，表达了人与自然的和谐共生。

　　在《根河》一诗中，诗人以一种近乎神圣的笔触，勾勒出了根河的壮丽与神秘。根河，即葛根高勒河，这个名字，本身就蕴含着一种原始的力量和独特的文化底蕴，如同一曲古老的歌谣，回荡在诗人的心头。

　　诗人听到，根河的潺潺流水在诉说着岁月的沉淀与文化的厚重。诗中，根河被诗人赋予了生命与情感，它不仅是大地的血脉，更是自然的诗篇。它与山沟、落叶松、土地、花草树木共同绘制了一幅生机勃勃的画卷。诗人听出了每一抹色彩、每一声鸟鸣，都是根河灵魂的低语。

　　通过这种侧耳倾听，诗人听出根河不仅是一条河流，不仅是一个地域的符号，更是时间的见证者、历史的承载者，更像是一个有生命、有情感的、活色生香的存在。

　　"向天空举着自己的花朵"，也许是根河的波光粼粼，也许是河畔野花的绚烂……诗人听见的浪奔花开声，是大森林对自由与希望的渴望。这不仅是一种视觉听觉的盛宴，更是一种心灵的触动。诗人用这样的意象，让我们感受到了自然界的无限美好以及生命的顽强与不屈。

　　看见即听见。"落叶松的眼神儿"，让我们感受到了诗人对大自然的深刻理解和尊重。他发现抑或是听到了大森林的秘密：每一棵树，每一片叶子，都在讲述自己的故事。它们与根河共同呼吸，共同成长，构建了一种超越语言的默契。

　　诗人还听到了"黝黑的土地上/一节一节生长"，这不仅是根河两岸肥沃的土地，更是生命奇迹的展现。根河的滋养，如同母亲的乳汁，孕育着丰硕的果实，让生命的力量在这片土地上生生不息。

我们再听听丁永才笔下的倾诉。

"那些枕着松涛入眠的人"，他们是根河的儿女，他们的生活与根河的水波紧密相连，他们的心灵与根河的脉动同频共振。"满目都是森林滋养的血性"，这种倾诉让我们感受到了根河人对自然的热爱与敬畏，他们的生活充满了活力与坚韧。

"花草树木在他们的心里疯长"，这是一种告白式的倾诉，让我们从中了解到，自然之美已经融入了根河人的生活，成了他们精神生活的一部分。"他们的血管里有根河的浪花"，更是深刻地倾诉了森林人与根河之间不可分割的联系。他们的日子与浪花一起绽放，他们的生活、生命力与根河息息相关。

"在一波一波地骚动"，这句诗不仅捕捉到了根河的动态美，更影射即倾吐了人们内心汹涌的激情。

整首诗，通过对根河及其周围环境的细腻描绘，传达了人与自然和谐共生的理念，赞美了大自然的壮丽与生命力，同时也表达了对那些与自然和谐相处之人的深深敬意。

笔者作为一个在根河生活、工作过十几年的人，丁永才的倾听与倾诉，唤起了我对根河深深的怀念与美好的情怀。它让我更加深刻地感受到了根河的魅力，以及这片神奇的大森林所代表的精神价值。我相信，语言的魅力和真情实感的打动，会让每一位读者都能感受到这份美好，与根河的灵魂产生共鸣。

我们可以这样认为，丁永才在诗歌创作中，始终真情流露。他通过倾听与倾诉，不仅让诗歌的意境更加深远，也让读者能够更加深刻地感受到其作品充盈的生命力与强烈的精神内涵。

这篇拉拉杂杂的小文没有从专业的角度来解读丁永才的诗歌，也没有引用深奥的诗歌理论，只是写出了个人内心最淳朴的感觉。

点评的诗，也是个人的偏好。我想通过这种学习与反思，起个抛砖引玉的作用，引起对诗人，对人世间每一个角落里诗意的致敬。

呼伦贝尔26.2万平方公里的大草原大森林，不光盛产蓝天白云，也盛产草籽松子。丁永才的一首首诗歌，便是一粒粒种子，而且是会飞的！它们飞到四面八方，把大草原大森林的美丽向全世界广而告之。

画家陈逸飞把江南水乡传递给人们，诗人丁永才笔下的呼伦贝尔，无疑会牵动无数人对天堂草原的向往。

丁永才的诗歌不是浮光掠影，不是随波逐流，他的写作是以生命独特的体验为根基的，他的诗歌架构不是冰冷的水泥混凝土，而是血肉之躯的温度建筑。

他的灵魂火焰灼灼，他的诗意缤纷绽放！

这种灼灼与绽放，适合用来抚慰治愈，适合作为漂泊者的灵魂庇护所。

（宋湛，本名宋占臣，曾用笔名五湖、路漫等。在内蒙古大兴安岭林区工作、生活多年，现供职于山东威海报业集团。坚持写诗四十年，创作新、旧体诗万余首。诗歌主张：短、软、暖、简）

爱至情深笔自倾

——丁永才诗集《那一年的风花雪月》管见

殷咏天

听说呼伦贝尔市文联等要举办"丁永才作品研讨会",我很是高兴。永才痴情于诗,耳顺之年未改,本就值得称赞,如今新作结集,怎能不祝贺他呢?于是讨来电子文本,初读一遍,最大的感受就是爱意浓浓、诗意缱绻,书名曰《那一年的风花雪月》,的确十分相宜。在此结合部分诗作,浅尝刍议,求各位方家指教。

本书分四个部分,即"我的诗与你有关""呼伦贝尔大雪原""呼伦贝尔之旅"和"异地采风"。每个部分从内容上来看各有不同或各有侧重,共通之处则是爱的相连、情的隐含。正应了那句古语:"登山则情满于山,观海则意溢于海。"当然这里的"情"是广义的情,但更偏重于爱情,而爱情既是美丽而神圣的,又是复杂而难以预料的。因此,古今中外留下和演绎出了那么多或感人或悲伤的故事,爱也始终是文学艺术中一个永恒的主题。具体到本书,大致可将其分为"爱的三部曲"。

一是对爱的赞美和呼唤。这在第一辑前两组诗《我的诗与你有关》和《那一年的风花雪月》中体现得尤为突出。比如在《花》中,作者一连三次写道:"遇见花开/是你我一生的荣幸"。通过这样一咏三叹，引出最后的心声："我等待你翻山越水而来/品尝我为你酿造的爱情"，短短几句话把对美好爱情的赞美和呼唤淋漓尽致地表现出来了。《风》中也有类似的表达，只是借风委婉传递而已。在几次的"一路喧哗而来"后，最后一节颇能体现主旨："逆风而行的我和你/在风向标的敲打下目光坚定/我听到你内心的河流/一次又一次　比风声/更热烈而迅猛"。从中可感觉到爱的艰难和坚定的奔赴。在《与你有关》中，作者通过"夜晚""酒杯"和"诗"均"与你有关"的抒写，让爱情的场景一一呈现，并且从物质层面上升到精神领域，使爱情愈加神圣而令人向往和回味。当然，这在其他诗篇中也时有体现。比如在《白桦林》中，作者咏物寓情，情景交融："是的　我在白桦林里等你/即或错过你的花期/注视你的结果/也是不可抗拒的美丽"。至美的爱情融入诸多物象之中，既突显了作者的创作审美倾向，也可以看出作者在艺术手法上日渐娴熟。

二是对爱的错过与怀想。毕加索有言："爱情没有完美，只有是否真心。真心就是完整，完整就是爱。"此言真的有一针见血的深刻和忧伤。因为没有完美，注定要有遗憾；因为曾有真心，又会激起不少对不完美的刻骨怀想。甚至可以夸张点说，古今中外的文学史就是一部爱情的诉说、坎坷、不完美结果的演绎史。因此，对爱的错过和怀想始终占据着文学一大部分地盘。回到本书，我们自然也能看到此间独特的风景，看到"蹉跎"的爱在诗句中生发出别样的光彩。比如在《这　我能理解》中，因怕"流言打湿你素洁的裙裾"而一再说出"这我能理解"，但直到最后"我"还在那里等待，似"清晰"又

"朦胧"地发问："这 你能理解吗？"这一问既体现了"我"的痴情不移，又引发了人们对社会、世俗、人性等多方面的思考，也让古老的爱情蒙上了一层新的面纱。在《告诉我》中，作者通过诘问"梦境""心愿""煎熬"各"能持续多久"而使感情层层递进，将无法实现而又不能忘怀的美好爱情传递给读者，问"你"，问"我"，也问"他"："……谁来告诉我？"这一诘问不会有结果，因而也更加忧伤。在《读你的诗的时候》里，作者更是写出了"十个冬天"中"我燃烧自己取暖，爱情却一天天冰冷"的痛彻体验，让读者一并感受爱的苦涩。这类的表现在本诗集中可谓多种多样。比如凄凉："一个人的苦苦寻觅／多么形单影只"（《你的故事》）；比如深切："每一步都怕踩疼以往"（《相思谷意念》）；比如绝望："一座山 横亘于／你我之间"（《山》）；比如反思："匆忙之吻没有根基／你我身不由己坠下深渊"（《崎岖》），等等。总之，不完美的爱滋润了作者多彩的诗，让爱在精神的时空一再穿越，一次次叩击我们的心扉，陶冶我们爱的灵魂。

三是爱的升华与超脱。严格意义上的爱情无法完美，却可以让那片真心永存，从而让"缺憾"超脱于一般性的痛思，上升为一种永恒的美感确认，这应该是"爱的三部曲"中最"形而上"的追求。在本诗集中诗作虽不多，但不难看出作者在这方面的一片诗心，最有代表性的当属《想一个人或不想一个人》。题目就有鲜明的指向——"想一个人"，是因为"爱"；"不想一个人"，是放下，是超脱，是更深层的"爱"。因为美好的过往"让天空彩云永驻／让你我的花蕾布满露珠"，所以才会坚定地反问："谁内心的河流还会漂流孤独"，谁说不是一种幸福？当然，这种升华和超脱是要伴随思念的焦灼和苦痛的，"涅槃"的代价是深痛沉重的，这从《雨天的故事》里可见一斑。这组诗通过"雨天""白日""静态""知觉""成熟""情人""声音""心境""落雨的日子"等不同角度的抒怀，可见爱之升华的不易：有"流言砸碎石头"的沉重，也有"灵感陷入泥淖"的无奈；既有"门闩应念而落"的幻觉，也有"我是一幅受伤的风景"的喟叹，但毕竟"有人在我跌断的鱼尾纹里/读出了成熟"。这不是也令人欣慰的事情吗？另外，这组诗在手法上也是使用最多、最有创新的，很值得细读细品。

　　总之，《那一年的风花雪月》中的纯粹情诗虽不是多数，但爱情不啻本书的灵魂主导，即使在写呼伦贝尔风景名胜和异地采风，也时有爱情的浓墨重彩或隐约折射。这也许是读者可以走入诗人心灵的一条曲径，也可看作是诗人和诗集的"高标"，因为"爱情是一段艰难而美丽的人类旅程"（伊丽莎白·贝内特语）。相信读者读进去会有更多的收获，得到不同的爱的熏陶。借此机会也愿永才诗心不老，情笃永恒。

2024年夏于海南心海居

雄浑与柔婉的交响

——丁永才诗集《雄性意识》艺术风格探析

刘海玲

当呼伦贝尔诗人丁永才"站在目光无遮无拦的原野上"开始畅想，"并以雄性的道健之气/谱写那一刻的战栗与冲动"（《自白》）之后，一首首"如霆、如电、如长风之出谷、如崇山峻崖、如决大川、如奔骐骥"的雄浑之作喷涌而来。诗歌豪纵挥洒、汪洋恣肆的壮美，使读者仿佛也跟着抒情主人公骑上骏马在草原上驰骋，让"粗犷的疯狂的打击乐"敲响整个草原。但接着读下去，明媚的阳光下打击乐疯狂的鼓点渐渐演绎成朦胧的月光中梵娜玲的轻弹慢吟，"如升初月，如清风、如云、如霞、如烟、如幽林曲调……如鸿鸿之鸣而入寥廓"的柔婉之诗汩汩而出，使读者仿佛也沉浸在"断断续续地传来""似歌"的"花香"之中。

在诗集中呈现出雄浑与柔婉两种迥异其趣的风格，是《雄性意识》的显著艺术特色。

一

雄浑是指感情激荡、诗思开阔、气魄宏大，读来使人振奋的诗歌风格。司空图在《诗品》中把"雄浑"放在第一品，其特色是"大用外腓，真体内充，返虚入深，积健为雄"。雄浑的艺术风格，鲜明地表现在《草原上的男子汉》等诗歌中。

这类作品，首先是宏伟壮阔的客观图景和粗犷高大的抒情主人公形象，其中饱含着恢宏的主体精神，构成了雄浑风格的内在气势。

作者用"以心观物"的审美观点，注重对外部客观世界和人物外在特征的美的歌唱。抒情主人公既是生活中的普通劳动者，又是征服自然、驾驭世界的有巨人般色彩的英雄。《草原上的男子汉》为我们描绘了一个壮观的场面：草原上的男子汉高举套马杆，骑在骏马上，指挥着"流动的毡房"转场。在这颇具气势的场景中，诗人传达了男子汉的理想形象：他们是高大而乐观的，指挥转场，就像"指挥着一支大乐队"；他们是坚强而有力的，即使"流动的毡房""泊在草库伦的风口浪尖上"，也会"悠闲地/栖息在无风无浪的海港"，因为"草原上的男子汉围起来就是一堵墙"；他们是粗犷而豪放的，"大块的手抓肉一口吞进/大碗的白干酒一口捌光"；他们是坦荡而多情的，"发狂地喜爱草原/……/采一束如血如火的萨日朗花"带给女人孩子们；他们更是充满希望的，"用地平线一样长长的套杆/甩掉草原过去的粗劣的轮廓/套住草原未来的精湛的画卷"。诗人以男性主人公为明确的抒情对象，并把自己的人生理想饱含着生命的激情赋予在他们身上。在诗人的笔下，他们粗朴地"大喝60度的老白干大吹不上税的牛皮"，"抽拇指粗的旱烟"，见到女人竟也"变得细腻变得斯斯文文"（《渔汉子心目中的另一半世界》（组诗）；伐木工会"翘起咔咔解冻的胡须/我们以男子汉的剽悍/咚咚咚走进城市"，但在经历了名画展、歌舞厅、足球赛等城市文化之后，仍是"把根须扎在雪线上面"，"胸膛里滚滚的松涛/涌动起山林的呼唤"（《伐木工的诙谐曲》）。在风卷、雪崩中，伐木工却"扯开胸怀，冻不僵的目光/撞响山林，惊呆山林"，于是，在"喘着/粗犷的油锯里"，"大垛的原木/堆起冬天里烫金的秋天"（《雪原的旋律》）。即使在推磨时，也以男子汉的黧黑与健壮"进行一次庄严的雕塑/甩起拧着劲儿的笑声，推出/粗犷的草原之歌"（《我们推磨》）。诗人笔下这些粗犷的抒情主人公形象以及巨人般的性格色彩，在无边的草原、奔涌的河水、怒吼的林海等壮阔的自然背景中，蕴含着独特的英雄基调，而站在这种艺术氛围中，就是诗人自我的高大形象。

其次，这类诗表现了以最热烈最放纵的方式抒发感情的美学原则。

英国浪漫主义诗人华兹华斯说："一切好诗都是强烈情感的自然流露。"在这类雄浑的诗作里，我们看不到作者过多的修饰和精心的雕琢，只看到感情如山洪暴发喷涌而出，感情热烈、节奏激越、笔调高昂、笔力遒健。诗人运用夸张、排比、复沓等富有气势的修辞方式，如"套马杆举起来举起来/大马群飞出来飞出来"（《草原上的男子汉》），"让我们山林的气息眩晕他们吧/让我们粗犷的旋律震颤他们吧"（《伐木工的诙谐曲》）等句式，感情流泻全凭自然。尤其是一声声"转场喽转场喽"的唱和，"旋转了旋转了"的高歌，"拥抱我吧狂吻我吧"的呐喊，真如打乐中最振聋发聩、最让人激昂的鼓点。郭沫若曾说："我便作起诗来，也任我一己的冲动在那里跳跃，我在有冲动的时候，就好像一匹野马……"而《雄性意识》中的雄浑之作很容易让人联想到郭沫若《女神》的创作风格。不借他势、无所依傍地抒发感情，体味生命的大自由大自在，产生了一种直抵人心的艺术冲击力。

二

柔婉，指诗中内含的灵秀和表达的含蓄。刘勰在《文心雕龙·隐秀》中说："隐也者，文外之重旨者也；秀也者，篇中之独拔者也。隐以复意为工，秀以卓绝为巧。"道出隐与秀的奥秘。《在那个海滩》《雨天的故事》等诗篇呈现的正是柔婉和含蓄的艺术风格。

首先是诗人感受现实心理的方式亦即审美视点以心观心的方式，使自己的心灵成为自己的观照对象。在主观体认生命的过程中，他真诚地绘制每一特殊情境中的内心世界。这类抒情诗中，抒情主人公在现实生活中的社会角色被淡化，内心世界中纯粹的自我性情得以披露。但此时，"我"既是自我，是心灵，也是任何有共同情感体验的人的心灵总和，所谓具有心灵的普适性。在一个山水之间雨丝斜织的惹人愁思的情境中，"我"忽然忆起一段故事以及"那个达紫香开满的春日/那行星星雨叮咚作响的诗句"，"我"不仅忆起，还作了遐想，"此刻你也在怀想/或者正向怀想走去吗"？由"我"的心情到与"你"的心境相吻合的真切期待，落墨为"一只只水鸟扑扑飞起/飞成别离的情绪"（《那天，伊敏河落下小雨》）的思念之情。在另外一个落雨的日子里，"情绪被潮湿侵乱/压在心里的许多事情长出芽子"，诗人回忆往事，寻觅友情和爱情，失落感油然而生，"从此，落雨的日子/有人很忧郁地/把最幻想为结局"（《落雨的日子》）。

诗歌的柔婉风格，还体现在诗人在心灵时空徜徉时，关注情感的丰富性和复杂性、意象的多义性和朦胧性。雨果在《悲惨世界》中有一句名言："有一种比海洋更大的景象是天空；还有一种比天空更大的景象，那是人的内心世界。"尤其是诗人的内心世界，可吐纳江河湖海，可矗立高山峻岭，更有纤细丝缕弹奏出的心弦的回响。在送信时间里对"你情感的阳光"，"照亮我孤独的旅程"（《一种情绪》）的渴望；"烦恼、疲劳都被打着旋儿的/圆舞甩出好远"（《周末舞会》）的舒坦；"女儿的小照"在我梦里"播撒水灵灵的笑声"（《那时》）的慰藉；对"在一个涨潮的日子/飘来了那半边月牙儿/柔润地抚慰我们/甜甜的团圆"（《再见》）的期待，等等。在心灵的时空中，现实与理想、情感与理智、过去和现在、"我"与"你"等A与非A的二维元素常常处于对立矛盾的困境中，折射出诗人的生命历程和生存状态，尤其表现了复杂的情感世界。如"一个丁香花似的姑娘/带着我　在这棵樟子松下/留下了一片丁香花的记忆"，如今，我再次面对"塔形的松树"时，一方面，"真想找回那串/丁香花般的记忆"，另一方面，"又怕那个忘怀不了的日子/让我忘怀了整个世纪"（《秋忆》），在"暖风熏香的季节里"铭刻着纯真的许诺，而"我们已不再年轻时"，"所有天真烂漫的想法/都变得羔羊般温和"（《许诺》）；"我的心情"盼望着你的"照耀"，但"雨夜无语"，"我的门铃"（《声音》）寂然无声，等等。诗中的意象运用脱离了单一性和指定性，显示出多义性和朦胧性，诗人用"数不清的梦""辽远的歌声""快乐与微笑""头上的犄角"等一系列表象，表达过去日子的美好、青春的幻想和亮丽、年轻时的冲动和幼稚等多重含义，而"摔落""不定""反锁""作痛"则暗含了逝去、作别、遥远等意旨，在是是非非、变幻无常的人生中，以至"鱼尾纹"都"跌断"（《成熟》）了，读者也约略体味到了"成熟"的滋味，沉浸在感受丰富细腻又不确切指认的朦胧意境当中。

再次，其柔婉表现在如泣如诉的低缓、轻柔的节奏中，以及象征、隐喻、双关、通感等高密度的修辞手法的运用里，语言具有弹性，从而更加耐人寻味。如《再见》一诗，作者要表达的是多少诗人吟咏过的思念之情，客观对应物之一是常见的月牙儿。但在感情基调如潺潺流水似的倾诉中，透过一个个表象巧妙的连接，令人感受到精巧别致的诗美。"月牙儿"物象的引出，是由于离别时难舍难分的心绪中微闭了双眼，"关闭"了"团圆"，才有了"半边月牙儿"，"阳光穿不透"别离，却能"匆匆赶来"守护我"潮湿的企盼"，何时"那半边月牙儿"飘来了，才会"柔润地抚慰我们/甜甜的团圆"，月牙儿既是物象，又是事象、心象。诗人的情感找到客观对应物，使诗歌具有可供读者想象和联想的空白；通过多种修辞手法的运用和结构上多样的排列组合，触发了读者的想象和联想；题旨的多义性和"亦此亦彼"的不确定性，又使想象和联想各得其所。

三

雄浑与柔婉两种诗风在诗集中各具优势：一个以"气"见

长，一个以"味"取胜；一个表现社会责任感，一个传达生命忧患意识；一个是非我的换位，一个是自我的抒发；一个是征服自然的人格诗化，一个是融于自然的心灵诗化。诗的风格是艺术表现得相对稳定的体系，那么诗人在诗集中为什么要表现两种迥然不同的风格呢？

首先，"诗是对于人生与世界的一种惊奇与赞叹"，诗又总是和感情内涵相联系，并受感情内涵的制约。一方面，诗人的人生道路、生活阅历、知识结构等不断地变化、丰富和提高；另一方面，从生活了二十几年的家乡科尔沁草原来到呼伦贝尔草原，诗人对辽阔无际、民风淳朴的草原生活既熟悉，又怀有深深的热爱。牧马人、大学生、教师、记者、编辑等多阶段社会角色与儿子、父亲、恋人、丈夫、朋友等多重生活角色的交叉，丰富复杂的现实生活，决定了丰富复杂的感情内涵。犹如，写有许多龙腾虎跃的壮词的辛弃疾，也有"宝钗分，桃叶渡"和"我见青山多妩媚，料青山见我应如是"这样的调柔意婉的情语。

同时，诗的风格又包含时代特色和民族特色，时代的意识形态、文化观念、审美时尚等以及民族的文化心理、性格特征、道德观念等会对诗歌的风格产生强大的影响力和明显的制约力。诗人写诗的十年间，当代诗坛的诗美走向也非常鲜明，诗歌的情绪结构走向复合式，思想内涵表现出多义性，思辨精神和理性色彩包蕴在高密度的意象群里，表达方式也更显跳跃和空灵，这些无一不影响着诗人的创作风格。

其次，成为诗人，作为诗人，其生命必须是饱满而强烈的。生命意识之一是忧患意识，是诗人对自身痛苦的体验及宣泄；之二是欢乐意识，讴歌生活中的真善美。只有在欢乐和痛苦的共振点上，才能唤起创作的激情和灵感。对于诗人来说，还要满足自我实现的最高层次的需要，把最高的诗的世界的美作为人生的本来价值，成为诗人创作的内驱力。牧马人、渔汉子、伐木工野性粗犷的性格特征、质朴豪放的情感世界及征服自然的巨人形象，与诗人渴望自我实现、自我超越的主体意识不谋而合，从而进入了兴会淋漓、叱咤风云的诗美创造。而当诗人的兴奋点集中在自我的内心生活世界时，外部世界的一切又都消融在抽象、主观的内心世界中，感情及其抒发也由热烈转为平和，由豪放转为深沉，由粗犷转为细腻，由直接转为婉曲。

对诗歌风格稳定性的理解不能绝对化，一个人在艺术探索的历程中，主导风格的转变是常有的。如台湾诗人洛夫所说："一个诗人毕其一生不可能只写一种风格的诗而不变，如要追求自我突破，就必须不断占领，又不断放弃……"当然，本文绝不是说《雄性意识》的诗作尽善尽美。有的诗歌对于即兴式情感的抒发超过了深层内涵的开掘；有的诗歌构思很巧，但意象简单，语言缺少张力和弹性等。

呼伦贝尔《骏马》杂志原主编艾平在谈丁永才诗歌创作时说："在物质对精神强有力的覆盖面前，诗人是第一个受难者，因为他的家园奠基在世上最敏感最细腻最易破碎的灵魂之上。"他因之也更钦佩丁永才几十年来固守在诗的王国里，以不竭的诗情和不辍的诗笔耕耘着自己的沃土。相信诗人会在不断探索中，形成独特、成熟的诗美风格，并促进和带动呼伦贝尔诗歌创作的繁荣发展。

一个人心灵中若是有了诗，生命的存在就是美的存在。

精神家园的牧歌

——丁永才诗集《未了情缘》印象

谢松岭

手捧《呼伦贝尔作家作品选》之一——《未了情缘》，不禁为曾经同事六载的作者——诗人丁永才而骄傲、自豪。之后便是内心的一丝遗憾：生于斯、长于斯的我不能为我的草原、我的河流、我的森林而歌唱；而我的草原、我的河流、我的森林在丁永才的《未了情缘》中被歌唱得如此庄严、富丽、迷人、温馨而又美好。是的，草原的风、草原的云、草原的太阳和月亮、草原的微笑和歌声，在丁永才的诗里飘荡、跳跃、升腾，构成他"精神家园"不可分割的美丽一角，正如诗人自己所言："命中注定与草原有缘。"家乡科尔沁草原令他魂牵梦绕，第二故乡呼伦贝尔更令他荡气回肠，从而使他从心底"以雄性的遒健之气"豪迈而粗犷地吟唱出一首又一首激情澎湃的颂歌。这些诗在他的诗集《雄性意识》中有一定的篇幅，而在诗集《未了情缘》中，诗人有意识地辑为"我的村庄"和"第二故乡"，"昂扬、雄劲的歌唱"（艾平《技巧是对真诚的考验》）。在这"昂扬、雄劲的歌唱"中，我们第一个印象就是源于他朴实自然的生命本质。

丁永才于大饥饿之年生于科尔沁草原深处，家乡半农半牧的生活和当过牧马人、小学教师的经历赋予了他泥土般的淳朴性格、草地般的坦荡胸怀和对人生理性思索的头脑。他笔下有村庄，村庄里有父亲的叶子烟；他笔下有土炕，土炕上有母亲的莹莹泪光……所以，那浓浓的乡情、深深的母爱，丝丝缕缕、断断续续，构成了诗人脑海中、心灵里的至情至真的深刻印象，这深刻印象并没有因诗人生活的痛苦或喜悦、挫折或安逸、贫困或富足的变化而变化，相反，诗人以一种童真的心态和眼睛对此进行了质朴、平白的讴歌。他"沿着深入草原的小路/走回记忆繁茂的地方"，想起了那个"扎羊角辫的脸膛红红的姑娘"（《草原的太阳》），想起了"八月底瘦瘦的月亮"下，"母亲的别泪泛着青光"（《母爱》）。而当他"十几年后双唇抿不住激动地面对故土"（《面对故土》）时，他眼里是"那排扎下根的柳篱笆"和"那盏挑在正月里的大红灯笼"（《正月》）。诗人对故乡的爱深切，对亲情的渴望自然，而这一切用诗的语言表达出来时，恰是见景生情、直抒胸臆、平白朴实、通俗易懂，丝毫没有辞藻的堆砌、情感的卖弄。正如诗人在《序》中所说，他"有意尝试着将一些散文的用语引借到诗中，得到一些平近之美"，而这平近之美的意境正是诗人主观情意与客观物象相互交融的结果。所以，可以说，丁永才孜孜以求的、在他的诗集中已经明显表露的、"凭借自己的生命体验，倾注了满腔的真挚"（艾平《技巧是对真诚的考验》）的，正是这种真挚强烈的情感与生动独特的客观物象交融一体的艺术境界。王国维在《人间词话》中说："故能写真景物、真感情者，谓之有境界。"可以说，诗人丁永才在他对诗的几十年的苦苦追求中，已渐入境界，显示出渐进形成的审美个性。

　　丁永才感受着这种浓浓的乡情、亲情，大学毕业后踏上了呼伦贝尔这块热土，他留恋于秀水河畔，踯躅于达赉湖滨，思索于嘎仙洞内，在草原和城市的巨变中，感受着时代，感受着生活，从心底唱出粗犷豪放的牧歌，这便是他的"一缕缕不灭的记忆犹如这抔抔沃土，撒满我深扎于呼伦贝尔的根，我的根便成尺成丈地疯长，然后抽出叶片，结满腔满腹的边塞情"（《未了情缘》）。

　　浏览丁永才的《未了情缘》，第二个印象就是他的诗豪放、粗犷，富有北方男子汉气概。"诗如其人"，诗人本身就是那种"大碗喝酒大块吃肉"的汉子，所以即便远离故乡，亲情乡情深挚却掩不住诗人的坚强。他"踏雪缘山"，望见"樟子松错节盘根"，便写下"如这些咬定黄沙的根/坚定我继往开来的初衷"（《咬定黄沙》），表达他对事业的坚定追求；那些在蓝天做出"一种种凌空的姿势"的鸽子，展示着诗人对人生理想的向往与憧憬；诗人愿"化作一片大草原的土地/让马蹄撞响我的脉搏/让胸怀平添一缕悍然的豪气"（《伊敏河》）。在这心灵的粗犷表白中，诗人讴歌采石者，赞美弓箭手，向往"让太阳陪伴着赶路/让月亮陪伴着赶路"的牧人们，渴望"驼峰里骚动的力量/磨砺着骨骼的倔强"，诗人热爱草原七月的辉煌，熟悉草原"热烈如火的盛情"。正是在这豪放、粗犷的意象中，诗人走上了《生命之旅》，《期望》《对歌》，《在青春季节》《酝酿》《忠诚》，《面对故土》《觅》《草原与太阳》，到《欢腾的草原》《入神》《马头琴的传说》。

　　艾青说："意象是诗人从感觉向他所采取的材料的拥抱。"

丁永才从感觉出发，却又超越了感觉，因为他要透过感觉来抒发情思，"意在言外"。我们正是通过诗的意象感受着诗人宽广的胸怀、透明的心灵、质朴的品格、健康的积极向上的人生观，而这一切又在诗的表述中，形成了意象节奏的舒缓、沉稳和开阔，形成了诗人对自由、自信、自豪的草原人的赞美与肯定，并以沉静的心态来表现豪放、粗犷的风格。

丁永才从一片草原走进了另一片草原，他回眸凝思，亲情乡情不断——《未了情缘》；他举目远望，精神家园的美丽依旧——《未了情缘》。正如诗人自己所说："诗之于我犹如在马背上驰骋时听到辽远的牧歌；我之于诗犹如在大漠上跋涉时突遇清泉……"我们期望丁永才的"牧歌"悠扬，回荡在我们的草原；我们期望丁永才的"清泉"甘洌，与草原上的其他作品一起，滋润我们的心田。

（谢松岭，曾任呼伦贝尔学院思政研究员、图书馆馆长）

用文字描摹自然之美

——论丁永才诗歌中的诗韵与诗情

蔡文婷

　　诗人丁永才从 20 世纪 80 年代开始诗歌创作以来，得到了评论家及广大读者的广泛赞誉，其《我的诗与你有关》（组诗）曾获内蒙古自治区文学创作"索龙嘎"奖。阅读丁永才的作品，最大的感受就是语言简约又不失华美，文本中所传递出的情感与人格特质，是多维而深刻的，反映出诗人对情感、乡土自然乃至社会问题的创新表达与思考，富有极强的感染力。

　　阅读《用胸膛行走呼伦贝尔》（组诗）的开篇时，读者仿佛在与诗人共同围坐在篝火前聆听呼伦贝尔草原上最"震撼人心"的传说，打动读者的不仅是作者细腻而富有诗意的叙事风格，更有其对呼伦贝尔地区历史文化的持续关注。紧接着读者又跟随作者的文字一起去感悟了"春之顿悟""夏之妖娆""秋之感怀""冬之情殇"。诗中"伊贺古格德山""大黑山""绰尔湖大峡谷""天鹅""杜鹃""芍药"等视觉意象的融入不但反映了诗人以"在地者"的身份引导读者去领略呼伦贝尔的自然风光和地域文化，更是展现了他独特的审美观念和精神追求，使全诗体现出较高的美学价值。透过这些意象，我们可以发现，诗人在用步履丈量呼伦贝尔，用心观察呼伦贝尔，其对呼伦贝尔四季的书写是基于沉浸式体验下的真实性描摹，并努力追求与自然和谐共生的境界。

诗集《那一年的风花雪月》中第三辑"呼伦贝尔之旅"是笔者非常欣赏的一个板块，诗人以其敏锐的洞察力和卓越的艺术表现力，将自然的美妙和深邃融入诗篇之中，形成了独具特色的文字之美。诗人笔下的草木风月、山水花鸟是其内心情感的载体，他善于将这些自然意象转化为诗歌语言，借自然之景抒发情感体认。以《白桦林》为例，白桦树，又被本地人唤作"女神树""美人树"，本诗中，诗人把对爱情的向往和感悟借助对树木特点的生动描摹进行了充分表达："我抖擞浓浓的诗意/把枝头坠成一条弧线/等你来攀缘的甜蜜//是的　我在白桦林里等你"。通过细腻的笔触，诗人赋予白桦以生命色彩和情感寄托。同时，以白桦树为媒介，诗人还表达了对情感、人生等问题的哲学思考："即或错过你的花期/注视你的结果/也是不可抗拒的美丽"。诗人丁永才通过自然意象符号，构筑起一个集自然、情感、思辨于一体的极具生态审美意蕴的诗意世界，该语境下，诗人的喜悦与忧思不再势单力薄，而是充满哲理思考。可以说，此种情感的表达丰富了整首诗歌的内涵。

作为诗歌创作者，诗人的内心与外界的景物和人事相遇后，往往会蓬勃出独特的诗情和诗韵，从而创造出既具有现实感又充满诗意的艺术世界。组诗《诗意呼伦贝尔》《呼伦贝尔诗韵》中，诗人将呼伦贝尔这片土地上的风景和诗情氤氲在对大黑山、五亭山、绰尔大峡谷、毕拉河、神指峡等自然胜地的书写中，语言简约、明朗，极富感染力。

总之，丁永才作为一名具有丰厚艺术修养的抒情诗人，他将想象和思考与自然景象结合起来，用自由灵动的表达、明快跳跃的节奏、大胆新奇的修辞来描绘呼伦贝尔的辽阔、丰富、奇特、活泼。诗人写作时没有刻意追求字数、行数的整齐划一，却对诗句的韵脚异常敏感，因此读者会深感其韵味于变化中有统一，诵读起来朗朗上口。

无疑，丁永才的创作是真诚的、美好的，这与其篇幅简短、叙述性强、节奏自然、强调听感的叙事风格有直接关系。中国文化历来主张以诗明德、以诗陶情，诗人丁永才也深谙此道，他为广大读者所打造的"诗与远方"，因为上述独树一帜的诗韵与诗情而使其情感书写显得愈发深沉和富有张力。

（蔡文婷，内蒙古文艺评论家协会会员，呼伦贝尔文艺评论家协会理事，呼伦贝尔学院文学院副教授）

丁永才诗笔下的三个世界

李金田

丁永才老师的诗歌创作，跨越的时间很漫长，作品的数量也非常丰富，诗集也出版了好几部。能把对于诗的爱好、对于诗艺的追求保持大半生的光阴，着实令人钦佩。

他的诗歌作品，我想用"三个世界"来做一个大致的分类：映照心灵的乡土世界、深沉火热的情感世界、富于理趣的哲思世界。这"三个世界"的概括，也许不足以涵盖其全部的作品，但我估计十之七八都在其中了。

映照心灵的乡土世界

丁永才老师的诗歌创作，几乎与他游历的足迹相契合，像文学史上许多大诗人一样，走到哪里，写到哪里，搜遍群山打草稿，为四面八方的大好河山留下深情的咏唱。

在这些为一城一地、一山一水而创作的诗歌中，尤以呼伦贝尔的景致居多，因为这里是他的卜居之地，自参加工作以来他就在这片土地上栖息、游历、赏玩、感悟，这片土地与他的诗作之间的关系，犹如森林与禽鸟，森林哺之以食物，禽鸟报之以鸣唱。

浏览丁永才老师的作品，我们不难发现，可列入"乡土世界"这个类别的诗作颇多。他就像一个写生的画家，边走边看边想，从风景里汲取灵感，为风景留下一番深情的表白。譬如在诗集《那一年的风花雪月》里，有一辑就叫"呼伦贝尔之旅"，其中许多诗作直接以地名为题，如《满洲里》《喇嘛山》《博克图》《扎兰屯》《嘎仙洞》《红花尔基》《莫尔道嘎》《哈达图》……或描摹风景，借景抒情；或状写人物，人物身上沾染着乡土的特色，写人也是写这一方的乡土。譬如《草原上的男子汉》《渔汉子心目中的另一半世界》《伐木工的诙谐曲》《采柳蒿的少女》，这些写人的诗作，人物的劳作富于地方特色，是属于此地的人，是属于此地的诗，上有烙印，标志鲜明。

在为这一片乡土而写作的时候，他好像有一种使命感、责任感，不为这片土地留下一首诗就很对不住这片土地似的。诗人对着风景倾诉，对着所见沉思，寥寥数行之间，将一地之历史、风景以及自身所感想，营造出独特的意境，这意境属于此地此景，属于深情吟唱的诗人，也属于此后到访的游客。我甚至猜想，当此后来到这同一片风景里的游客，吟咏起诗人的诗作，或许会觉得，这片风景多了一层意蕴，多了一层人文的味道。

在《满洲里》中，诗人写道：

当最后一缕阳光恋恋不舍/满洲里开始用一天的故事/喂养自己的心灵/这时 最需要一双温暖的手/抚平你秘不示人的伤痛

一句"秘不示人的伤痛"，顿时勾出一股历史的味道。

在《额尔古纳》里，诗人写道：

在无聊的日子里/当寂寞如冷风飘临/便细细抚摸你暖暖的

微笑/让一种无上的充实/迅速流遍全身每一个细胞//那上面/有额尔古纳河的欢笑/有苏波汤　列巴花浓浓的味道/而我总记得夏日的那个时辰/涌动着内心的热情走向你/你一时新鲜得像这个季节的阳光/开花的欲望一波一波喧闹

　　独特的记忆成就了独特的诗行，写下来就成了诗人走过的脚印，为一座边城所拥有。

　　呼伦贝尔地处北疆，古来虽有少数民族一直繁衍生息劳作，但与中原相比、与江南相比，人文活动还是偏少，留下的诗文作品不多。读丁永才老师的诗作，尤其是以地名为题的这些诗作，我感觉他是在为这片土地而笔耕，他要让这片土地开满诗歌的花朵。一地之人文历史不是短时间里发展起来的，是无数建设者不停地耕耘、不断地积累起来的。丁永才老师的诗歌创作，就是在为丰富这片土地的人文积淀而添砖加瓦。我感觉他是有这种深情与大爱的，即便当初动笔之时未必如此想，但几十年的笔耕不辍，几十年的深情吟唱之后，事实上是有这个效果的。譬如飞鸟在林，为它自己的爱情而鸣唱，为它自己的忧伤或快乐而鸣唱，事实上却使得这片森林多了趣味，多了美感。

深沉火热的情感世界

　　王国维说，一切景语皆情语。在丁永才老师的诗歌创作中，不但有许多借写景而抒情的篇什，更有许多专为写情而创作的诗篇，友情、爱情、家国情怀，都有诗作。其中，尤以抒写你侬我侬的爱情诗篇居多，诗人有一部诗集就叫《我的情诗》，可见他对这一题材的偏好。

在《告诉我》中，诗人写道：

告诉我这甜蜜的梦想还能持续多久/当春天莅临 万物复苏/我守候的爱情萌芽在青青草原/当我整个身心被这巨大的幸福弥漫/我知道抵达你的距离还很远很远//告诉我这美丽的心愿还能持续多久/当春风拂面 心湖涨满/我看护的爱情点缀在绿色的草原/当我燃烧自己照亮你眼前的路/你却视而不见 脚窝里落满我的喟叹

张爱玲说，爱一个人，就是将自己低到尘埃里，再从尘埃中开出花来。我们仿佛在诗里读出了一个青年陷入爱河却又没得到明确回应，读出了他的期盼与担心，读出了他的甜蜜与痛苦。

在《想一个人或不想一个人》里，诗人写道：

该做梦时却难以入眠/谁把爱情宠成了痛苦/在还未抵达幸福之时/想那些结识你的最初/像忘了半生奔波的无助

诗人在幸福与痛苦里辗转反侧，这就是爱情的滋味，爱而不得的痛苦，爱而不见的痛苦，越发衬托出爱意之深厚。可见，诗人深知情之三昧，知道"要想甜加把盐"的道理，所以诗人是个写情诗的高手。

除了明白晓畅、热情火辣的情诗，诗人还有一些含蓄写情的作品，读来隽永绵长，值得回味。

除了情诗，诗人的作品里也不乏对友情的刻画，譬如那首题为《扎兰屯》的诗，写的就是诗人与友人在扎兰屯的一次相聚：

我就把你当成驿站吧/朋友才是我一生的储蓄/声名有无也

罢 成败得失也罢/内心的平实/更是人生胜利的全部意义

读罢这首诗，我竟想起了李白的《赠汪伦》，这一首《扎兰屯》，分明就是《赠友人》。

富于理趣的哲思世界

在丁永才老师的笔下，还有一些作品写的是诗人面对光阴流逝、宇宙无限、人生匆匆而做的思索、冥想、追问。

譬如，诗人在《生命之旅》中，对人生所做的思索：

有一种无以名状的过程/任何想象力都无法穿透/像这株连理的花儿/从含苞初绽到盛开/总是不受谁意志的左右//……//人生之旅亦应如花/含苞似梦一样纯净/初绽如诗一样朦胧/盛开是一片闪烁的轻柔

从一株花的开放过程，诗人想到了人生由少而长的过程，表达了要像一朵花一样，应时而长，应时而开，不负年华，不负光阴的道理。诗句说理的味道不浓，却自有思考、自有理趣。

时间是古今中外诗人常写常新的题目。譬如李白的《宣州谢朓楼饯别校书叔云》："弃我去者，昨日之日不可留；乱我心者，今日之日多烦忧。"陈子昂在《登幽州台歌》里感慨："前不见古人，后不见来者。念天地之悠悠，独怆然而涕下。"丁永才老师也有对时间的思考，譬如《光阴》：

许多美好的时间/悄然流逝一如东去之水/许多想做未做的事情/机遇错过再无轮回的美梦//而时间老人撒下的浓荫尚在/而大片大片的光阴依然闪烁/及时把握稍纵即逝的岁月之缰/日过

中天犹有大器晚成的可能

这首诗既有时不再来的感慨，又有来日可期的豪情，与陈子昂的感慨相比，多了许多积极向上的亮色。

在组诗《我的诗与你有关》里，有一首《四季歌》，读来也颇有意味：

诗人在春天未来的时候，计划夏天的旅行；在夏天未来的时候，期待秋天的旅行；在秋天未来的时候，计划冬日的旅行；冬天未来的时候，又在计划春天里的旅行。四季都在计划，都在遥想，却迟迟没有行动。一次一次落空的计划，又仿佛说的不是旅行，而是人生。

诗人还有一些作品，写的是生活中的一些小片段，一时所见之一个画面，寥寥几笔摹写下来，篇幅虽小，意趣盎然。

诗无达诂。诗人之本心深藏在字句之后，我这里强充解人，不免臆断，姑且就说这些吧。曲解、歪批了诗人的玲珑之心，也是免不了的，还请见谅。

跟随诗人丁永才的心灵之旅
游走于诗人的心灵牧场

武战红

丁永才是呼伦贝尔市著名诗人，也是20世纪八九十年代呼伦贝尔诗坛领潮人之一。他从20世纪80年代开始文学创作，在全国报纸、文学期刊上发表诗歌、散文、纪实文学作品800余篇（首），300余万字。1994年出版首部诗集《雄性意识》；1995年出版诗歌散文集《未了情缘》；2008年出版诗歌集《萦梦故园》；2009年出版诗歌集《我的情诗》；2012年出版诗集《心灵之旅》（丁永才诗歌、段生才书法）；2019年出版诗集《那一年的风花雪月》。诗人四十年来固守在诗的王国里，以不竭的诗情不辍地耕耘着自己诗歌的沃土，这样的精神和努力让人由衷敬佩。

对于诗歌而言，热爱是最好的老师，热爱是最好的追求，热爱也是最好的坚守。正是凭着对诗歌的一腔热爱，诗人丁永才创作了大量的诗作，这些作品真实地记录了诗人在呼伦贝尔大草原的"行走"，为诗坛吹来草原的阵阵花香。广东外语外贸大学创意写作中心主任刘海玲教授这样评价丁永才的诗歌："当呼伦贝尔诗人丁永才'站在目光无遮无拦的原野上'开始畅想，'并以雄性的遒健之气/谱写那一刻的战栗与冲动'（《自白》）之后，一首首'如霆、如电、如长风之出谷、如崇山峻崖、如决大川、如奔骐骥'的雄浑之作喷涌而来。诗歌豪纵挥洒、汪洋恣肆的壮美，使读者仿佛也跟着抒情主人公骑上骏马在草原上驰骋，让'粗犷的疯狂的打击乐'敲响整个草原。但接着读下去，明媚的阳光下打击乐疯狂的鼓点渐渐演绎成朦胧的月光中梵娜玲的轻弹慢吟，'如升初月、如清风、如云、如霞、如烟、如幽林曲调……如鸿鸿之鸣而入寥廓'的柔婉之诗汩汩而出，使读者仿佛也沉浸在'断断续续地传来''似歌'的'花香'之中。"

在其诗集《那一年的风花雪月》第三辑"呼伦贝尔之旅"中收录了大量的呼伦贝尔山水风光诗作，这些诗歌记录了诗人游历呼伦贝尔山水时的心灵触动和情感慰藉，其中有情感温度，有人生态度，也蕴含了诗人饱满丰厚的人生思考。

诗人行走于呼伦贝尔草原，足迹所至之地，都会留下他的吟诵，或吊古，或怀乡，或感时。《成吉思汗拴马桩》就是一首吊古之作。呼伦贝尔草原是世界四大草原之一，被称为世界上最好的草原。在远古时期，古人类就在呼伦湖一带繁衍生息，创造了呼伦贝尔的原始文化。12世纪，成吉思汗登上政治舞台，在呼伦贝尔草原进行了几次大的决定性战役，消灭了政敌，打破了几个大部落势力均衡的局面，最后统一了蒙古高原，建立了蒙古汗国。诗人来到达赉湖边，望着"草原顶天柱，湖中一剑峰。成祖战马烈，马桩百代空"的成吉思汗拴马桩，不禁被雄浑的历史所深深折服："达赉湖节节溃退/你还在坚持什么//圣祖的铁骑不是绝尘而去了吗/远离马刀与箭镞/哪处草原不飘扬旖旎的炊烟"。

世事变迁，有如潮起潮落，英雄当初排山倒海的气势，都已融入那缥缈的星河，消逝得无影无踪。历史的硝烟已经远去，草原大地上唱着淳朴、坚韧与善良之歌。历史不能忘记，英雄的过去应该铭记在心，所以诗人最后写道："打开驻守心灵的另一条江河/让它深入达赉湖 深入草原/与所有的日子 所有的幸福/双向吹拂 歌舞翩跹//拴马桩你紧紧拴住达赉湖吧/拴住草原人目中永远的企盼"。

《嘎仙洞》《萨满铜像》是诗人另外两首怀古之作。嘎仙洞是拓跋鲜卑先祖之旧墟石洞，诗人用深情的语言描述道："那么多的石头坚守着/一个幽深的洞天/那片大森林如无边的手/牵着我一次又一次流连//想当年 祖先们/对酒当歌在河的东岸/嘎仙河波涛汹涌/挡不住他们穿石的弓箭"。峭壁之上的"嘎仙洞"走出了鲜卑族拓跋部，他们南下，再南下创立了北魏王朝。"而今/歌之舞之的大鲜卑山/依旧把游子的双眸望穿/嘎仙洞生长沧桑的石壁上/依旧镌刻着记忆历史的遗言"。而诗人面对中国达斡尔民族园21米高的《从远古走来》的萨满铜像，发出感叹："多少时光随流水去了远方/你却稳稳地坐在莫力达瓦山上/曾经呼风唤雨的神衣/躲在博物馆的橱窗里消磨时光/神奇的鼓槌也不知去哪里流浪"。温情与苍凉兼而有之的感情充盈在字里行间，或许《额尔古纳河右岸》中柳芭的弟弟维佳所吟诵出的一段话更能恰切地与诗人呼应："一段古老的传说正在消沉……鹿铃要在林中迷失，篝火舞仍然在飞转，桦皮船漂向了博物馆，那里有敖鲁古雅沉寂的涛声……"智利当代著名诗人聂鲁达也说过，"当华美的叶片落尽，生命的脉络才历历可见"。诗人丁永才诗意地和世界、和自然相处，用心欣赏周围的一切，才能发现万物之间内在的那些充满神秘、充满暗示的联系。白居易的"野火烧不尽，春风吹又生"是如此，韦应物的"独怜幽草涧边生"是如此，诗人笔下的"在一片月光下出现/又在另一片月光下沉没/我燃烧自己的心为你点亮渔火/期待你在春风里复活"（《达赉湖挽歌》）亦是如此，这几首吊古诗多少有种挽歌的意味。那些在大地上消失的，会在天空中呈现；那些在时间里不会回来的，可在内心里永恒。人和自然是一种天然关系，存在于一种看不见的秩序之中。一旦这种秩序结构之中的美学意味被"发现"，人的"存在"就会被显现出来，就会被重新命名，诗人这几首吊古诗被我喜欢也是这个原因。

离人思乡是诗人诗作的又一主题，那个"有烈酒而不通铁路"的地方是诗人魂牵梦绕的故乡。乡愁历来是古代文人墨客笔下永恒的主题之一。像李白那么洒脱的人，思念故乡时也感慨"举头望明月，低头思故乡"；戍边的范仲淹，在边塞想起故乡，写下"浊酒一杯家万里，燕然未勒归无计"；还有王维的"独在异乡为异客，每逢佳节倍思亲"；王安石的"春风又绿江南岸，明月何时照我还"，等等，无不诉说着浓浓的乡愁。诗人丁永才的《面对故土》非常接地气："几年后双唇抿不住激动地面对故土/面对熟识的故乡云/与陌生了的满脸胡楂子的童年伙伴/真想喊一声我回来了呀/乡亲"。发小都认不出自己了，才能证明离家太久，才更有岁月的沧桑感。弹指间的感慨在朴素无华的语言中自然地抒发出来，与贺知章《回乡偶书》中的"儿童相见不相识，笑问客从何处来"有异曲同工之妙。

无论是怀古、怀乡，还是感时，其实诗人都是在思考，甚至可以说是一边行走，一边寻找，寻找他心中的心灵牧场，可能是"我的灵魂悄悄地爬起来走向雪野/银色的雪原也蹑手蹑脚地/走进我的内心世界"（《雪原即景》），"篝火烤暖的春风"（《篝火》），"我在白桦林里等你//请举起最初的叶片聆听我"（《白桦林》），"去做染绿巴彦胡硕的一棵草吧"（《巴彦胡硕情结》）；也可能是"诗人寻找诗意的步履"（《宝格达山》），"游子的目光在激流河中打捞什么呢"（《莫尔道嘎》）；还可能是"伊敏河/无论你牵着草原/会骄傲地走向哪里/我都要去 追随你/化作一片大草原的土地"（《伊敏河》）。这"心灵牧场"就是诗人苦苦追寻的东西，代表了人世间的美好，同时也表示了诗人对生活的一种祝愿，显示出诗人内心纯真善良的情怀和大爱。

诗人在《边塞情》中说："我的根深深扎在呼伦贝尔"，"我曾留恋于'幽绝扎兰天一方'的秀水河畔，沉醉于老舍、翦伯赞诸先人诗之神韵；我曾踟蹰于烟波浩渺、波光粼粼的达赉湖滨，沿着玛瑙石装饰的沙滩，一睹成吉思汗拴马桩的风采；我曾驻足于素有'神仙洞府'的嘎仙洞内，望定刻着鲜卑人道劲遗言的洞壁，想象远古时代传说的奇妙……一缕缕不灭的记忆犹如这一抔抔沃土，洒满我深扎于呼伦贝尔的根，我的根便成尺成丈地疯长，然后抽出叶片，结满腔满腹的边塞情。过去，我对呼伦贝尔知之甚少；今天，我的根饱吮她的芬芳，我才知自己早已为之染情且不能自拔。"科尔沁草原深处的故乡"从诗人的童年清亮亮地流过/从诗人的少年急匆匆地走过/在诗人的记忆中天天婆娑/在诗人的梦境里日日巍峨/给予了诗人走到哪里都忘不了的生活/给予了诗人走到哪里都高洁的品格"（《水乳故乡》）。诗人梦开始的地方是草原，是故乡，那么诗人梦抵达的地方便是心灵的牧场。我羡慕诗人，他站在草原上，他站在白云上，而我完成了一株向日葵的仰望，追随诗人的心灵之旅，游走于诗人的心灵牧场。

于物我之间见真纯

——评《那一年的风花雪月》

范忠武

初读诗人丁永才的作品始于十几年前的《萦梦故园》，从字里行间能够感受到诗人对于呼伦贝尔——诗人的第二故乡的深沉情感。之后，断断续续看到诗人在各类报纸杂志上发表的诗歌，虽未谋面，却神交已久。今日有幸读到诗人新近出版的诗集《那一年的风花雪月》，前后对比深切感受到诗人几十年如一日的炙热情感不曾冷却，更有浪沙淘尽的豁达与超脱。

读《那一年的风花雪月》，总有一种恍惚之感，似乎所听所感不是一个人的声音，而是不同的声音在说话，有絮絮低语，有深沉的倾诉，更有兴奋的呼喊，仿佛几个诗人在用自己饱含深情的诗句在表达对呼伦贝尔母亲的赞美与留恋。在《风》《花》《雪》《月》中，诗人犹如一个温柔缠绵的情人，期待"她温柔的小手/软软地抚过我们的脸颊"；在《草原上的男子汉》中，诗人似乎又变成了炽烈粗犷的大汉，"骄傲地使用我们天赋的职权/指挥马蹄的打击乐队/拨响一个世界轰隆隆的和弦"；在《呼伦贝尔之旅》中则是一个儿子在对呼伦贝尔母亲倾诉自己对这片山水的深厚感情与深深眷恋。不同的时空交错，不同情绪的表现，每一个身份、每一个角色都倾注了诗人的深情和内心的真实感受。抛却内心的执着与偏见，将自己交给自然的天地山水、人文风物，由景入情，由情生诗，犹如自然的山川风物在向读者展示各自的体态、声音与情感，诗人只是这些句子的传递者，是这诗如清泉浇灌了诗人的内心，是漫步的诗人遇见了辽远的牧歌，这是自然的歌者，是薪火相传的人文精神。

正如诗人丁永才所说："诗之于我犹如在马背上驰骋时听到辽远的牧歌；我之于诗犹如大漠上跋涉时突遇清泉……"这是诗人丁永才与诗歌的不解之缘，也诗人对待诗歌的态度和情感，以及诗歌在其心中的地位。

《庄子·天道》有言："极物之真，能守其本。""极物之真"即要摆正自己在人与物之间的位置，不因物害己。只有以虚静之心，才能深切体会到自然的景、物、人的真切与情感，真正面向自己的内心，随物而动，物我相融，于山川人物的时空变换中得见真纯。

"古之真人，不逆寡，不雄成，不谟士。若然者，过而弗悔，当而不自得也。"（《庄子·大宗师》）《那一年的风花雪月》收录了诗人早期作品《我的情诗》《萦梦故园》中的部分诗作，也有诗人后来修改和新创的诗歌，透过诗集能够明显体味到诗人心境的变化，既有涓涓细流的柔软情感，也有大河奔涌的壮怀激烈，让读者看到一个经历过人生颠簸后仍保持着一颗真诚炙热的心的诗人，也让我们看到一种历练与超脱。正如呼伦贝尔《骏马》杂志原主编艾平谈及诗人时说："在物质对精神强有力的覆盖面前，诗人是第一个受难者，因为他的家园奠基在世上最敏感最细腻最易碎的灵魂之上。"道家认为人性

103

的发展经历一个从清净无欲到多欲再到清净无欲的过程，后一个清净无欲不能等同于最初的清净无欲，人最初的天性中是没有是非分别，"知"的过程是一个智巧增长的过程，智巧增长使人变得复杂，从而产生欲望，污浊人的天性。因此道家讲求减损俗心，复归本性。老子说："夫物芸芸，各复归其根。"诗人经历人生颠簸，悟透人间滋味，却仍葆有直面本心的真纯。

呼伦贝尔之旅，面对呼伦贝尔的白桦林、大峡谷、月亮湾，这里的自然山水见证过无数的英雄贤者，见证过前尘往事，但直到今天，青山绿水依然在，人迹往事已成空，自然山水清除了人为的痕迹。呼伦贝尔就是这样一个自然的奇迹，"它们不懂我们的惊讶/也不知晓我们心底的感激"（《绰尔大峡谷》）。任凭人影纷纭、烟云寂灭，自然山水化作永恒；尽管王朝更迭，人世变迁，这山水依旧不变，亘古长存。"那么面对它 我们只有静默了"（《面对雪野》）。是啊，呼伦贝尔是大自然的奇迹，也许你踩着的草地下面葬有名将贤士的尸骨，也许你手扶的大树曾是成吉思汗驻马凝望的地方，但如今却只留下自然的痕迹和诗人的沉思。

面对如此的呼伦贝尔，诗人化作自然的歌唱者，忘却自我，忘却名利烦恼，用自己的心感受呼伦贝尔的山水，在时光荏苒中留下《那一年的风花雪月》。

诗意栖居的故园

——读丁永才诗集《萦梦故园》

曲建华

　　《萦梦故园》是呼伦贝尔著名诗人丁永才的代表作之一，这本诗集里的作品曾多次获呼伦贝尔市文学创作骏马奖，也曾获内蒙古自治区文学创作"索龙嘎"奖。该诗集共分三辑，分别是"到草原去""你的声音""年轻的树"，共收录诗人六十四首诗歌作品。《萦梦故园》主要是围绕呼伦贝尔不同地区的自然风景而创作的，通过阅读这本诗集，我们可以感受到诗人那颗跳动的心，以及他对这片土地深深的眷恋之情。具体分析，《萦梦故园》这本诗集体现了以下特点：

　　一、叙事和抒情相结合，情感真挚，既有北方汉子的粗犷豪迈，又不乏细腻和柔情，具有浓郁的地域特色和民俗风情

　　在诗人的笔下，呼伦贝尔的海拉尔河、莫尔格勒河、图里河，草原、森林、绿水、野花，四季的美景都有所歌咏，这些诗作描绘了呼伦贝尔的自然风光，歌咏了呼伦贝尔人文风情，就连呼伦贝尔特有的植物野果"柳蒿""山丁子""稠李子"等都能让诗人情之所至，自然抒发。在诗人的笔下，呼伦贝尔是灵动的。诗人描写了草原的辽阔，在《草地歌谣》中，"蒙古骑手将跨上追风的骏马/向麦浪轻摇的季节奔波"，画面感极

强，矫健的骑手骑着骏马飞驰在辽阔田野中的壮阔景象跃然纸上；描写了森林的幽美，如《红花尔基》中，"此处竟有比仙境更醉人的享受/醒时但见樟子松林的臂弯里/斜靠着柔若无骨的人工湖"，表现了夏季樟子松林的如梦似幻、水映青松的美景；描写了雪原的壮丽，如《雪原即景》中，"草原路呈现伸向天际的壮观/天际纯白/雪野纯白"，通过近似写实的手法把冬天草原千里雪盖、草天一色的壮丽纯美的景象描绘得淋漓尽致。诗人不仅捕捉了自然的瞬间之美，还通过细腻的笔触展现了呼伦贝尔四季更迭的韵律，如《四季歌》中，"我说等野草覆盖大地 花儿满山红透/我们去旅行/让青草的语言染醉你的心情/让山山水水的快乐缠绕你的梦境""我说等大雪锁住所有道路/我们去旅行/让兔子与鹰的心跳/如嘚嘚马蹄 声声逼近"……呼伦贝尔四季的美景，在诗人的笔下，仿佛一幅幅生动的画卷徐徐展开。

丁永才的诗不仅仅是对自然景观的描绘，更是对这片土地上生活的人们情感的抒发，景中有情，情景交融。诗人以深情的笔触勾勒出呼伦贝尔人民的生活场景，如《某个周末 到草原去》中，"争春的少女们把山花插满黑发/她们一边沐浴着清亮亮的阳光/一边以饱满的青春自由地歌唱"；《采柳蒿的少女》中，"在你那满山荡漾的采柳蒿的歌之后/是被我碧蓝如洗的梦萦回过无数次的/你的一双摄人魂魄的明眸"。这些诗句展现了呼伦贝尔草原女孩的纯朴与热情，以及她们与自然和谐共处的生活方式，表现了诗人对故乡的热爱。

在《萦梦故园》这本诗集中，诗人丁永才对故乡的感情是浓烈的，是奔放的，是直抒胸臆的，表现了对故乡的热爱和深情眷恋。如《水乳故乡》中，"你是那么丰饶/你是那么宽阔/你用水花坚硬我的筋骨/你用乳汁塑造我的品格/你的无私水流一样绵长/你的奉献乳汁一般鲜活/你给予了我走到哪里都忘不了的生活"，可以看出诗人的情感喷薄而出，表现了对这片土地的深沉的爱。丁永才在诗中善于运用第一、第二人称视角展开叙事，这既能直接抒情又使得诗歌具有强烈的代入感和感染力，容易拉近与读者的距离。如《巴彦胡硕情结》中，"从海拉尔风尘仆仆来看你/你的每一种媚态都是野生的/我想理直气壮地与你为伴/一生选择忠诚地守护"，通过第一人称和第二人称的交互使用，巴彦胡硕草原立刻变得鲜活起来，使得读者仿佛置身于诗人的情感世界之中，感受着他对这片土地的深情与依恋。

诗人也会以第三人称对不同事物从不同角度进行描绘，如《闲唱》中通过对百灵鸟、燕子、麻雀、牛等几种动物的描绘，包括挥鞭子女人的风箱声，各种动物的声音和人劳作的声音有机融合成一体，给读者丰富的联想空间，形成人与自然和谐共生的画面。诗人巧妙地运用了第三人称的叙述方式，让读者仿佛置身于一个宁静而生动的乡村生活场景之中，感受到呼伦贝尔人民与自然和谐相处的宁静与美好。

丁永才的诗歌叙事属于主观叙事，重情感抒发和意义表达，虚实相生，叙事手法上使用象征和隐喻，使得诗歌的意象更加丰富和多层次。如在《遇雪》中，"图里河 我往来了多少次/才抵达它坚硬而柔软的心河/一扇窗关上又打开/我就看见瑞雪中的图里河""大森林的风呼呼吹着/吹走图里河的灰尘/沉淀下来的是自强的品格""我睡着 醒着 流着感佩的泪水/在图里

河 一粒来自呼伦贝尔的草籽/落在大森林的衣襟"，诗人通过
"心河""自强的品格""草籽""衣襟"这些词语意象将图里河
的柔软与坚强多层面地展现出来，意境丰富，不仅表现了冬天
的图里河的冰雪交融的自然美景，而且赞美了图里河人的坚强
品格，图里河的形象在读者心目中越发立体起来。

丁永才的诗歌还善于运用对比和反差，咏物抒情，借景抒
情，表现对生活的感悟和思考，并带有一定的哲理性。如《采
一束鲜花送你》中，"采一束鲜花送你/你却随手丢弃/摘一捧野
菜送你/你竟那般珍惜""啊，过去！过去！/谁知道生活会赠我
们何种旨趣/不爱骄人的外表/困苦使我们学会本质"。诗人通过
野花的外表与野菜的实用形成鲜明对比，同时和生活联系起
来，引发读者对生活本质的思考。这种对比不仅增强了诗歌的
视觉冲击力，也深化了诗歌的主题，让读者在欣赏自然美景的
同时，能够体会到诗人对生活的深刻理解和感悟。

**二、语言风格质朴明快，运用多种修辞手法，结构整齐对
称，富有韵律之美**

《萦梦故园》语言质朴而充满力量，诗人善于运用多种修
辞手法，如排比、拟人、层递、反复等，使得诗歌的节奏感和
音乐性得以增强。如《雪落下来》这首诗中，通过五个小节
"雪落下来"不断反复，在意义上不断递进，由小到大，由浅
入深，直至结尾处，"雪落下来/落在我乡土的北方——森林中
的家园/让思念疼痛在深处"。诗人用雪落在"镇口""村庄和
庭院""母亲身上""大森林的路""乡土的北方"，将几个词语
和雪这个意象紧密联系起来，层层递进，最终落在"乡土的北
方/——森林中的家园"，表达了他对故乡一草一木和朋友兄弟

深沉的思念和眷恋之情。这种反复的修辞手法，不仅加深了读者的印象，引起了读者的联想，也使得诗歌的节奏更加鲜明，情感更加浓烈。

丁永才在诗中善于运用联想和想象，词语运用生动形象，带有一定的哲理性，有画面感，会引发读者更深的联想和思考。如《古老的河道》这首诗中，把河道与"老人""龙头舟""青蛙""鲈鱼""野鸭""江轮""黏滞的河道"等多个事物联系到一起，巧妙地缀到一起，恰如其分，时过境迁，历史的沧桑感扑面而来，给读者带来了丰富的想象空间。诗中第二节这样写道："这古老的河，肥胖的河道/千千万万文明的淤泥/沉舟的遗骸/梗住了这老人剥蚀的命脉"。诗人以物当人，用"肥胖""梗""遗骸""剥蚀"这几个词生动形象将古老的河道描绘得栩栩如生，仿佛一位历经沧桑的老人，承载着无数文明的沉淀与变迁。这首诗中，诗人还将古代纤夫的号子的荣光和今天黏滞的河道作了对比，"龙头舟，犁断一千排浪"，"归于静寂——千舟不发"。通过这样的描绘，诗人不仅展现了河道当年自然景观的壮阔与历史的厚重，也引发了读者对时间流逝和文明兴衰的深思。

词语选用上，诗人会巧妙使用一些呼伦贝尔当地的方言俗语，使作品具有鲜明的地域特色。如《莫尔格勒河》中，"呼伦贝尔绿毯般的草地上/引得亭亭玉立的城市姑娘/惊惊咋咋地跑来观望"，这里的"惊惊咋咋"是呼伦贝尔的当地方言，用得十分生动形象，把城市姑娘初次见到呼伦贝尔大草原美景的兴奋和惊叹表现得淋漓尽致。

诗集中的诗歌结构是追求整齐对称的，如《我对你说》

中，"有一天，你看到湖水泛着快乐/有一天，你看到小草举着蓬勃"，每一句都以"有一天"几个字开头，形成了一种对称的美感，使得整首诗的结构显得和谐而统一。这种整齐的结构不仅让诗歌看起来更加美观，也使得诗歌的意境更加深远。

在韵律方面，丁永才这本诗集的作品也颇具匠心，他善于运用押韵和节奏的变化，使得诗歌朗朗上口。例如，在《草地歌谣》中，"这块叫呼伦贝尔的地方/我曾用心灵仔仔细细抚摸过/什么时候播种 什么时候施肥/什么时候铲耥 什么时候收获/什么时候落叶归根/捧出的不仅仅是最后的丰硕"，通过押韵和节奏的巧妙安排，使得诗歌充满了音乐的韵律，仿佛草原上的歌声在读者耳边回荡。

英国著名诗人莎士比亚说过："诗歌是一种艺术的瞬间，让我们在几行文字中体验到无限的喜悦和悲伤。"《萦梦故园》这本诗集展现了诗人丁永才对自然的热爱和对故乡的深情，具有浓郁的地域特色和民族风情。诗人巧妙地将个人情感与故乡的自然景观乃至历史变迁有机融为一体，构建出一个充满诗意栖居的故园；借景抒情，情景交融，感情浓烈，粗犷中见细腻情感，又不乏深邃的哲理思考；语言灵动中见意趣，质朴中见意气，为读者带来了一种独特的审美体验和心灵触动。

（曲建华，呼伦贝尔学院教师，呼伦贝尔文艺评论家协会理事）

第二辑　浓墨沉香

灵魂忠实的守护者

李　岩

我与诗人丁永才相识三十余载。他写作已四十年。这些年来，他一直苦苦写诗，在诗海里不断追求、探索、锤炼，从早期幼稚的青涩，已提升为成熟的深紫，成为呼伦贝尔拥有重要影响的领军人物之一。他一直追求诗歌的纯洁，用其装扮灵魂，让灵魂快乐、丰盈、鲜活，他是灵魂忠实的守护者。

我一口气拜读完了他的《那一年的风花雪月》，掩卷之后，心如潮涌，激动之情难以言表，那一首首诗的画面，久久地在眼前晃动，令我痴迷，令我挚爱。我以为，诗人的诗歌作品有以下几个特点：

一是感情真挚

一个诗人说过这样的话，"虚假的爱常常是干雷炸响/诚实的爱却总是默默无闻"。真的假不了，假的真不了，的确如此。《想一个人或不想一个人》里，诗人写道："阳光真好 在春天/到一处向阳的山坡上漫步吧/我们的爱情贴紧躁动的黑土/让我为有你这一生的果实/用白天鹅般纯洁的诗句/无怨地祈祷或真诚地祝福吧"。字里行间，是力透纸背的真诚，令人感慨感动。我仿佛看到诗人在严冬呼伦贝尔的雪地上伫立，他双眸凝视远方，思念友人，他殷红滚烫的心映红雪地，谁能不眼含泪水应和诗人如此真挚的情愫呢？这里引申一下，由此我想到中国诗坛。这些年，我们读的诗歌作品中，假大空的作品很多，其中不乏一些有名的诗人，虚情假意，矫揉造作，令人厌恶。这些年来诗人不说诗人应说的话，梦话鬼话连连，败坏了诗人的声誉，令人不齿。与之相比，诗人丁永才的诗歌作品起到了很好的榜样作用。《那一年的风花雪月》中，这样的诗歌作品很多。

二是语言优美

从丁永才诗歌作品中，我们可以明显地看出，他的古典诗词的底子比较深厚。一个中国诗人，不深扎入中华古典文学汲取营养，不大量阅读中外名家名作，不大量写作，不断锤炼诗艺，便要成为一个合格的或优秀的诗人，那只能是幻想或梦想。了解了诗人丁永才四十年的诗歌创作之路，再认真拜读他的诗歌作品，我们可以断定，他一定下了苦功，才有了今天这样的成就。《杜鹃花开了》一诗写道："我爱大兴安岭/像爱一株株杜鹃花/她们的根 树干 叶片/以及满身的香气/都在我的心海里泛滥//我要次第打开/她们短暂却轰轰烈烈的花团/她们内心的星光 月光 阳光/她们含泪吻别的春天"。语言是美的，画面是美的，意境是美的。

三是深沉厚重

读诗人丁永才的《那一年的风花雪月》，他无论是写草原，还是写森林，抑或写爱情，每一首诗都不是轻浮的、轻率的，而是深沉厚重的，是发自内心和灵魂深处的吟诵，感人肺腑。我与他相处三十余载，诗人本身就是重情重义之人，人品即诗品，二者相辅相成，的确如此。读他的《雪夜》："今夜 我将成为雪/以漫山遍野的精彩/铺向你紧闭的家门//今夜 省略了所有的村庄及河流/我从草原的一角/悄悄走来/用通体的素洁和透明/

将你的梦和出门的路全部覆盖"。拜读着这似乎闪烁着点点心血的深沉厚重的诗句，怎能不让我们愈发感动呢?!

总之，我们为呼伦贝尔有丁永才这样优秀的诗人而自豪骄傲。我们更有理由，期待他今后写出更多更精的诗歌作品，无愧大家的期望，无愧这个伟大的时代!

（李岩，中国著名森林诗人，曾在《诗刊》《星星》《草原》等发表大量诗作）

浓墨沉香系情思

——丁永才先生诗集《我的情诗》浅评

顾玉军

著名诗人丁永才先生四十年来著述丰硕,已出版诗集、散文集、报告文学集等达七部之多。当然笔墨最多的还是诗歌,从《雄性意识》到《未了情缘》,从《萦梦故园》到《我的情诗》,作者诗笔绽放,一发不可收,多次荣获全国各级奖项,不愧是"上世纪八九十年代呼伦贝尔诗坛领潮人之一"(王云介语)。

在诗人大量的诗歌作品中,献出相当笔墨的是"情诗",而《我的情诗》这部诗集,就集中体现了动人心弦的"情"字。捧着这本诗集,觉得沉甸甸的,它让我看到了诗人奔放的性格与炽烈的感情,看到了诗人深妙的诗意与横溢的才华。正值丁永才先生诗歌作品研讨会举办之际,我就《我的情诗》这本诗集,作一个简浅的评析。

《我的情诗》分为三辑,分别为"那一年的风花""那一年的雪月"和"那一年的追忆"。尽管每一辑的侧重点有所不同,但都随着对"那一年风花雪月的追忆",突出了一个沉重、幸福,既痛又苦的"情"字。

"问世间情为何物?直教生死相许。"(金·元好问)爱情,是人类生活亘古不变的主题,更是文学作品中最耀眼的金色，从古至今，莫不如是。《我的情诗》自然体现了这一主题。但有所不同的是，诗人笔下的"情"，不仅有对"心仪女子"刻骨铭心的爱恋与离愁，更有对"我们的"和"他们的"这些普通劳动者对爱情的渴望和梦想的描摹，他甚至把森林和草原作为爱情对象，去诉说心里的寄托。这就使"情诗"的外延有了很大的扩展，同时也让作者的诗笔有了更广阔的挥洒空间。

诗集开篇，作者写了"我们"那群"汉子们"的爱情。因为作者和"汉子们"一起劳动、一起生活，故而对这些汉子有了更多的关注和了解。写汉子们的情诗不仅写得有情有趣，而且专注了心理变化的描写。

他写幻想自己成为如闪如电的草原坐骑的渔业队长，不仅表现了他英姿勇武的一面，还表现了他柔情的一面：夜晚"忘不了把床头那幅已褪色的美人照/又一回甜甜蜜蜜搂进梦里"（《我们这群渔汉子》）。写我们这群汉子：有一天，男人群里突然来了个买鱼的长发女人，平时有些粗鲁的男人们突然就改变了性格，不仅把胡子刮得精光，而且"现在和风细雨还感到有失身份"（《长头发的买鱼人》）。他写伐木人："龙卷风口/轰轰隆隆地吐出冬季"，而"男子汉/便扯开胸怀，冻不僵的目光/撞响山林，惊呆山林"，可是当"伐木工醉卧/在滴答着烈酒味的胡楂子里"时，"思念也落地生根/跷着脚渴盼女人，来开花/来结果"，并想象"那果实必定红艳艳的"（《雪原的旋律》）。

对这些汉子的描写，看似写情，事实上是把渔业汉子和伐木汉子那股粗犷豪放的硬朗劲儿和对生活的由衷热爱，表现得淋漓尽致，心理变化描写得细腻真切，生动感人，汉子的形象跃然纸上。

在诗人笔下，"他们"的爱情，如聆听小夜曲一样美好。比如《盼》中描写一位姑娘的"盼"：许多像嫩芽一样的心事/几乎撑破了这扇小窗/许多似彩云一样的春梦/飘来飘去绕着这间小房……"果实丰收时，"内心的喜悦怎么也按捺不住了/你红红的苹果脸/盼望着情郎来品尝"。这首诗有很足的民歌味道，余音绕梁。他写一对情人坐在草原上沐浴着皎白的月光，"看草叶醉如河流/听清风飘成音乐""男人的笛孔流淌着承诺/女人的眼波盛满了誓言"（《月下》）。画一般的意境，散发着草原的芳香。

当然，诗人情诗的重点，还是自己的切身感受和内心情感的自然流露。

人生之苦，莫过于相思之苦。这是让人魂不守舍，恍恍惚惚，被无尽折磨的一种痛，一种苦。诗人的情诗，充分流露出了这一点。比如《山》写一见钟情："那一天，相思鸟栖落你的双肩/你不由自主飘到山的这面/那一天，一角红纱巾驶进我的望眼/我便鬼使神差跑过山的那边"。这一来一去，便是情之所钟、心之所系而念念不忘了。接下来，就是两情自然发展，终于被"野性淹没"，两人不由得"紧紧搂住幸福得总想大哭"（《路》）。但是，由于"那座山总捉弄我们的视线"，因而又不得不分手，从此，"你我身不由己坠下了深渊"（《崎岖》）。那座极具象征意味的横亘在两人中间的不可逾越的"高山"，最终挡住了一对恋人的幸福之路，其痛其苦，不言而喻。

"黯然销魂者，唯别而已矣。"（江淹《别赋》）诗人笔下的离愁别绪，渴望和无奈，尤为动人心弦。正像诗人所说：

"我只有采一束带露的玫瑰/放到自己的床前。凭吊/那个永远淡漠不了的思念"（《遥远的夜晚》）。诗人常常回想曾有那样一个美好的时刻：我们曾经拥有一个"用青草和树枝搭成的/透明的别墅//没有窗子、没有灯光/甚至没有放本本的书橱/只有翠绿的蝈蝈/那立体的嗓音/把我们的草棚/亲昵地罩住"（《在我立体的记忆里》）。作者把自己的心灵置放于这样美好的想象之中，去充分享受这仙居般的美妙和爱情的幸福。尽管它是一个"清虚"的世界，但这世界，也足以慰藉一颗孤寂的灵魂，而这种美妙意境的构筑，不正是诗人所能做到的吗？

诗人还以大海为背景述说他们的爱情故事，此时，海浪、礁石、白帆、飞鸟……都成为富有生命感知的意象而活跃诗中。比如《呼唤》一首，就巧妙利用了礁石和海水的自然关系来比喻他们的爱情："潮水还有赴会的时候呵/你听：它来了，张着嘴唇/在远方深情地呼唤/你看：它近了，伸出手臂/与礁石搂作一团//而你与我相会了吗/没有！你去了，如潮水退却/我的心如礁石/爱的炽火将它灼灼燎燃"。这是一种怎样的渴盼和失望啊。他知道，心上人也许永远不会来了。自己来这里，只不过是思念过切而致的盲目等待而已。

回想分别时，也没有什么重要礼物："只是掬一捧碧蓝的海水/送你一枚精巧的贝壳/等你进入梦乡的时候/枕边的它会对你诉说"（《你和我》）。不是吗，真正的爱，是藏在心里的，是互相能听到对方心音的，有什么礼物会比珍藏在心里的爱更珍贵呢？

诗人还写了许多即景类的小诗，记述惊鸿般的瞬间感受。如《采柳蒿的少女》中，在那个似曾相约的山口，遇见了似曾相识的少女，尤其那双"梦萦回过无数次的/你的一双摄人魂魄的明眸……"诗人感叹道："难道年年岁岁的苦苦厮守/真的抵不住你一袭媚人的娇羞/在柳蒿站满山坡的季节/我考问自己/你的举手投足抑或一声问候/怎么就成了我愉悦的缘由/而你迷人的笑/怎么又像你身前身后的柳蒿/定格在了我人生的绿洲"。把一个少女的美刻画得饱满精致，生动传神。

纵观诗人的诗作，感觉有这样几个特点：

一、时代烙印挡不住妙笔生花

诗人的创作手法基本属于传统的，就是追求情感丰沛、诗句隽永、意象生动、蕴含晓畅、朗朗上口。他不去谋求那种意象繁杂、诗意晦暗、意蕴多重以及难以捕捉的诗意跳跃等"现代"手法，这是与那个时代留下的深刻烙印密切相关的。20世纪五六十年代出生的诗人，无不受当时诗歌大家，如郭沫若、艾青、郭小川、徐志摩、戴望舒、何其芳等诗人的影响，或多或少染上了他们的创作风格。特别后来已经形成创作风格和写作习惯的诗人们，想改成所谓的"现代派"也很难，甚至根本就没想去改。纵观当今诗坛，传统诗人依然很多，同样有层出不穷的好诗绽放。丁永才的诗歌，就是最好的佐证。就是这种"传统自信"，支持着诗人一直走到今天，而且还将一直走下去。

二、丰富想象力造就了诗歌的魅力

极具想象力的诗句，造就了诗歌的美感和张力，让诗歌产生了难以抗拒的魔力。大量新奇优美的诗句和震撼人心的警句，牵动着你的心，让你不得不一行一行地读下去。比如："分手之时记错了再会之日/眼窝早被崎岖路上的石子填满"（《崎岖》）。比如"镜框里被囚的蒙娜丽莎/寂寞已久/在目光轻佻的抚摸下/猝然生情"（《静态》），比如"清晨，太阳上班的途中/见情人们约过会的地方/流言砸碎石头"（《情人》），等等。

这些富有灵性的诗句，无不是施展丰富想象力的结果，令人叫绝！

三、精短诗歌树短诗创作典范

倡导短诗，一向是诗坛乃至读者的共同心愿。长诗，常常令人阅读疲惫。而短诗有如快餐，更容易理解消化，也更容易让人记住。好的短诗，常常戛然而止于意犹未尽，就像刚拉住恋人的手，就被她母亲强行叫走，而她依旧难舍地一步一回头的那种感觉。丁永才的诗总体上都是短诗，极少有超过二十行的，读起来如嚼橄榄，余味无穷。他为短诗创作，树立了典范。

光阴沉淀故事，诗歌记录人生。希望诗人背靠草原、森林、城市、乡村，　如既往地写下去，写出更多更好的诗歌作品以飨读者。

第一次写文学评论，不足不妥之处在所难免，还望老友丁永才先生和各位文友多多指正。

（顾玉军，1956年生，满族。四十年来，在全国各级报刊发表诗歌、散文、小说等作品800余篇、首，已出版诗集《月光中的歌》《情漫山林》《无梦季节》《岁月羽片》《心泉》，文集《最美兴安岭》《淡墨惜拾》《英华龙山人》《中国九十年代民谣选证》等。多次获得各级文学奖项。现为中国林业生态作家协会理事、内蒙古作家协会会员、呼伦贝尔市作家协会理事）

芳华开处 水木流年

——品评丁永才诗歌艺术有感

姜联军

听了各位老师的精彩点评，我深受启发，感同身受，大家说出了我的想法。看来，一人物、一事物、一景物放在那里，大家对它的基本形象、特质和核心的感知感受、理解探究可谓大体相当、大同小异，一管窥豹、直击要害、一针见血。正所谓，英雄所见略同。

有幸和丁老师相识在 2007 年夏天，距今已经 17 年了。在接触的过程中，我逐渐和丁老师熟悉起来，成了好朋友，也深深地感受到丁老师是一位极具感染力和影响力的性情中人。丁老师热情大方、机智幽默、爱开玩笑、思维敏捷、办事细致周密，是尽力成全别人的妥帖人。

早些年，我偶然接触到了丁老师的一本诗集，好像是《雄性意识》，不太厚，认真读过之后，一部分诗歌似乎有朦胧诗和海子诗歌的影子，因此我认为他是呼伦贝尔地区比较早的这类诗歌的吟唱者，青春张力的抒发者、探索者、引领者；另一部分诗歌更突出的感受是呐喊般的直面冲击，不遮不挡，针砭时弊，痛快淋漓，恰似草原上的一匹烈马，横冲直撞，四蹄翻腾，有"怼天怼地怼空气"的感觉。后来又零星地接触到丁老师的一些诗歌作品，像《萦梦故园》等，我感觉他的风格变化很大，从过去的朦胧与刚猛，变成了如今磨去棱角的老成、老练、老辣，其间也藏着些讽喻、揶揄与圆融、周全相掺杂的味道。还有《那一年的风花雪月》，从另一个侧面展现了诗人的侠骨柔情，细腻、温婉、多情，让人们看到了一个感情丰富全面的多情人。而从整体来看，这部诗集最为突出的，是诗人对草原的歌颂，一往情深，不染纤尘。这是主流，是基本盘，是诗人抒发情感的出发地、着力点，诗人对草原的爱，如温存的奶茶，甘之如饴……

诗文如其人，其实，诗文都是载道的工具，无非是情感的表达，思绪的流露，心灵无处安放的寻寻觅觅。从这些诗歌的痕迹，可以约略地看出丁老师从二三十岁到五六十岁诗文写作的心路历程。断断续续，真实丰满，从青葱岁月的立马横槊、一纵千里，到退休年龄的返璞归真、灯火阑珊，这也是大多数文学执着者的倔强和水木流年……

丁老师还是一位社会活动家，在呼伦贝尔这片土地上，广泛联络文学艺术界的同仁，整合资源，拓宽人脉，为文学爱好者提供帮助，扶上马，送一程。今后也乐见丁老师为呼伦贝尔文学人才的培养和文学事业的发展添砖加瓦。

今天，我们大家欢聚一堂，畅叙乐谈，各抒己见，有临风快意、知音相逢之感；有稷下学宫、追慕先哲之敬；有兰亭雅集、玉树临风之态；有呼伦贝尔之大，可以抒怀；有兴安巍巍，可以安心，可以逐梦。

把灵魂安放呼伦贝尔草原

——简论诗集《那一年的风花雪月》

康立春

丁永才这本装帧精美的诗集《那一年的风花雪月》，2019年4月由中国书籍出版社出版。2024年6月初，连日来我多次阅读，有理由认同这样的观点：呼伦贝尔草原只有辽阔，只有潦草的草本植被，是远远不够的。没有情感的草原不会是灵魂的草原，这就是我对丁永才整部诗集的架构理解。我完全有理由这样说：丁永才构筑的奋斗历程，充分体现了人生的宿命安排，二十岁左右的青春临界点，属于科尔沁草原；工作、生活，得益于呼伦贝尔草原；谢幕演出之际，大概率移至北方以南，可他的灵魂却永远安放在这片草原。

何谓灵魂？通俗地理解，灵魂是生命的核心和精华，也可以比喻为对某个人或者某个群体起关键和主导作用的精神方面的核心因素，属于高尚的品格。灵魂不但跟万物相连，更牵连着我们的亲人、朋友，甚至第二故乡里的牛、马、羊以及陌生的飘零。

呼伦贝尔辽阔的自然生态、历史悠久的人文遗存和当下丰厚的旅游文化生态，无疑为诗人提供了高贵的、不可或缺的精神滋养和坚实的、独一无二的文化底蕴。

因而丁永才的诗歌作品，叙述具有较深的代入感，质地厚实，情感丰富，充满生机和活力。又有着比较明显的游牧精神元素，烙上了执拗的蒙古马个性。他已然成为引领呼伦贝尔诗坛的一只雄鹰，并且于20世纪八九十年代就迎来了创作的持续爆发期。

一、草原诗人，敏感斑斓的内心风花雪月

对形形色色的外部世界抽丝剥茧，抑或任性联想，使作品内容与鲜活的现实生活保持着"灵魂"联系，由此丁永才进入诗歌创作的重要收获阶段。

诗歌《风》是一首饱含现实深度的作品。"风把叶子的方向固定/我和你穿行于风中/鸟儿穿行于风中/这个季节泛滥/是风注定的使命"，诗人的人生坐标，用叶绿素和风来固定，有鸟儿的歌唱，体现出层次美。从"风 一路喧哗"中细细品味，可以感受到韵律美和音乐性，"风从正面吹来/风又从侧面滑过/无形而具体的叮咛/暗示我也告诫你/不退则进全因逆风而行"。强烈的时空感和岁月的物象，巧妙地对接起来的时候，"逆风而行的我和你/在风向标的敲打下目光坚定/我听到你内心的河流/一次比一次 比风声/更热烈而迅猛"，世间的风，何尝不是独门暗器，立等可取，在传播中兑现江湖之上的意义。

诗歌《花》基调纯净又意味深长。"这是呼伦贝尔的七月/草绿和花红是本色的骚动/那一波一波/幽香的浪涛/汹涌奔腾"。孕育成熟与希望的季节，一首好诗，要在唯美的意境中塑造形象，提升气质。"在鹰飞水流的地方/在七月浪漫的心尖儿上/我重重叠叠的心事/深深浅浅地锁进眉头/期待你来——抚平"，意象元素鲜活跳跃，世间万物只有阴阳相合，才有自然相生。

"花开后花又落的事情/一切由土壤般的真诚铸定/蝴蝶为媒 蜜蜂传情/似曾相识的一切/皆因十分遥远的使命",使这首抒情诗,进一步达到有情趣,有格调。"又是七月 呼伦贝尔最美的季节/我在浪漫的花蕊间/袒露着真诚等你/等你翻山越水而来/品尝我为你酿造的爱情",语气或婉约,或直白,蕴含了极为丰富的成分。

诗歌《雪》写道:"她温柔的小手/软软地抚过我们的脸颊/我们每个人却装得冷冰冰/没有谁说过一句心里话//春天 雪姑娘找到了婆家/却一直泪水涟涟/不愿意出嫁/谁也不知道为了啥"。丁永才写悄声细雨、云淡风轻,把雪的孤独,演化为一种静中之美,让人沉浸。"等到绿肥了红又瘦了/我们才明白大家都被她爱着/而雪姑娘却变成了/开满我们忆念的老白花",雪,这个寻常的自然物象,在诗人笔下形成空间化的记忆,表现为一种具有美好、爱意和鲜活的感受力的存在,更是一个乌托邦式的神性隐喻。

《月》这首诗切入方式很巧妙,典型的灵魂映象。"月把什么都浸在水里/她站在高高的天上往下看/去年的风从草原上吹起/碧草连天/激起一波一波的涟漪",从存在的束缚里调动河流、草原,现场感营造得体,不急不缓,具有美感。"她还是我出生时的那轮满月吗/怎么几十年一直高悬于天际/连寂寞嫦娥都舞动起衣袖/她却不见一次情移",以月为媒介,描绘出一种瑰美的意境。"今夜 你是否/又要在月光的河流中飘然而去/你高昂着骄傲 一言不语/只有清凌凌的月色/闪着幽光沉浸于水底/波浪 深不可测地激荡着/没有边际",整首诗灵活运用比喻、借代、拟人、倒装等修辞手法,浑然天成而不事雕琢,让人浮想联翩。

总之，《那一年的风花雪月》这组诗，既有气质，又有神韵。只不过是在表现手法上写得随意、潇洒、率性，让读者一直处于思索的状态罢了。无论是意象的选择，还是叙事的朦胧化，都呈现出超拔的内力，使生命的感觉更加真实生动。这些倾向还体现在《山路崎岖》《雨天的故事》《我的诗与你有关》等组诗里。

二、雪是灵魂的色泽，极具命运的况味

丁永才的诗歌，语言朴实、干净，不含任何杂质，善于打造细节里的实境和虚境。整体趋势是对生命的思考，对世态的考问。譬如组诗《呼伦贝尔大雪原》写道："寒冷一朵朵莅临/冬天以自己的风采/霸道地覆盖了一切/又不容许任何辩白"。一台露天的冰箱，在空旷辽远的天空下，格外放荡，使万物为之沦陷。"一只苍鹰/从海拉尔河芦荡中起飞/把寒冷锁住的天籁/更广泛地打开"，让时空感与岁月感的物象巧妙地对接起来的同时，给读者留下的丰富感和想象空间是难以言表的。整组诗，以节制、机警、内省、智慧、哲思见长。诗句"把寒冷广泛地打开"更是具有360度视角，让一切事件都生动合理起来。

人类和季节的情感与关系是复杂而多面的，诗人通过对季节的观察、思考和感悟而获得新的视角和体验。《冬天纪事》写道："呼伦贝尔的冬天是白皮肤的/这种颜色年年此时都很盛行/有人说天空是蒙古包的炊烟染蓝的/有人说大地在一夜间铺满纯银"。一刹那，说出独特感受。黑格尔认为："颜色感应是艺术家所特有的一种品质，是他们所持有的掌握色调的能力和就色调构思的能力，所以也是再现想象力和创造力的一个基本因素。"丁永才在其诗歌中就明显体现了这一创作品质。"不管怎么说/六角形的雪花隔几天就光顾呼伦贝尔/每个村庄 每条做梦的河流/都收到过六角形的信",这节极美,有去沙存金之妙,虽诗句朴实,读一遍,有一遍的感受。这首写作家们在冬天的达赉湖采风情景的诗歌,叙述得体,仿佛一篇微小说。"只是 他们临行时沉重的告别声/让达赉湖的灵魂微微一震",好一个灵魂微微一震,一种心语的自然流淌,从而产生诗意的张力。"当晚有一只神奇的大手/兀自摆弄达赉湖夜空上的那盘棋/作家们偶尔还看见流星骑士/骑着长尾巴的马四处飞奔",这节创造出"幽冥"附和诗人心境的虚构世界,带来一种符咒似的暗示力,唤起感知与想象的双重共鸣。

诗人的天赋、顿悟、觉醒,是诗人灵魂里飞出的蝴蝶和花朵,是一种境界。诗歌《雪原即景》中,"银色的雪原无边无沿/银色的视野无遮无拦",开头便直达清澈的辽阔,自由的姿态得到了最大限度的舒展。接下来,"黎明从奶桶中升起/太阳在长调的余韵中疲倦/牛羊自牧人的瞳孔中肥壮",这些意象的句子,使诗歌的内涵更加丰富。"牧人的口哨以特有的方式/在雪野里与风一起奏响/测绘出的是辽远的蓝天/套马杆从他们手中轻轻一甩/丈量过的都是深深的爱恋",无限感慨与浓缩的情志,回荡在诗行中,是自然在场、应允和见证。

又譬如《雪夜》看似随意,实则颇具匠心。"今夜 我将成为雪/以漫山遍野的精彩/铺向你紧闭的家门",写得先锋、婉转,是理想的倾诉,是梦幻的表白。"今夜 省略了所有的村庄及河流/我从草原一角/悄悄走来/用通体的素洁和透明/将你的梦和出门的路全部覆盖",进一步扩大诗歌的唯美与哲思空间,灵性的诗句迭出，高度凝练和升华。"你终于破门而出/像一头小鹿蹦跳着却没有向我跑来/一路的足迹/深深浅浅/是对我永远不愈的伤害"，写诗也是讲故事，渗透生活中的点点滴滴，这首诗，何尝不是一个爱情故事呢。

可能呼伦贝尔冬季漫长的缘故吧，丁永才取材资源，更偏爱雪。诗歌《在雪地上行走》写道："季节归纳到脚下 白茫茫/将生命衬托到一定高度"，以景言志，以物喻人，形成独特感受。"即使低着头赏雪 太空上升的感觉/也会挤满五脏六腑"，以隐喻和假借，衬托生命的伟大和渺小。"一种像雪一样纯洁的心情/使我的想象不含一丝庸俗"，读来别有一番情趣，诗人善于捕捉故乡人与自然、自然与自然平衡且和谐的关系状态。"去还是留 满山遍岭银色的雪呀/回归大地是你最好的旅途"，以雪寄托自己的精神世界，也以雪的形象隐喻自己，实现了高光时刻的集体登场亮相。这个过程中，我看到诗人建设和捍卫自己的精神家园的努力，它使读者耳目一新，增强了诗作的艺术性和可读性。

三、文旅液态流动意象，触碰和彻悟河流

丁永才在意象的选取上，十分看中呼伦贝尔的河流，同时会把自己浪漫的情怀，以缓缓流动的方式，深沉而委婉地表达出来。

诗歌《伊敏河》这样写道："让目光追随你/让脚步追随你/追随你的漩涡你的浪朵/做一次坦荡视野与胸怀的跋涉吧"。这首诗的技艺，融入了生命感观，虚实之间的配比，运用恰当，主题在主观和客观之间得到清晰的呈现。"无论你走向哪里/我都不会忘记追随你/栽下绿树播下绿色的种子/将来定有那样一

天/在我驻足的地方/会浓缩一角/大草原的庄严和富丽"。整首诗看似平白，内在的旋律是有的，有具象化微妙感受的造境能力，形成了一种独特的节奏，佳句频出，朗诵起来效果更好。

下面我们来剖析诗歌《维纳河四题》中的《落日》。"落日的巧手/在诗意的远山远水里/绘出一张张/躺着 挂着 站着的/撩人的风景画/晚霞迷醉/抛出一个媚人的眼眸"。这种没有新奇叙事性，也没有强烈抒情性的诗歌，似乎有些虚无主义，事实上，这是当代诗歌生态中常见的语调。诗句"抛出一个媚人的眼眸"衬托出落日的沉默、寂然、暗哑的氛围，强化了落日气氛。"因于维纳河的流淌/夜变得很浅很浅"，继续在形式上采用简洁明快的风格。"维纳河的两岸/踩着落日的影子的/是诗人寻章摘句的脚步"，诗人终于找到属于自己的那片时空，收于无形，深得禅意精髓。

《恩河》第一节写道："恩河水很瘦 缓缓/向低处走去"。诗人眼中的恩河，瘦得让人怜爱，形态可爱，在意象中分娩出意象。第二节中，"被恩河滋养的人/以清清的水的姿态迎客"，隐秘、曲折、无限都汇集在这里，弥漫一种感恩的光亮。第四节写道："畅饮过恩河水的游子/知道拥有一滴恩河水/便尽知了人生的真谛"，恩河给了当地人生存和命运的恩泽，把个体生命、烟火人间真实呈现，渡化着幸福祥和。

《莫尔格勒河》一改单纯地直抒胸臆，强化了画面感。"高高的巴特尔坐在金帐汗里喝酒/他喝酒时/把九曲回肠的莫尔格勒河/很随意地铺在雨后"，牧区的慢生活，就连河水也不愿意直接流走，暗含情感冲击力。"呼伦贝尔绿毯般的草地上/引得亭亭玉立的城市姑娘/惊惊咋咋地跑来观望/"，莫尔格勒河流域有着独特的地域风情与游牧文化，诗里还融入了诗人对现实社会的感悟和思考，"惊惊咋咋地跑来观望"显现鲜亮的灵性，发出精神回响，具备多种诗意指向。整体诗结构布置严谨，诗短，内容却宏大，诗句老辣却绮丽，内涵无限拉长，不失为一首有骨力的优秀诗作。

《达赉湖挽歌》表达了个体生命趋于静止和沉默的倾向，一首诗，完成了一次奇妙而神秘的旅行，铺陈分行的道场。"面对你 一个人的岸上/我为什么唱一首挽歌/哀婉你曾经的辽阔/哀婉你昨日的丰硕/这人世间 大自然里/还有哪些完整的角落"，"我"似乎忘记了流动的时间，向精神高地进行一次虔诚的朝圣，试图重新修复诗人的原点。"在一片月光下出现/又在另一片月光下沉没/我燃烧自己的心为你点亮渔火/期待你在春风里复活"，诗人对河流的描摹总伴随着超越时间维度的设置，此维度即是永恒的挽歌，启迪人生，这就是诗歌真正的价值和意义。包括他许多写河流的诗歌，例如《成吉思汗拴马桩》《根河》《柴河》《阿伦河》等，都是像这样消解自我，攫取岁月的宁静，置身的体验生命，从而让对物象的运用与情理的经营，达到一种新的境界，完成自我所观察的气象和天象。

四、结语

收录在《那一年的风花雪月》一书的诗歌，前三辑写呼伦贝尔，也是我的主论部分。第四辑写异地采风。我认为，丁永才的诗歌有着深刻的洞察力和敏锐的感受力；还有着鲜明的个人色彩，大多是对个人经历的描写和情感的抒发；又彰显出精神的深度和厚度，成为草原诗歌写作的一个标杆，一位上下求索者的思考。他把灵魂的呼伦贝尔草原结为知己，充满了文化气息和人文关怀。丁永才的诗歌在朴素的文字下，情感细腻、真挚，感觉遇到诗意就会播种萌芽开花，积蓄的诗情犹如酿造烈酒，犹如炼丹，犹如亮剑。他用心灵贯穿和擦亮了大草原时间的纹理和内核。

当然，其诗歌创作也有不足，写法略显传统，个别诗句缺乏打磨。期待丁永才创作出更多的精品诗歌。相信这本诗集会打动很多读者，也会给诗歌写作者非同一般的启发。祝愿这位世事尽阅、诗心依旧的大草原诗人，更上一层红楼，抵达圣灵的宝塔。

（康立春，蒙古族，原名乌云毕力格。20世纪80年代初期开始，先后在《人民日报》《人民文学》《十月》《花城》《民族文学》《诗刊》《解放军文艺》《北京文学》《天津文学》《广西文学》《安徽文学》《福建文学》《星火》《莽原》《湘江文艺》《四川文学》《山东文学》《山西文学》《西部》《飞天》《朔方》《青海湖》《时代文学》《阳光》《北方文学》《草原》等报刊发表文学作品，总字数近200余万字。出版诗集《时间的边界》《风从草原来》，散文诗集《明媚的风骨》，长篇小说《查看时代》等）

岁月可沉酿，人生皆诗行

——读丁永才先生诗歌有感

姚君英

以前曾零散地读到过丁永才先生的一些诗歌，很是喜欢，因为他的诗歌像他热爱的呼伦贝尔大草原一样，自然而真实，质朴而清新。

近期，我又通读了丁永才先生的《萦梦故园》《我的情诗》《那一年的风花雪月》等诗集，掩卷而思，其诗所营造的情感意境、蕴含的人生思悟如回音缭绕，袅袅于心而久不绝矣。

一、其诗是诗人内在精神世界的自我丰富与观照

阅读他的诗集，犹如在他的精神世界里一路驰骋一路领略。阅读时我的头脑中不断出现一个闪念：原来丁永才先生是一棵会开花的树，无论怎样的土地怎样的时空，无论怎样的季节怎样的环境，他的生命之花都会次第开放，向阳芬芳，从不失约——因为他把岁月沉淀成了诗，他生命的本质就具有了诗性。每一首诗，都源于他生命内在本质的自然绽放。因而领略他的诗歌的同时，也是在解读呈现在他灵魂深处的本真自我。可以说他的诗等同于他的人：不蔓不枝的干净与纯粹，不落俗套的浪漫与热烈，不加掩饰的坦荡与深刻。

人的天性犹如地下烈焰，一般情况下，没有谁有足够的勇

气把最本真的自我暴露给他人看，因为那会让人很没有安全感。如同我们安安静静地生活在地球表面，鲜有思考或者没有勇气去探究我们所生活的星球具有怎样不可思议的内核。而丁永才先生的诗歌却是人类天性的一处火山喷口，不断迸裂、喷发，在一次次的疼痛与觉醒中，他完成了灵魂的撕裂与重塑，完成了生命的绽放与提纯。

他的《蒙古马一路向前》是我最喜欢的一首诗，也是吸引我驻足并深入阅读他诗集的一面迎风招展的酒旗。

这首诗追随着一匹在草原上纵横驰骋的蒙古马的身影，以变幻的蒙太奇视角呈现出生动优美的动态画面，吸引着读者在诗人游移的视野中对一种生命精神进行膜拜式的解读。"四蹄轻易地抛弃一些山川/又俯拾一些花团/并为草原修正和丰富了内涵/一些梦幻遗失于蹄窝儿/又一些诗意诞生于天边"，这样的诗句是极具感染力的，其中蕴含的哲思很能引发读者的认知共鸣，人生的得失参悟得通透豁达，一路向前积极乐观——我深信这正是诗人内心精神世界的自我观照与呈现。

故乡的一草一木，旅程中的千山万水，少年时代的懵懂情愫，心仪姑娘的一笑一颦……这些都成为他抒情的载体。他可以让"那一天的红纱巾"随风飘起，拂去生命中的每一寸负累；他可以在静谧的夜晚让"一半月光在我的体内回旋，另一半月光照亮你的心情"；他可以在秋天让"风把叶子的方向固定，我和你穿行于风中"；他可以在最不经意之时，让一只"水鸟尖锐的喙，点皱一河山水"，令"色彩顿时纷乱无章"……可以说凡是他生命中一切美好的或者忧伤的过往，都被他捕捉并酿成了诗句，成为他萌动青春的箭矢之的，成为他不羁心灵的安放之所，成为他在这个纷杂的人世间不染纤尘的精神家园。

我很敬佩也很欣赏他的这一分率真，他的诗歌没有故作高深的隐晦意象，也没有故弄玄虚的刻意炫技，而是与他的精神实质融为一体，伴随他成长的每一程。他的诗歌以抒情诗为主，直抒胸臆，很干净很明快，从中可以溯源出一位为人坦荡用情至纯为文至真的抒情主人公来，他不停地追溯，不停地探寻，不停地构建着理想的精神世界，乐此不疲。

二、其诗在写法和内容上极具年代感

读丁永才先生的诗歌，一个非常强烈的感觉就是他的诗与这个快餐节奏的时代"不合拍"，创作手法也不"时髦"，主题也显"保守"了些——而这正是我要强调的他的诗所具备的年代感，确切地说，是那种独属于60后、70后、80后的年代感。

放眼这个时代，诗歌与人的情感同日新月异的科技一样，似乎已进入到"AI"的快车道时代，甚至可以机械地成批量生产，花样翻新，分行断句的口水诗呈滔天巨浪之势一泻千里。而丁永才先生的诗却"任尔东西南北风，我自岿然不动"。他不追随不盲从也不刻意传承，只是在自己的轨道里，按自己的节奏有条不紊地"纯手工打造"。他像一个辛勤耕耘的农夫，在自留地里扶犁荷锄，怡然自乐地侍弄着禾苗，不借助机械化设施，不施化肥不打农药。因此他的诗具有那个时代朴素而自然的特征。在诗歌的探索之旅中，他更像是一个入定的禅者，不经意间营造了一个世俗之外的精神世界的桃花源。

在写法上，他的诗歌依旧有板有眼地使用韵脚，讲究意境，善用反复和回环的手法，似是脱胎于"风雅颂赋比兴"的

《诗经》，幻化于花间湖畔的朦胧诗派之间，缥缈唯美，复叹叠咏，余味悠长。以一首《遇见花开》为例：

遇见花开

是你我一生的荣幸

在鹰飞水流的地方
在七月浪漫的心尖儿上
我重重叠叠的心事
深深浅浅地锁进眉头
期待你来——抚平

遇见花开
是你我一生的荣幸

花开后花又落的事情
一切由土壤般的真诚铸定
蝴蝶为媒　蜜蜂传情
似曾相识的一切
皆因十分遥远的使命

遇见花开
是你我一生的荣幸

花开后花又落的故事

有谁能够解说得清

如今蜂蝶离巢各奔前程

你的泪花一瓣瓣盛开

我的梦想翻越一道道山峰

遇见花开

是你我一生的荣幸

又是七月　呼伦贝尔最美的季节

我在浪漫的花蕊间

袒露着真诚等你

等你翻山越水而来

品尝我为你酿造的爱情

这首诗无论从写法还是从内容情感方面来看，都具备那个时代人的专注与长情，能够引发一代人的审美与情感共鸣——这就是我所强调的他诗歌中年代感的体现。

三、其诗善于"造境"，质感柔韧

丁永才先生的诗没有生涩干瘪之感，也没有无病呻吟之痛，更无所谓的"征文体"生编硬造之痕，如同自然包浆的麦穗，颗粒丰盈饱满，因此读起来很畅快很舒服。

诗歌贵在"求变"，丁永才先生的诗歌的变化是沿着他成长的轨迹天然而成的，镶嵌在他生命的纹路里，顺势而为，遵从生命之规律，伴随着诗人一路成长。因此把他的诗连缀起来，他生命的轨迹和情感的脉络就清晰可辨。

丁永才先生的诗中，乡情是浓墨重彩的一笔。读他的诗，犹如打开一卷轴画，一草一木、一叶一花、一鸟一虫……历历在目，而且他的书写都是饱蘸深情的："呃辉河/呃雪原/你们醒醒吧/难道诗人的啼血之墨/在你们纯洁的胸膛上/只能开放六瓣的花朵"（组诗《呼伦贝尔大雪原》）。

他的"游记体"系列诗歌写得也非常精彩。他仿佛是用自己的足迹绘制了一张富含地理知识的导游地图，地标精确，内容翔实，画面立体。如收录在诗集《那一年的风花雪月》中的"呼伦贝尔之旅""异地采风"诗歌系列。

情诗是丁永才先生诗歌中最为靓丽的一道风景。无疑，他的情感是炽烈奔放的，也是干净纯粹的。例如诗集的题目《我的情诗》《那一年的风花雪月》，组诗《我的诗与你有关》。

丁永才先生曾在一篇散文中坦言往事，讲述了少年时期与"红纱巾"有关的一段懵懂情愫。时过境迁，一般人会对这样的往事选择遗忘、回避、隐藏或者尘封，而诗人丁永才先生却把它制成了一枚永不褪色的书签，夹进了诗行："那一天，相思鸟栖落你的双肩/你不由自主飘到山的这面/那一天，一角红纱巾驶进我的望眼/我便鬼使神差跑过山的那边"（《山》）。

"蒙古马一路向前/阳光的瀑布斜跨鞍鞯"（《蒙古马一路向前》），这样的诗句是最能打动读者并深烙于心的，一望无垠的草原上，一匹驮着一背阳光的骏马就这样昂首奋蹄疾驰进了读者的视野里。读到这句诗，我内心里猜想丁永才先生一定是懂得绘画和摄影的，他的诗句才会有如此生动的光影之感。

可以说，一首首诗是他历经悲喜的生活中一个个瞬间的捕捉与定格，是他走过千山万水的一枚枚足迹的留痕与拓印，是他沧桑又饱满的生命中的一帧帧切片与标本。

一路成长，一路采撷，丁永才先生的诗歌，是他从黑黑的泥土中萃取到的鲜艳，是他从凛冽的风霜中提炼出来的芬芳，是他从嘈杂的俗世中沉淀下来的明媚。因此，他的诗歌是有着烈酒的浓郁度数的，闻之令人神往，饮之令人迷醉。

丁永才先生的诗，值得在静谧的夜里捧卷细读，一圈圈涟漪，终会在内心深处荡起一声声共鸣的回响。

（姚君英，笔名舟儿。牙克石市作协主席，内蒙古作协会员，中国纪实文学研究会会员，鲁迅文学院第三十八期少数民族文学创作培训班学员。著有散文集《放一叶轻舟》，诗集《午夜做你窗外那帘雨》）

第二辑　浓墨沉香

丁永才诗歌三首欣赏

戴明荣

诗歌作为一种独特的文学艺术形式，充满了情感表达与感染力。它能通过优美的语言，将作者的思想、感受、情感与读者紧密相连，深深触动人们的心灵。

我读丁永才诗集《那一年的风花雪月》之后的一个感受，就是其诗歌的情感表达与感染力，不仅源于作者的真情实感，还体现在其独特的修辞和寓意的表达上。

首先欣赏丁永才诗歌《草原的太阳》：

沿着深入草原的小路

走回记忆繁茂的地方

那时我是一个没长胡楂子的男子汉

黑葡萄般的眼睛因父爱一天天晶亮

准男子汉的身板因母爱一天天茁壮

那时我就觉得隔壁那个

扎羊角辫脸膛红红的姑娘

是亮在我心头的一盏小太阳

日复一日我变得越来越虎背熊腰

年复一年她出落得渐渐山青水亮

那时每场疯狂的安代舞停歇下来

我和她都仿佛沐浴着满身真实的阳光

后来她哭得昏天黑地之中
被嫁过了那道山梁
后来我拳头攥得格格脆响之时
一跺脚走出了生我养我的村庄

一晃时光十五度轮回再归故里
古老的安代依旧被跳成崭新的太阳
但大碗喝酒大块吃肉的时候
我却觉得心头游动着几缕忧伤

"沿着深入草原的小路/走向记忆繁茂的地方",以拟物的描写手法,把人的记忆寄于一片繁茂的生机,寓意着美好的少壮年时期已被时光尘封了的记忆,依然充满生机与活力。开篇一下就给读者以代入感。还有"后来她哭得昏天黑地之中/被嫁过了那道山梁",道出了作者爱而不得、可望而不可即、难舍难舍的那份真情实感,称得上诗篇画龙点睛之妙笔。最后结尾痛快利落,数年后再回故里,蒙古族热情奔放的安代舞依旧像喷薄而出的太阳,依旧明亮温暖。

草原上的太阳,如果没有草原上的姑娘,便黯然失色,何况是扎着羊角辫脸膛红红的姑娘。而这扎着羊角辫脸膛红红的姑娘,又是作者心中的太阳。以此而论,作者颇具草原胸怀。几缕忧伤,是多年酝酿,大碗喝的酒,没有这个醇,大块吃的肉,没有这个香。中国诗向来重抒情,但情有多种,此诗豪放中含细腻,细腻中出豪放,感觉已经无关诗歌艺术,是作者心灵的自由歌唱。

再看这首《草原的风》：

在不见绿意滚动的

画面上你站得

超然物外　一份永远的快乐

是被嘴唇抿住的

那半截旱烟吗

这是你排练许多年的

一种姿势每逢此时

一只鸟飞过幻觉

然后回忆温馨地弥漫开来

然后像一粒种子穿透岁月

在你那被草原风

犁满垄沟的脸上

长出一种让人仰慕的慈祥

风是看不见的，但是人们可以通过其他物象感知风的存在，中国古典诗词也有过这样的作品。半截旱烟，尤其动人，一半被人吸掉，一半被风吹走，沧桑感禁不住涌上额头。况复排练多年，形同飞鸟，更给了风以个性化定位，草原上的风，则更具弥漫条件，作者遣词，异常精彩。尾句用"慈祥"轻轻收住，正如风也有停有息，已经影射人之情感，更容易打动读者。

我非常喜欢这首《安代舞》：

乐音突如破堤之水

彩绸追之猎猎而飞

长发随节拍飘逸

挥手与跺脚之间

快乐烘烤着潮湿的心房

我不相信前路总让人失意

落寞之时远道自有欢歌而至

像无痕之水一洗恼人的彷徨

是歌者总能从音律中体验人生

是舞者总能在步履间感受风光

且饮上几杯醇香的老酒

且跳上几曲古老的安代　坚信

每个季节都高悬暖人的太阳

由舞及咏，是一种通感式跨越，所以舞之蹈之与歌之咏之自古便是孪生姐妹。安代舞是草原文化的重要表征之一，深受百姓喜爱，不仅是蒙古族，草原各民族都喜爱，而走出草原，也给观者以深刻的感受冲击，属于大众文化。衍成诗歌之后，从诗本身讲，变成了小众文化，但从影响面讲，仍然是大众文化。作者准确而从容地把握住了这种过渡，前四句用诗意白描，把安代舞的特征展现出来，后面则用更多的文字挖掘安代舞内在的灵魂，由描而抒，从写境而造境。百姓生活，以辛苦为主，舞之，诗之，饮之，坚信每个季节都是高悬暖人的太阳，便是幸福，便是寄托。这首诗，把这些都写出来了。

（戴明荣，女，鄂温克族，呼伦贝尔民族诗词协会会长，

内蒙古诗词协会会员，中华诗词协会会员，内蒙古诗词东部区
呼伦贝尔市工作站站长，呼伦贝尔市老年体协诗词工委主任，
中华诗词学会少数民族诗词工作委员会委员，内蒙古诗词学会
常务理事）

饱满、丰厚、浓郁的诗的味道

——浅读丁永才诗集《那一年的风花雪月》

文　芳

丁永才诗集《那一年的风花雪月》出版于2019年，护封上用黑体印着："记录了作者在游历呼伦贝尔山水风光时的心灵律动和情感慰藉。"还有几行淡淡的小字："他的诗作有情感温度，有人生态度，也蕴含了饱满丰厚的、浓郁的诗的味道。"

一般来说，读者是不大重视甚至有点讨厌护封的，因为翻书的时候碍事。但在把护封收进抽屉里，反复捧读这本书之后，回头再看到上述概括精当的文字，我觉得，丁永才这本诗集是用心了，具体到每一个细节，都在真诚而真实地与读者对话：深蓝色的封面，清晰明朗的排版，掐头（前言）去尾（后记）的结构不玩花活儿，尊重读者审美的主体性，好像说，我把这些诗捧出来，就是这样，任人评说——请看看吧。

一、心灵的律动——游历呼伦贝尔以及其他

本书第二辑"呼伦贝尔大雪原"和第三辑"呼伦贝尔之旅"，是全书的重点。呼伦贝尔作为中国国土面积最大的地级市，土地幅员辽阔，地貌丰富，农林牧渔生产方式俱全，多民族文化异彩纷呈。山河壮美乃诗家之幸，诗人丁永才的足迹踏遍这片土地，这片土地上也唱遍了诗人心灵的跫音。

（一）遇见的惊奇

在毕拉河，石海多么令人惊奇！

我看见大片大片的石头

在一片森林与另一片森林之间安静地躺满石头

默默地把地面覆盖

把森林挤开

让云朵远远地游走

我看见每一块石头的脸庞

都有阳光抚摸的手

我想象着 如果是雨天

雨点儿砸下来

这里的声音一定更剔透

于是，"大片大片的石头/让开阔地无止无休/让喊叫渺小/让我惊异/我不知道该摩挲哪一块石头"（《石海》）。

写自己和山花的"艳遇"："在抒情的枝条上迷离/有的像小铃铛飞出锁不住的秘密/当一朵停止另一朵已经摇起/有的像一块石头的坐姿/它们的性格怎么满是忧郁/有的像甜蜜的微笑/为了我和她在幸福地飘逸"（《绰尔大峡谷》）。

（二）炽热的情感

还是山花，"我喊不出它们的名字/只知道它们是用我们/淳朴的山歌、血汗和老酒浇灌的/为了把一切献给亲亲的你/挣扎着倾其所有的力气"（《绰尔大峡谷》）。

诗人有感于这山野这大森林里务林人的豪迈与艰辛，忍不住要讴歌，于是，作为劳动者奉献者的主体，务林人"我们"集体登场，"我"是其中一名劳作者。人的劳作促进了森林的永续更新，山花烂漫正是自然与人工完美合作的展示，但山花像热情快乐的女郎，似乎无心而开放，"它们不懂得我们的惊讶/也不知晓我们心底的感激"。于是，诗人便化身为对应的"你"，成了他者，享受、观看、见证这一切的人，并且被热乎乎地喊作"亲亲的"。

也可以这样理解：诗人和友人一起参观大森林，撞见野花之盛宴，一时物我两忘，不认得野花（"我喊不出它们的名字"），但听了见了务林人劳作的事迹，深深地敬佩和感激这些可爱的人，与他们心心相印，要向外界宣扬他们的奉献，"你"，就是此前不知晓不熟悉，没来过大森林的人，比如，和诗人一起来的友人。而务林人并不标榜卖弄自己的艰辛付出和血汗牺牲，只以唱山歌喝老酒的方式，缓解疲劳，款待来客，"挣扎着倾其所有"的山花，正是他们人格的象征物。山花不计成本地盛放，恰如务林人的生命无怨无悔。难怪诗人在开篇即以第二人称直抒胸臆地呼告："你没见过绰尔大峡谷/就不知道大森林的秘密"。森林有爱，万物有情。无论是生长在这里，还是劳动在这里，或者只是路过，短暂地游玩，只要有共鸣，就都是幸福的。

这首小诗构思精巧而不着痕迹，全由饱满的情感驱动起承转合，直截自然。短短六个段落，主语人称不断变化，写出了诗人心灵的波涛，情感的律动。最后一段只有三句，还没"饶过"读者，"不止一次 不只我一人在夜里/梦见绰尔 梦见绰尔河/和一场等待已久的艳遇"。是啊！初见之欢喜、相知之愉悦、相处之投契、离别之梦回，美好关系一经建立，就是这样一唱三叹，连绵不绝。是以为记。

感谢诗人。

（三）不变的情怀

《达赉湖挽歌》和《成吉思汗拴马桩》排列在《达赉湖》之后，写作时间可能更靠前。

达赉湖也叫呼伦湖，位于呼伦贝尔市东北部，是中国五大淡水湖之一、内蒙古第一大湖。成吉思汗拴马桩位于呼伦湖西北岸，主体景观为一处三面环水的峭壁，其东方十余米的湖水里，有一座高约十米、周长二十余米的突兀柱石。该柱石上细下粗，石纹条条，纵横交错。相传，成吉思汗统一蒙古草原以前，曾在这里训练兵马，把他心爱的八匹骏马拴在柱石上，因此后人称之为"成吉思汗拴马桩"。

达赉湖在历史上是波涛汹涌地浩瀚着的，鱼虾肥美，生机满满。到诗人来此的年代，湖已经面目全非，渔歌寥落，丰硕全无。《达赉湖挽歌》写诗人的叹惋和自我的情怀："我燃烧自己的心为你点亮渔火/期待你在春风里复活"；《成吉思汗拴马桩》写的是溃退和坚守。湖在"节节溃退""畏缩不前"，这不是湖的本意，但原因作者没提。"拴马桩"却在"兀自叹息"之后仍然"长久地坚守"。岁月不居，世情变幻如白云苍狗，诗人将投注在眼前风景的视线拉回，想起当下的生活，"女儿"即将告别这渐显荒芜的所在，自己则选择（也许是被选择）留守本来。"女儿"是新生代，是朝气，是趋势？此时读者或许会联想到热播剧《我的阿勒泰》里巴太的父亲苏日坦的无奈与固执。"夜风"写出孤清，"挽歌"写出哀伤，"热泪"写出伤痛，"心湖"会乱，因为本来宁馨美好的世界被现实打碎了。

但诗人终究是顽强的昂扬的，转瞬即完成了一次内心的崛起与奋进："打开驻守心灵的另一条江河/让它深入达赉湖 深入草原/与所有的日子 所有的幸福/双向吹拂 歌舞翩跹"（《成吉思汗拴马桩》）。"留守"，是一种价值观，也是一个方法论，对美丽富饶的大自然、生命里值得珍存的一切。临别之际，诗人深情寄望："拴马桩你紧紧拴住达赉湖吧/拴住草原人目中永远的企盼"（《成吉思汗拴马桩》）。读者好像也听到了这发自内心的呼喊和嘱托，也默默地长吸一口气，准备着为草原奉献点什么。

诗人第三次为达赉湖写诗是在魂牵梦萦几年之后了，可喜的是，"你又恢复了本真的模样/水面宽阔 浪花欢唱/你在呼伦贝尔的胸膛上荡漾"（《达赉湖》）。与湖对话，波涛如金子闪闪发光，人生似浪花跳跃奔涌，感谢这一切，祝福这一切！

（四）长久的雪原和生灵

北境呼伦贝尔，一年里有近半年的时间被冰雪覆盖，所以，春有杜鹃花海玫红，夏有无边草原翠绿，秋有白桦成林金黄，到了冬季，天地间就只有银色一种主颜色了。在诗人丁永才笔下，呼伦贝尔的冬天是霸道的，雪原则是坦荡的，且有着众多生灵的陪伴。

河被极寒封冻了，山却神闲气定，"让我看到它温暖的内在"，"芦苇荡"与海拉尔河"相亲相爱"，厚厚的雪使河从容，"此刻 雪原/有了主宰一切的神采"。"呼伦贝尔大雪原坦荡/坦坦荡荡 任雪兔在芦荡边穿梭/苍鹰在远天巡逻"，雪兔和苍鹰都是雪原的孩子啊！如果冰河是父性的，雪原就是母性的。父性坚硬刚毅冷峻，母性涵藏自在雍容。正所谓"他强任他强，清风拂山岗"。所以你看，"一只苍鹰/从海拉尔河芦荡中起飞/把被寒冷锁住的天籁/更广泛地打开"（组诗《呼伦贝尔大雪原》）。冬季本来使万物收敛生机，诗人笔下起飞的苍鹰，则像人们面对雪原时的心灵，它拥有生命稳定的基底，勇于向着更广阔的世界打开再打开，拥抱无限。诗思不会在冬天停止，人间的爱与追寻亦然。

另一个冬天，"六角形的雪花隔几天就光顾呼伦贝尔/每个村庄 每条做梦的河流/都收到过六角形的信"（《冬天纪事》）。人们在冬天疯癫般地玩闹，在之后的梦里再追逐奇幻的冬天。

"林边及山脚的风硬硬的/十几个人却喜洋洋地围着翠月湖/在雪地上踏一地春光/想象的春光里谁的脸上也不挂悲哀"（《翠月湖边踏雪》）。这是独属于呼伦贝尔乃至它所辖的任何一个旗县的场面，童心、诗心犹存的成年男人与女人们的冬之舞步。雪地也是硬邦邦的，除非是刚下过毛茸茸的一层。血液可能快冻僵了，脸也快冻麻了，只有舞起来，转起来，笑起来，毫无世俗的目的，对春光充满想象。这就是这片雪原盛产诗人的原因。有过、见过此种经历的人，都会懂得！

二、情感的慰藉

这本诗集里有很多爱情诗或疑似写爱情的诗，都很美好。我的眼神只被一首诗反复地捉住——《我的女人》，我视它为全书的"压舱石"。

从内容看，这是一首叙事诗，妻子如何从一位优渥靓丽的城市姑娘，从容嫁到自己贫寒质朴的农家，成了一位乡村媳妇。两人如何守住相思，在两地奔波，为日渐结实的日子添砖加瓦。在这叙事的字里行间，是流淌的情意，它比一般爱情厚重，比寻常亲情甜蜜，沉甸甸、厚实实而婉转流动。有了这首诗，其余所有写爱情的诗、写风景的诗、写骏马写小羊的诗，都有了依托，有了底。诗人生活的情感安营扎寨后，开始在诗歌的王国开疆拓土。

诗集题目《那一年的风花雪月》，出自同题组诗，呼伦贝尔的风、花、雪、月都是实指，每个物象赋有一首诗，合起来即为"风花雪月"。这组诗作为诗集的开篇、第一辑第一首，上来就是高峰。

"风从正面吹来/风又从侧面滑过"（《风》）。来过呼伦贝尔大草原的人都知道，那浩荡雄伟的风，真是"注定的使命"一般"在季节里泛滥"的。诗里的"风"是什么？自然的元素，生存的压力，群体的点评？也许是，也许不是，但都倏忽来去，重重包裹，"无形而具体"，足以影响软弱者摇摆者的心智。怕风你就输了！

"风"，看似与行路人作难，实则加强了诗人的信念。三段"风 一路喧哗而来"，串联全篇，也串起诗人与同道并肩而行的勇毅。诗人是有使命的，有"风向标"的"敲打"，有"你"作伴，所以"目光坚定"。"我"与"你"、"鸟儿"和"风"形成一个场，"我"是中心，其余是心外一切。"我"主导这一场逆行，"我"坚定，故引发"你内心的河流/一次又一次 比风声/更热烈而迅猛"（《风》）。如此一来，"风"也演化为诗人自我突破的助缘："昭示我也告诫你/不退则进全因逆风而行"（《风》）。这行动是生存的驱动，更是自由意志的召唤。好一段酣畅淋漓的行走呵！

《风》一定成于诗人最葱茏的岁月，心里装着拥抱全人类的美好，灵魂纯净而自由，对世界呈进取姿态，勇者无惧。

三、继承与创新的更多可能

这部诗集的一些篇章让我追忆起诗歌繁盛的20世纪八九十年代甚至更早，那时候天空似乎总是响晴的，街道上空飘荡着好听的歌曲，不用刻意学，上过几回街就自然会唱了。人们的穿着比较认真，不算华丽也不奢靡，但都有常规的袖子和裤腿。

《渔汉子心目中的另一半世界》《伐木工的诙谐曲》和《雪原的旋律》，描写了渔民和伐木工人的生活和情感，尽管生活粗粝，情感焦渴，还有难言的隐痛，但这些都比不上在自然里收获的岁月，教他们欲罢不能。从山林里走出来，进入灯红酒绿的都市，这些人的特异尤为突出，是的，诗人用了"剽壮"一词。这样深入生活现场的诗可以多来些。

《一个人和一群人的故事》（组诗），句子清扬，短而明媚，唯有潘洗尘《六月，我们看海去》约略相似。

两个人在感情里欲言又止、欲罢不能、欲语还休，诗人在每个段落用"这 我能理解"收束，也以此节制滚烫的情愫。然而，夜深月冷，情人终至泪目："看清了一切"又"朦胧了一切"。结尾的句子富有张力："这 你能理解吗"，尽显痴情与不甘。（《这 我能理解》，组诗《我的诗与你有关》之二）读罢让人联想到朦胧诗人北岛的《你说》："我用暗号敲门/你说：请进吧，春天/我迟缓地摘下帽子/鬓角沾满了霜雪"。一表一里，意境动人。

《白日》（《雨天的故事》组诗之二）有趣："秋天的一个午后/梦见窗外突兀地/长出一幢大楼//石板路瘦瘦的/被逼回墙根儿/老狗于门厅/害臊地玩弄舌头/该不该去探望一个人呢/想法

总徘徊于三岔路口"。

梦里梦外，百无聊赖。这时候，"门闩应念而落/走进一位/失踪多年的朋友"。惊不惊喜？意不意外？亦真亦幻哦。顾城的《感觉》有类似笔法："天是灰色的/路是灰色的/楼是灰色的/雨是灰色的/在一片死灰中/走过两个孩子/一个鲜红/一个淡绿"。

《杜鹃花开了》（《鄂伦春写意》组诗之一）写得美而有爱。

"我爱大兴安岭/像爱一株株杜鹃花"。

"我要次第打开/她们短暂却轰轰烈烈的花团/她们内心的星光 月光 阳光/她们含泪吻别的春天"。

丁永才的众多诗歌都像这首般，需要朗读出来。遣词造句方面，往往典雅，有真功夫。

智利诗人聂鲁达的成名作叫《二十首情诗和一首绝望的歌》，有人说他这诗集并不止于爱情诗。祝愿丁大哥以《那一年的风花雪月》为开端，不断打破诗艺的旧我，迎来创作的新生。

（薛文芳，根河市文联编辑，散文作家、文学评论家，根河市作家协会副主席，呼伦贝尔市作家协会副秘书长）

第二辑 浓墨沉香

153

雪原纯净感深情

——丁永才现代诗二首赏析

杨柏峰

夏日的草原，牧人欢歌，牛羊肥壮，原野飘香。然而，雪野或雪原在丁永才老师的笔下，却别有一番景致，读来耐人寻味。本文选取丁老师的诗集《那一年的风花雪月》第二辑中两首诗加以评点赏析，不妥之处，请各位老师批评指正。

一、《面对雪野》：站在高处的心灵独白

面对雪野

雪野，一片无言的洁白

狂热的太阳也无法让它激荡

那么　面对它　我们只有静默了

说什么海枯石烂　想什么地老天荒

执手相看　静默在这银色的雪野上吧

让我们的静默　融入

牛羊的欢叫　野草的叹息

雪花的轻盈　连同你我无遮拦的想象

让一片片心底的涟漪

在你我的脸上尽情地荡漾吧

面对雪野　说什么惆怅
面对雪野　道什么凄惶
昨日的笑语　怎能扇动思念的翅膀
让你我将此刻珍藏吧
白雪作证　誓言无声
你我静默在这银色的雪原上

　　《面对雪野》是一首典型的短诗，但其容量却不容小觑。这是诗人选择站在高处的心灵独白，揭示了其思想的深邃性。

　　诗中两条线特别值得关注：一条明线，以"……海枯石烂/……地老天荒"和"……惆怅/……凄惶"这两类看似不同生活情境的意象引领全诗；一条暗线，以"静默"这　意象贯穿全诗。

　　诗的开篇就给我们设定了一个纯净无瑕的雪野画面，巧布背景，极为有效地把读者引到诗人布置的"口袋阵"里，它是"一片无言的洁白"，连"狂热的太阳也无法让它激荡"，极致的纯净无疑会带来强烈的视觉冲击和心灵震撼，使读者随着诗歌意象的流动引发联想。

　　面对如此静寂与纯净的场景，诗人瞬间触发对如烟往事的记忆："说什么海枯石烂　想什么地老天荒"。这惊鸿一瞥，有如曾经澎湃的激情和誓言，其中蕴涵着丰富的叙事。诗的后半段就好像蹚过时间的长河，草蛇灰线般承接那瞬间往事而获得感悟，"面对雪野　说什么惆怅/面对雪野　道什么凄惶"，这些情感在雪野这种象征纯洁与广阔心灵的意象面前当然就显得微不足道了。诗人抓住稍纵即逝的心绪，把不同阶段的情绪用蒙太奇手法加以剪辑，糅于当下，拼成一幅跨越时空、饱经历练、虚实复杂交织的情感画面。这条明线为诗歌主体，道出了人人心中有的情感，因而使读者身临其境、感同身受、引发共鸣。

"静默"这一意象在诗中反复跌宕，逐步深化，勾出了认知随时空切换渐次成熟的路径。特别是中间部分，诗人巧借"牛羊的欢叫　野草的叹息/雪花的轻盈"等意象元素，以动衬静，突出"静默"在彼时此地不可或缺的作用。这同南北朝诗人王籍《入若耶溪》"蝉噪林愈静，鸟鸣山更幽"的写作手法异曲同工，但在内容的挖掘上却显得尤为丰富。面对雪野，无论是当年的未谙世事还是如今的饱经历练，这种"静默"都不只包含字面上的沉默不语，更代表诗人对于人、事、物在不同阶段选择的深刻理解。生活应该面向什么维度，这是诗人传达给我们的讯息。诗人因认识而接纳，由感恩而祝福。生活哪有什么对错之分、顺逆之别，有的不过是不同阶段的观念和角度而已。生命本是由经历积累经验的过程，这一经验积累则应不断地站在高处、放下执着，以静默和独处去感悟生命的真谛。

哲理是诗歌思想美的重要内容。美国诗人弗罗斯特曾说过："一首完美的诗，应该是感情找到了思想，思想又找到了文学。"《面对雪野》一诗的哲理特色，体现在其字词间特定的寓意浓缩了深邃的情绪，表达出诗人对生命感悟的深度和广度。这首诗朴实生动，情感真挚，意境深远，读来令人回味无穷，是一首值得细细品味的佳作。

二、《雪原即景》：恍如故乡的草原

雪原即景

银色的雪原无边无沿
银色的视野无遮无拦

黎明从奶桶中升起
太阳在长调的余韵中疲倦
牛羊自牧人的瞳孔中肥壮
不管你信不信　我就这样断言

草原路呈现伸向天际的壮观
天际纯白
雪野纯白
牛马羊是滚动的期盼

牧人的口哨以特有的方式
在雪野里与风一起奏响
测绘出的是辽阔的蓝天
套马杆从他们手中轻轻一甩
丈量过的都是深深的爱恋

四处纷飞的六角形花瓣儿
从我融雪的眼睛里凋残

我的灵魂悄悄地爬起来走向雪野

银色的雪野也蹑手蹑脚地

走进我的内心世界

《雪原即景》是一首描写冬季草原景象的抒情诗。所谓即景，就像画家速写一样，快速捕捉表现对象的形神，抓住其瞬间美感。在它作用于这首诗的同时，还倾入了诗人太多情感。

我们知道，对一首诗的感知，需要大致了解作者的背景资料。丁永才老师出生于通辽市科尔沁草原深处的开鲁县，成年后一直在呼伦贝尔市工作、生活。故乡辽阔的原野在诗人心中占据着重要位置，所以我们看到，诗人有众多关于草原的诗歌作品，其中那种亲切和深情无不打动读者心扉，《雪原即景》就是这样一首力作。

诗的第一节，以"银色的雪原无边无沿/银色的视野无遮无拦"这样白描手法开篇，笔法简练地描绘了一幅广阔无垠、纯净无瑕的冬季草原世界，让人仿佛置身雪原之中，感受到那种空旷寂寥又博大壮美的氛围。

接着，诗人信手拈来，如数家珍般地勾勒草原黎明和黄昏的景象，巧妙地将"奶桶""太阳""长调""牛羊""牧人"等草原蒙古人生活的典型意象嵌入其中，生动展现雪原上的生活场景，达到勾勒线条、以景寓情、引人遐想的艺术效果，使冬季草原人家特有的民族风味扑面而来，令人神往。这种抓住典型物象加强诗意表达的特质在我国古典诗歌中的艺术表现上尤其鲜明，既是优秀诗人的神技之一，也是有价值写作的必备要素，凸显了诗人独特视角和深厚功力。

第三、四节，诗人继续贯彻写实风格，同时那充满盎然生机的灵感源源不断、纷至沓来，"草原路""牛马羊""套马杆"等不仅是草原上人们生活的典型物象，在这里也具有象征作用，寓意人们对美好生活的向往和期盼。而"滚动的""测绘出""丈量过"等用词把无法言说的感觉用灵动的诗意形象地表达出来，细腻的刻画寓于写实风格，那种意在言外的辽阔、悠远又极富民族风情的气息恰似一幅油画，具有很强的带入感，彰显诗人对草原生活的深切热爱和向往。

诗的最后一节，"四处纷飞的六角形花瓣儿/从我融雪的眼睛里凋残"一句，将雪的形态同诗人内心感受相融合，暗示了诗人面对雪原景色的忘我与深情之态。因为草原这一特有的故乡情深深刻进诗人心灵，所以他对草原生活魂牵梦绕，渴望同草原这一拟人化形象双向奔赴、融为一体就在情理之中了。正因如此，我们看到诗人每每以写实手法描绘草原，看似不着力，其实深沉热爱的笔触既自然而然，又感人至深。

诗歌应该属于形象的艺术，其中必然要运用语言的张力达于含蓄、启示、以情感人之目的。《雪原即景》即兼具这些特点，堪称大匠运斤、浑然天成。细细揣摩，会给喜爱诗歌的朋友们以有益启示。

2024 年 6 月 20 日

第二辑 浓墨沉香

用真情书写在大地上的诗行

——读丁永才诗集《那一年的风花雪月》

许卫国

　　2024年6月下旬的一天下午，我接到丁老师的电话，得知呼伦贝尔市委宣传部和文联等联合召开丁永才作品研讨会，感觉很欣慰。因为我和丁老师是多年的至交，他也是我的文学领路人之一，为此而特别骄傲和自豪。第二天，丁老师把他的作品——两本诗集和一盘诗歌配乐朗诵光碟送给我，我如获至宝，只用了半天，就通读了诗集《那一年的风花雪月》，感觉作品的美好充斥心灵，哲理启发睿智，真情荡气回肠，从春天到冬天，从草原到森林，从过去到未来，作者用诗人特有的视角，用诗人特有的审美意向，向苍天和大地发出了自然而多情的心声。

　　《那一年的风花雪月》分了四个部分。这四个部分看似独立成章，实际上互相关联，不可分割。它们都透射着朴实的基调、自然的乐章、和谐的旋律、民族的史诗，更有对人生的慨叹。比如在第一辑《我的诗与你有关》中，我最喜欢《草原上的男子汉》这一首诗。这首诗我在21世纪初，就曾经阅读过。今天再读，仍然感觉很新颖，可以说荡气回肠，有雄风犹在大草原的粗犷豁达，也有与大草原难舍难分的深情与爱恋。

"……我们是草原上的男子汉/男子汉就应该粗犷//……我们能把大块的手抓肉一口吞进/我们能把大碗的白干酒一擗光/……男子汉没有当面向女人向孩子忏悔的习惯/我们只是紧紧地拥抱她们/用胡楂子揉搓她们/搓得她们流露出和解的目光"。这样的场景不通过长期在草原上观察体验，单凭想象是难以恰如其分、入木三分地表达的，这是对民族情感的讴歌，也是对大草原的吟唱，读之品之，不能不为之动情，不能不为作者对草原诗意的描摹而由衷赞叹。从创作手法来讲，自由体诗虽然没有过多的规矩和要求，但是也不是可以随心所欲的，应当含蓄有韵味，简练、辞藻优美，这些关键的要素，在丁永才的诗词里就得到了良好的体现。

在第二辑"呼伦贝尔大雪原"中，我感觉《雪原即景》这一首更出色。在创作中，冬天的诗词不好写，因为景色单调，升华诗意比较困难，但这·首诗词就很好地突破了这个局限。整首诗歌不长，可谓短小精悍，但层次清晰，逐步深入。"黎明从奶桶中升起/太阳在长调的余韵中疲倦/牛羊自牧人的瞳孔中肥壮//……牛马羊是滚动的期盼//牧人的口哨以特有的方式/在雪野里与风一起奏响/测绘出的是辽远的蓝天/套马杆从他们手中轻轻一甩/丈量过的都是深深的爱恋//……银色的雪原也蹑手蹑脚地/走进我的内心世界"。呼伦贝尔大雪原的冬天虽然寒冷，然而在诗人炙热的情感面前，却流淌出了一泓暖流。诗人对牧人的生活和情感，用诗意的笔端，进行了浓墨重彩的描绘，雪原的生命力得以生动地讴歌。但这一辑中有个瑕疵，有一首《采柳蒿的少女》，我个人认为放在这一辑中不太合适，因为采柳蒿都是在夏季，所以放在第三辑要更好些。

总而言之，丁永才的诗集《那一年的风花雪月》是一本凝聚作者多年心血的诗歌精品集，值得大家至再至三地品读、传诵、研究。诗中有诗，诗外有味，品格质朴、胸怀宽广、启迪心灵，作者的良好品格与这些诗歌互相映衬，并得到了良好的呈现，他如一盏"指明灯"，照亮了呼伦贝尔自由体诗歌创作的前进之路。

2024年6月26日

一部好的诗集一定是
内外兼修极具感染力的美

——丁永才《那一年的风花雪月》读后

陈艳华

我和丁永才老师从未谋面，只是在三个多月前，根河文联的薛文芳副主席跟我说起，并简单介绍了关于他的一些情况，同时把他的诗集推荐给我，随之委托让我给诗集写一篇评论。当时由于各种原因我一直都没有收到这本诗集，时隔两个多月我才终于拿到手。翻阅整本诗集留给我的印象：丁永才是本土诗人，他植根于北疆呼伦贝尔大草原这方圣洁绿洲，字里行间洋洋洒洒传递的不仅是对呼伦贝尔自然之美的赞誉，也是对创作过程的真诚反思，更是对根植于内心以脚下地域特色为创作源泉主题的深入探讨。纵观全篇无不把自己的真实情感融入每一章节每一首诗里，且几十年如一日虔诚做这件事，让我心生敬佩。

读丁永才老师的诗是一种享受。如果说给诗集写评论，自觉个人水平有限，不敢班门弄斧，只能粗浅说一下自己的读后感。

一个人执着做一件事儿很难，能够几十年如一日地坚持一直都在做那就难上加难——丁永才老师做到了，让人钦佩和敬仰。

当代作家佚名说："什么诗才算是好诗？好诗一定是有它

审美的共性、艺术独特之美。是感性与理性的结合，具有深厚的思想内涵、高超的艺术技巧和崇高的思想情感。好诗需要能够打动人的心灵，唤起读者的共鸣，启迪人们对自然、生命、人性和社会的思考。它不仅仅是一种文学表达方式，更是一种传递人性、智慧、感性的精神养料。"丁永才老师的诗集《那一年的风花雪月》就颇具这样的魅力。

诗集《那一年的风花雪月》的四个章节以不同风格的笔触对呼伦贝尔这片神奇的自然景观进行讴歌，同时诗人借助于感性与理性的认知无不流露着对生活哲学的深入思考。丁永才老师的作品，以文人的视角如同一盏灯，照亮了我们对美好事物的追求和向往，并引领读者去探索、感悟、热爱这个世界。通过他的诗，我们得以窥见一个诗人对生命、对自然、对情感的无限热爱和深刻理解。

老实说，读这样的作品，心扉是敞开的。整本诗集文字中无不流露着诗人那种洒脱、豪放、刚直不阿的气质，抒写了自己的独立个性，让人觉得他这份真性情难得。诗集中第四辑《异地采风》笔下的人、事、物、情几乎全部是真实的，极富地域性。浪漫、柔情、悲泣、狂欢都在里面，他的诗、文字并不复杂，一段段的人生阅历一览无遗，情绪与他的诗同在；读他的诗字里行间流露着对自然的领悟，彰显着人性的魅力，他能亮出自己的心灵，让人去品读，几乎没有什么遮挡，你一翻看那些诗文就是他的心灵！心锁难开，真实是诗歌创作的最大魅力。

诗人在《呼伦贝尔人》中写道："生长在绿色汹涌的呼伦贝尔/生命线长长壮壮//套杆弯弯 驱散黑黑的长夜/长调悠悠 喊醒红红的太阳//就这样 一天天一年年/呼伦贝尔人扩张了粗犷

与豪放"。短短几语就极具深刻概括性地告诉读者呼伦贝尔大草原的雄浑与辽阔；展现出天苍苍、野茫茫，驰骋在这里的游牧民族风月笃行的壮观场景；让人无不联想到绿海无边，浩瀚的蓝天、白云、红红的太阳，呼麦、套马杆、奶茶飘香，还有马头琴、手把肉、蒙古舞等，铸就了呼伦贝尔人的粗犷与豪放。

诗人在第一辑和第三辑中都分别提到了大兴安岭的迎春杜鹃花，如《杜鹃花开了》："我爱大兴安岭/像爱一株株杜鹃花/她们的根　树干　叶片/以及满身的香气/都在我的心海里泛滥//我要次第打开/她们短暂却轰轰烈烈的花团/她们内心的星光　月光　阳光/她们含泪吻别的春天……"

如《红杜鹃》："这面山坡上只有火辣/红红的/一片又一片/那是夏秋冬的孕育/捧出的盛宴/那是大自然的神工/绘出的梦幻//一树又一树的火辣/像报春的使者/以短暂昭示永远"。

诗人把杜鹃花开的盛况描写得细致入微，读这样的诗会把读者带入到了花海，如临其境，字里行间流露着对杜鹃花对家乡的热爱之情。上来便开门见山，隐喻点明诗歌主题"我爱大兴安岭/像爱一株株杜鹃花"。生活在林区的人都知道杜鹃花是大兴安岭盛开最早的迎春花，在每年的四月份，岭上的积雪还没有完全融化它就盛开了，满岭满坡一簇簇不畏严寒迎风怒放，带给人们迎接春天的无限喜悦。"她们的根　树干　叶片/以及满身的香气/都在我的心海里泛滥//我要次第打开/她们短暂却轰轰烈烈的花团"。诗人把杜鹃花带给人们的惊喜和内心感受描绘得惟妙惟肖。中华文化普遍认同"花开富贵"，花开祥瑞。在《红杜鹃》中，诗人是这样描述的："这面山坡上只有火辣/红红的/一片又一片/那是夏秋冬的孕育/捧出的盛宴/那是大自然的神工/绘出的梦幻"。

"一树又一树的火辣/像报春的使者/以短暂昭示永远"。诗人用火辣二字形象地写出杜鹃花沁人心脾的芳香，令每一个走过花间的人无不感受着生活的美好，燃起人们对自然、对生活、对生命的热爱，对春天和未来的向往。一个"火辣"特别传神，把花香之浓花香之艳写到了极致。杜鹃花是最红火娇艳最芳香的花，盛开之际，远远地就能嗅到。曾经看过席慕蓉写过的一首《七里香》，在大兴安岭盛开的迎春杜鹃花何止是香飘七里，生命力极强的她，花开时节，兴安峻岭冲天红火，香阵透峰峦，林间尽带粉红燃。诗人巧妙地从视觉角度描写春风过处的花开盛况，比喻形象贴切。在浩荡春风吹拂下，远远望去，山野里那一片片火红杜鹃如汪洋大海，摇曳着如同海上翻腾奔涌的波浪；风过处，红花绿叶风中起舞，雪花也随之翩翩。正可谓"万簇拂风红浪涌，千枝缀雪绿波翻"。真真应了那句，是"大自然的神工/绘出的梦幻"，神似"报春的使者/以短暂昭示永远"。

在《我的女人》中，诗人写道："迟到的月光　会虔诚地等在　/我们话别的那块土地/但我坚信，即便千里万里/悠长又悠长的相思/也寂寞不了我们的心曲"。是的，没有人告诉这个世界，思念是长了翅膀的泪滴，即便是没有风的日子，也会轻盈而来，浸满黑夜，流进空心，飘摇在那些忧伤的记忆里，令漫漠无涯际；没有人告诉整个世界，思念是长了飞刀的翅膀，即便是没有光的指引，也能一路疾驰，穿透岁月，披荆斩棘，切割在草原我游荡的灵魂，寂寞无言语。

再看那些洒落在诗章里的题目——满洲里、黑山头、扎兰屯、额尔古纳、室韦、根河……呼伦贝尔周边这些实实在在的地名，从诗人的审美视角以游历的视角进行了逼真写照。情感抒发得真，抒发得美，抒发得自由。真情实感是诗歌的灵魂，诗者以性情书写感悟，为才情之升华。做人要老实，为文须放纵，要的就是这份诗文的自由。丁永才老师的诗文行止之间文气是通透的，心有所悟，形诸文字，当然性灵自在。

心灵，灵魂，灵长，人之贵，在于灵。有情才能有灵，这就是丁诗的内核所在。诗就是要多情，文人就是要多情，情是人的性灵体现，无情何以为人？更何谈为诗人？难怪说，动情之处眼泪即是灵。风尘陌上诸如所有的物事、家事、情事都为心事，然而情感的复杂与隐蔽，是万难一言而尽的。

综上追本溯源，丁永才老师20世纪60年代初出生于科尔沁草原，毕业于内蒙古民族师范学院（今内蒙古民族大学前身之一），80年代初踏上了呼伦贝尔这片充满生机的土地。曾先后供职于呼伦贝尔管理干部学院、海拉尔晚报社、《骏马》文学杂志社，国家二级作家。四十多年来他身处这片腹地，大草原、大森林、湖泊河流，不仅洗礼了他的灵魂，更赋予了他生命的灵性和辽远。从一介单薄的书生，到一个行吟诗人，再到一位思想者，丁永才的成长历程，正是诗意与灵魂驻足交织的传奇。呼伦贝尔的每一个地理坐标，每一方行政区划，都因他的吟唱而焕发出新的生命，被赋予了地域性色彩和温度。他用犀利文字触碰火花，点亮了这片土地的山水角落，令途经的每一寸土地，都撞击、融入充满了诗人独特的故事情感。他是大地的歌者，歌唱呼伦贝尔，已经成为他的一种神圣使命。

诗歌创作本质是一种深刻的艺术表达，涉及创作者对外界事物的深刻理解和内心情感的碰撞，整个过程则需要"倾听"和"倾诉"……身临其境行走在呼伦贝尔大草原，丁永才用心从自然界中汲取灵感。他倾听自然的声音，揣摩四季变化足音；倾听风声、雨声、草声、鹿鸣……这些极富地域特色的声音，激发着诗人的无穷想象力和创作力。值得一提的是，我们能从他的诗中读出他非常注重倾听内心的声音，从而升华为自己的情感及思想的表达，与读者产生共鸣。行走于这片土地四十年如一日，丁永才以一颗虔诚的信徒之心，书写着呼伦贝尔这方热土的跫音。诗人不论是写呼伦贝尔整体的印象还是局部的风景，他的笔下都是燃烧的语词，读了让人眼睛一亮，过目难忘。他有着太多的情感需要表达，于是顺理成章地成为这片土地的代言人。

作为小他几岁的同龄人，身处林海北疆的我读他的诗就像是跟一位智者在对话，你无须查经阅典，诗人所说的一切仿佛就在脚下抑或是刻在心里的东西瞬间就被升华了，让你重温和细细品味那段历史，初心永驻沉淀过往并跟随诗人虔诚笃行。毋庸置疑，诗人丁永才笔下的呼伦贝尔，无疑会牵动人们对天堂草原的无限向往，抑或承担起了向外宣传展示边疆地域特色的一张草原名片。

写于呼伦贝尔

2024年10月6日

（陈艳华，笔名澜一，网名兔虒虓，中共党员，大专学历，退休干部。中华诗词学会会员，内蒙古诗词学会会员，呼伦贝尔市作家协会诗词学会会员。喜欢旅游、摄影，钟情于在文字中畅游，追寻心灵上的自由。作品散见于多家媒体报刊和网络平台）

第三辑　人生歌吟

隐于诗外的吟歌

——丁永才诗歌浅读

群　光

今年初夏，呼伦贝尔文坛上的一件重要之事，就是广大文朋诗友欢聚一堂，就丁永才的诗歌创作进行研讨。作为多年的文友加朋友，自然应该为他鼓掌和高兴。但对于诗，我这个门外汉没有妄谈的资格，只能说说自己的粗浅感受。

永才兄在20世纪80年代初期就已经很有了名气，不仅在呼伦贝尔文学界，就是在内蒙古的诗坛，也有自己的一席之地。其作品《我的诗与你有关》《呼伦贝尔大雪原》《那一年的风花雪月》《草原上的男子汉》在《草原》《四川文学》《山东文学》《诗人》《诗选刊》等刊物发表，而且受到了广泛的赞誉和关注，让他跻身内蒙古优秀诗人的行列。

丁永才快速成名，看似是借助了改革开放初期，文学艺术世界一片繁荣的大好时机，但其能够在诗坛上占有一席之地，绝非是借助机缘巧合，而是有其自身的特点和原因。首先，丁永才尽管年轻，却有丰富而深厚的生活体验。他生长在农村，既有对艰苦生活的全面经历和认知，又有对外部世界的知识和生活的向往渴望，这对他诗歌底蕴的形成作了充分积累。其次，丁永才有着扎实的文字功底，大学期间他学习的专业就是汉语言文学，加之在学习上的勤奋刻苦，给他打下了坚实的文学创作基础。这比起那些靠兴趣进行诗歌创作的人来说，在生活积累和文化底蕴方面都有了高一层的储备。当改革大潮汹涌而来的时候，他的诗歌迅速展示其才华和魅力，也就在情理之中了。

再者，生活中的丁永才，沉静而又不乏热情，有着丰厚的文化储备，却又很少直白地表露出来，更多的是用自己的诗句去表达自己对世界的认知。而始终如一的是，他通过诗行，对生活，对理想，对人生赞颂抑或思考的时候，总显得真诚而又自然，这使他的诗风在易于感悟的同时，能带人走进美好和诗幻的情境。

最后，丁永才的诗，读来朴质自然，又颇有意境；令人回味，又绝不故弄玄虚。他把生活中许多本真的东西，用诗的语言铺展到你的面前，让你感到亲切，易于融入，又帮你提炼了对生活的感悟。如《草原男子汉》《呼伦贝尔心灵之旅》《那一年的风花雪月》等诗作，都具有这种鲜明的特点。这是他的诗广受欢迎的根本原因之一。

深读丁永才的诗，会发现在这些自然易通的表象之外，你能感悟和挖掘到更深层的内容，可以说，这是隐于诗外的吟诵。他的诗在满足自我情感和思想表达的同时，非常注重与读者的连接。读他的诗，你会感觉到每一首都有你想要表达的情景，你想要释放的情感，然后就会不知不觉与他产生共鸣，这一点是诗歌创作中非常难得的，比如《我的诗与你有关》。

读他的诗，你会感觉到非常亲切、自然，绝不像很多诗歌那样玄虚和艰涩，同时许多叙述和表达又超越了我们的想象。

172

其所要表达的诗歌的蕴意，又在正常诗化的基础上，有着极大
的提升和凝练。例如《呼伦贝尔心灵之旅》开篇的诗句：

迟迟不愿离开故土
蹄声虽已远去，却让后来人感慨
往日许多粗心
未曾注视岁月的更改

我的理解，这该是源于生活，高于生活吧。

读他的诗，你还会发现，在自自然然的环境和情境描述
中，他把对亲人、对生活、对家乡的爱恋，隐含在了诗句背
后。看上去，是淡化了表达，但在认真研读之后，你却能深深
地感悟到他浓烈的情感。读《重阳的时候》这首诗，你就会从
朴素的字里行间，感悟到浓浓的乡愁。

重阳的时候

总有一些年年不变的缘由
让我抑制不住地想对你透露
在那遥不可及的村头
父母是两盏不灭的灯
普照着游子度过的每一个金秋

今年又不能回到父母身边了
我只好把疲惫不堪的乡愁

用诗歌想象的翅膀

向故乡的方向漫游

读这样的句子，除了诱发深深的共鸣，还会让你赞叹，他不仅已很好地掌握了中国古典诗文的精髓，而且将其渗透在了自己的诗句之中。

翻阅千本，不如深读一行。丁永才的诗，初读的时候自然、朴实，很少有卖弄的技巧。细细品读，你就会感觉到，他的每一首诗、每一行句子，在看似简明的语句后面，又有着一层更深的情感和思想，让你在掩卷之后，更感到意味难去。这不就是功夫在诗外吗？

（包群光，青少年教育工作者。鲁迅文学院少数民族文学创作班第十二期学员。中国少数民族作家学会会员，内蒙古作家协会会员，呼伦贝尔市作家协会副主席，海拉尔区作家协会主席。以小说创作为主，偶有散文、诗歌作品发表。在《民族文学》《中国青年报》《辽宁青年》《青年导报》《草原》《骏马》等报刊发表作品80余万字）

读《那一年的风花雪月》有感

包明娟

丁老师诗里有一句："遇见花开/是你我一生的荣幸"。

而我要说：

能参加《那一年的风花雪月》新书发布研讨会，也是我一生的荣幸。

几乎每个诗人笔下，都写有对雪的诗句，丁老师更是在全书中开辟出一辑专门写雪。

那些雪，有霸道锁路的狠，有抚门黄昏的柔，有漫天遍野覆盖整座城的辽阔，也有容留情诗题字茫原的一处一处留白。

诗人爱雪，也会将自己喻成雪，用通体的素洁和透明，剖白省身，继而回归自然。

《那一年的风花雪月》，初看书名，很容易会把它当作一本简单的情诗集，可全书看下来，它是诗人的自省，是对本土风情的赞美和讴歌。古有"虫二"两字，喻风月无边，今看那一年的风花雪月，却是年年岁岁中这一片土地的青草，饱蘸日月精华、披霜带月写就的诗篇。

得得的马蹄，经久不息，在这片草原上敲打出无数的诗句，和着一声声嘶鸣，同诗人的心灵呐喊相融，形成丰富的诗篇，展现于我们面前。

北国的春是迟的，诗人笔下的花也开得很迟，开得迟，却开得热烈。

一方小城，花开了，爱情的火，也浓浓地燃烧开来，一如奔放舞动的长裙。

无论花开得迟还是开得早，只要绽放，就不要在意花开花落，只需记住花曾开过即可。

迟来的春天不影响花开荼靡，迟开的花朵一样芳香四溢。

男人笔下，总会写到女人，或含蓄深情地描摹其眼波秀发，或臆想与之热烈奔放的缠绵，但都不影响情之所向，得之我幸，失之我命。

生命本该炽烈如火，坦荡面对所有的爱过与被爱，才会无怨无悔。

诗人的笔下怎会无酒？诗人的笔下又怎会无愁？

喝过李白的酒，再体味一番杜甫的愁，诗句里便会有全书最后一篇《那一天》：

……

那一天的话题依旧新鲜

那一天的旧事犹在闪现

那一天的心窗本来就未关闭

那一天的想法一如从前

……

掩卷抬头，丁老师依旧少年。

（包明娟，女，内蒙古作家协会会员、中国电力作家协会会员。作品散见于《散文诗》《骏马》《意文》《参花》《青年文摘》《女刊》等。出版散文诗集《煮爱一生》、诗集《冰红与纯白》、长篇小说《寒土》）

诗如其人的丁永才

包建美

丁永才毕业于原内蒙古民族师范学院现内蒙古民族大学中文系。他从工作一开始就与文字结缘，至今几十年来，工作中的付出都献给了文学。白驹过隙至甲子，终于成就了他一个真正的作家之旅。

他写诗歌、散文、纪实文学。

其中，他最耗费心智、注入热情、竭尽精力于长长久久的就是诗歌。

丁永才的诗歌，符合他的性情，皆出自灵魂深处的空灵梦幻还有深深的爱。因为，他爱什么就写什么，他写过天空海洋、大地高山，他写过森林草原、梦幻和红尘，他的笔尖在宇宙上下行走，灵动、深情，温婉热烈而又大气。

笔者早年就读过他出版的诗作，深有感触。2019年他出版诗集《那一年的风花雪月》。

下面，笔者将采用此书中的几首诗，解析他的诗歌创作。

一、热情奔放的诗

《草原上的男子汉》

套马杆举起来举起来

大马群飞出来飞出来

转场喽转场喽

我们指挥着一支大乐队

打击乐粗犷的疯狂的

粗犷的疯狂的打击乐

……

我们是草原上的男子汉

男子汉就不同于女人们

我们能把大块的手抓肉一口吞进

我们能把大碗的白干酒一口捆光

……

男子汉没有当面向女人向孩子忏悔的习惯

我们只是紧紧地拥抱她们

用胡楂子揉搓她们

搓得她们流露出和解的目光

……

男子汉的心胸就是旷远

我们要用地平线一样长长的套杆

甩掉草原过去的粗劣的轮廓

套住草原未来的精湛的画卷

　　　　我们是草原上的男子汉

　　在莫旗召开的第七次"三少民族"文学笔会后，聚餐时我听文友说，这首诗已在南方开始流传，于是就在众人的喝彩声中认识了刚刚朗诵完这首诗歌的作者——一头浓密自然卷曲的黑黑头发，粗壮结实略有些腼腆的丁永才先生。当时我就对他印象颇深。在随后的交往中，我们慢慢地熟识起来，发现文如其人在他身上体现得淋漓尽致。

　　之所以能写出这样逼真生动的牧马人转场放牧的场景，源于丁永才的成长经历：20世纪60年代，他出生于科尔沁草原，虽然不是蒙古族，但在少数民族聚集地区，他从小耳闻目睹了身边蒙古族人家的生活习性和旷达幽默直率的性格，少年时期，他又做过牧马人。不难看出，蒙古人的性格特征在他身上也已经植根入骨，妥妥地让他变成了一个热烈豪放的硬汉，所以他才能行云流水般描写出蒙古人劳作时的生动情形。另外，在写作中他一直坚持深入牧区体验牧民的生产活动，细致观察提取第一手素材，正因为如此才一气呵成地写出这幅场景逼真，马蹄声撼天动地的牧民转场景象。不能不说，丁永才这首令人激动的镜像长诗、如风行般掠过大江南北的美文，应是草原放牧长歌中的一朵奇葩。

　　二、理性与梦幻的诗者

《面对雪野》

雪野 一片无言的洁白

狂热的太阳也无法让它激荡

那么 面对它 我们只有静默了

……

面对雪野 说什么惆怅

面对雪野 道什么凄惶

……

白雪做证 誓言无声

你我静默在这银色的雪原上

全诗16行，寥寥几句，作者就停止了敲击的字符，一切还给了寂静，仿佛怕打扰了对面白雪安静的美。从这首诗里看出，丁永才在他的心之一隅留有一块鲜为人知的空灵之地，在那里安放他沉思后的精灵，升华出对光与亮的虔敬之情。他静默，白雪更静默，彼此相对，梦幻无边，胜有声。

三、怀乡的诗人

《草原的风》

在不见绿意滚动的

画面上　你站得

超然物外　一份永远的快乐

是被嘴唇抿住的

那半截旱烟吗

这是你排练许多年的

一种姿势　每逢此时

一只鸟飞过幻觉

然后回忆温馨地弥漫开来

然后像一粒种子穿透岁月

在你那被草原风

犁满垄沟的脸上

长出一种让人仰慕的慈祥

诗人，是一类充满激情并照亮身边的人。从丁永才写的这首诗中我们仿佛看见了一位慈祥的老人，完成日复一日的工作后，她脸上的神韵和手持半截香烟的姿态，令诗人思绪万千，想起儿时在故乡草原上，母亲也有过相似的姿势，霎时亲情涌动，思绪像飞鸟一样穿过岁月。于是他的思念如同种子一样回溯起成长的点点滴滴：在幻觉的草原风里，密密匝匝冒出来缕缕思乡的枝条⋯⋯

在回忆中，诗人对母亲的爱，如同太阳的光一样，暖暖地晕染了同在职场的老老小小的人们。

四、属于诗人的爱情

《我的女人》

⋯⋯

是那张粉红色的结婚证书

拉起了我们颤抖的双手

把你从一个城市姑娘

改写成一位乡村媳妇

你没有惋惜

那甜甜的笑靥中

舒展了许多，许多

羞羞答答的亲昵

⋯⋯

你也有过叹息

叹息婆家的日子像那锅

发不起来的黑馒头

但你没有埋怨

当晚，那只熬红了眼的灯泡下

你跟公婆一起策划了

关于农家富足的问题

⋯⋯

纵观历史上，诗人的爱情一般都是来得轰轰烈烈，走得悄无声息；托付终身，生死相随；白头之约，相思成疾；普希金甚至为爱殉命。

丁永才是一个十足的诗人，他的爱情是什么样子呢？

从整首诗作来看，虽然经过几十年的家庭生活历练，主人公始终感恩妻子为他嫁到农家。他们一起在城市街头散步的情景，妻子和婆家人聚集在昏黄灯影下一同探讨如何致富的方法，字字句句都流淌着甜蜜。他镜头般的文字描绘，令观者动容。人们知道，男人如何对待老人妇女小孩，是衡量他品行的标准。这首诗作中，最不乏的是二人结婚之前的多次描写，可见诗人对妻子沉甸甸的爱意，程度之深跃然纸上。他甚至把盼望再会面的情景以拟物的手法着重渲染：

来年春早，我这块土地般肥沃的胸膛上

还会开放一个温暖的团聚

丁永才是一个感情细腻丰富的人，他的爱像一把巨大的伞，为家人遮风挡雨，始终置妻女于一种滋润张扬的快乐生活里，就如同花儿开在春风里的样子。

因此他收获到了妻子率性热烈的情爱，那爱如同汹涌强悍的海潮一般；他也得到了血脉相传的女儿纯情的爱，如同温煦适宜的暖暖的朝阳。

他给予的爱是广阔的，收获的爱也是丰硕的。

五、一个超脱与成熟的诗人

《那一天》

……

那一天

真有一些什么留下来

留下来做一件不灭的纪念

这首诗一共10行，不足百字。

这首小诗虽短，但含义深刻。

生活中，"那一天"很多，如同诗中叙述的那样：

靠在身后的是那一天

捧在手里的是那一天

蓦然回首望见的还是那一天

确实，"那一天"是一个永远不受限制的时间称谓，它可以任意定性在哪一天里。诗人把那一天变换成了年年月月，镜头似乎拉近又推远，因为时间是永恒的，而我们人类只是时光中一个微不足道的过客而已。当他在全诗的结尾写到"做一件不灭的纪念"时，我想，诗人此刻的心情是洒脱。

笔者观察到丁永才很受文友欢迎，这不仅仅是因为他写作方面的优秀，更在于良好人际关系的营造。文友们要出书，丁永才总是热情相助，文友们和他在一起很随意，他能让大家都彰显出自己的本性。他宽厚随和，即使玩笑开得过火，他只是附和地笑笑，在场如隐身一般，大气低调，宠辱不惊。所以，他和著名小说家李黎力先生、袁玮冰先生会面时，大家常常被这三个人之间的诙谐对话、生动的段子逗得忍俊不禁。

丁永才的超脱也是令人印象深刻的。

"人生，除了生死，都是小事"，被他奉为至理名言。追溯往日，丁永才在"那一天"患了重病，经过抢救终于脱险，但面临无法自由行动的肢体时，病床上的丁永才坚定地对医生说："与其这样什么也做不了，我不想治疗了。"不管在场的医生们如何错愕，他，就是这样超脱。

在旁边护理的妻子杨光闻言，放声大哭。

面对泪眼婆娑的妻女，硬汉丁永才终于下决心与重疾做最后一搏：敢于死是勇者，敢于活更是勇者。

于是，执着且焦灼的妻子与女儿在京城轮番带来专家、医药，西医中医针灸理疗，经过漫长的康复训练，丁永才凭借着过硬的心理素质，和家人深深的爱，终于完全病愈，恢复健康！

眼下，丁永才大病归来，归来依旧是少年！只是一头帅气的黑发变白了……

现在，病痛的"那一天"成了过去式。

现在，丁永才的诗作研讨会就要召开了。

他又要在即将到来的那一天去"做一件不灭的纪念"。

而此刻我的文稿也将收笔，但愿此稿不负众望，也成为我们"那一天"做的纪念，让大家更好地了解诗如其人的丁永才。

愿：丁永才先生在研讨会之后，跨上如椽大笔的骏马驰骋在地平线之外的山巅，向着世界诗歌之林进发，鲜衣怒马话长诗！

2024年6月29日研讨会前夜

书写呼伦贝尔大美诗篇

杨东亮

　　有幸应邀参加丁永才老师的诗歌研讨会。这又是呼伦贝尔文坛的一件盛事，全市新老作家、评论家、专家学者济济一堂，为呼伦贝尔著名诗人丁永才召开诗歌研讨会。在呼伦贝尔文学界提起丁永才，无人不晓，人们还会都给他竖大拇指点赞。几十年来，丁永才凭着激情四溢的诗情、热情真挚的友善、博学望远的眼界、乐观朴实的情怀、任劳任怨的实干，不仅在诗歌方面取得了骄人的成绩，同时在教育、文学期刊编审和图书出版等事业上，也做出了突出的贡献。

　　从认识丁永才到现在已有30多年光景，在这荏苒蹉跎的岁月里，我们结下了深厚的友谊，丁永才既是我的良师益友，也是志同道合的哥们儿。记得我在《骏马》上第一次发表小说，就得到了丁永才很负责任的编审和鼓励。当年我没想到的是小说发表的同时还辅以两篇评论。丁永才的认真负责，让我不仅对《骏马》刊物心生敬意，同时对他充满了感激。可以这样说，丁永才对我的文学创作既有榜样作用，又有动力源泉的激励。

　　早在认识丁永才之前，我就从诗人贾文华口中得知，年轻的丁永才已是呼伦贝尔写北方草原诗的佼佼者。后来认识了丁永才，更为他写的北方草原和草原上的男子汉等诗歌作品折服。不知是北方草原固有的苍茫和野性就是一首诗，还是丁永才写北方草原诗中的意象更加深远，情怀更加博大，总之，那时读丁永才的诗，就像痛饮了一杯北方烈性的酒，既让你豪情壮怀，又深感热辣辣的痛快。

这几天匆匆拜读了丁永才的诗集《那一年的风花雪月》，更是感慨良多。没想到丁永才这几十年来笔耕不辍，写了这么多好诗。可以这么说，呼伦贝尔这块热土已成了丁永才诗歌素材的后花园。林海的松涛，大草原的绿波，达赉湖的浩渺，呼伦贝尔的山山水水和人间烟火，都在丁永才笔下熠熠生辉，美轮美奂成人间胜景。在丁永才的情感漩涡里，既有对呼伦贝尔这块热土的热烈挚爱，也有守望中悠悠的情思。给我感觉，几十年来，丁永才似乎用他那双并不大的脚，已把呼伦贝尔这片土地丈量了一遍，他每到一地，都要留下属于自己的诗篇，他对脚下的土地用情之深，用心之真，着实让人佩服。诗人的眼界是在人间万物中寻找华美与意境，诗人的情怀是在多愁善感中升华真情与真爱。丁永才的诗中既有激情澎湃，也不失婉约浪漫。那些朴实无华、凝练优美的诗句，无时无刻不彰显丁永才爱得深沉，爱得博大。丁永才真不愧是呼伦贝尔诗坛俊杰，愿已奔六的丁永才，今后更加激情不减，笔耕不辍，继续书写出至真至美的呼伦贝尔大美诗篇。

（杨东亮，小说家。曾任满洲里市文化局副局长、政协文史委员会主任）

诗意的人生

——丁永才作品研讨会发言稿

夏万奎

尊敬的各位领导，作家朋友们，尊敬的丁永才先生：

能受邀参加这次研讨会，我感到很荣幸。翻阅诗人丁永才老师的《那一年的风花雪月》和前几部诗集，回忆着我们这么些年来交往中的点点滴滴，感受、品味着诗人笔下丰厚的内心世界和心脾透香的诗句，禁不住感慨万千。我和诗人丁永才是同龄，都是在20世纪80年代那个文学思潮、文学活动风起云涌的时代开始写作诗歌的。四十几年的时光，如白驹过隙，丁永才这么些年来以对诗歌的孜孜以求和深度尝试，让他的诗歌收获满满，他的诗作在他深爱的土地上扎下根来，同时也为我们做出了榜样。

诗人丁永才是呼伦贝尔这块土地上成长起来的诗人，成名比较早，好作品也出得多。他凭借着叙述的耐性和笔力的稳健，成为内蒙古诗坛上一个有着自己写作风格的诗人。他不为潮流所裹挟，对世界对朋友永远怀有真情和真心。他的诗代表着呼伦贝尔诗歌写作的一个高度，这次有幸阅读他的诗集《那一年的风花雪月》，再一次证明我的感觉是对的。

关于什么样的诗是好诗，大家众说纷纭。在这里我只说我能感觉到的。在我的印象里，丁永才是一个个性放达、世事洞明、积极乐观的诗人。他的诗歌主题大多以呼伦贝尔这个地域为大背景，语言和情感有时沉静、散淡，如他的诗作《穿越阿尔山》《诗意呼伦贝尔》；有时磅礴、达观，如诗作《呼伦贝尔寻梦》（组诗）、《呼伦贝尔大雪原》（组诗）。我认为一个诗人的写作，要追求一种生命存在的诗化和审美化，要能提升人类的精神，使人得到净化、升华。丁永才的诗就是以这样的姿态和形式进入读者的视野。他的足迹走到哪里，他的诗就写到哪里。"更深更广的森林/像一张法力无边的网/把浪花的憧憬/都置放在目光触碰的河床"（《神指峡》）。"在一片月光之下出现/又在另一片月光之下沉没/我燃烧自己的心为你点亮渔火"（《达赉湖挽歌》）。读他的诗，我看到了作者对自然、生活、爱与生命多维度、多视角的理解。当诗人拒绝了世俗，跳脱出了小我，实现了人与诗的浑然一体，他展现给我们的一定是时代的画像，生活的史诗。

"庾信文章老更成，凌云健笔意纵横。"借今天研讨会的机会，我表达一下对丁永才老师的祝福，祝他永远年轻，永远激情不减，写出更多更好的作品，我会继续关注他的创作。最后，祝与会的各位领导、诗人朋友身体健康，万事如意！谢谢！

（夏万奎，诗人、摄影家）

呼伦贝尔之子

杨海燕

　　行走在呼伦贝尔草原的诗人——丁永才老师的眼中，有风一路喧哗而来。雪姑娘开满忆念的老白花，浪漫了七月，还有清亮亮的月光，高悬天际的深情。"你说 别再往前走了/我不是山口那株诗意的杜鹃花"，读了这些诗句的时候，我感受到了呼伦贝尔于丁老师不是他乡，是在心里扎根的家园。他忘了半生奔波的无助，用白天鹅般纯洁的诗句，写下无怨的祈祷，山路崎岖，他那多情的泪眼，也会一节一节地把高高的兴安岭望穿。大鲜卑山、达尔滨罗、嘎仙洞、相思谷，大把大把的旧车票，记录了一串串鲜活的故事，芬芳在忆念里。我与丁老师相识二十余载，我们彼此亦师亦友。《骏马》编辑部的开篇，写满了岁月沉淀的情怀。他在办公室里等待伊敏一行四人的时候，第一次见诗歌编辑的期待，让那时的我以为诗歌是没有烟火气的清雅，茶水一杯，已不记得谈了些什么，只记得丁老师和我想象中的诗歌编辑有些出入。转眼二十余载，当《那一年的风花雪月》问世，丁老师仍然是那一副淡然的模样，而青春的那一份火热挚情仍在，对草原的那一片汹涌澎湃的爱意仍在。我们是草原上的男子汉，我们发狂地喜爱草原，让人喜爱这坦荡之上的绿色结阵。从绰尔大峡谷到曲曲折折的毕拉河，从成片的杜鹃花到缠缠绵绵的相思树，从远古的猛犸象到成吉思汗的拴马桩，它们记录着诗人的足迹，生活的点滴。诗歌的灵魂或者说是魅力，是为一个情字，疲惫不堪的乡愁，凭借诗歌想象的翅膀，向故乡的方向漫游。我却像拴马桩拴住的老马，被定格在渐行渐远的草原上，拴马桩，你紧紧地拴住达赉湖吧，拴住草原人心中永远的期盼吧。走进林城，风在阳光下成功，我们在脑海里打捞，丢失在林城的诗意。从粗犷的草原风，到缠绵的相思雨，丁老师用自己的方式热爱生活，热爱呼伦贝尔。想做一回呼伦贝尔人吗？那就先和骏马交换一下思想。"思念的翅膀落在/我兄弟的肩上……我就把你当成驿站吧/朋友是一生的储蓄……内心的平实/更是人生胜利的意义"。丁老师用这样的句子诠释人生，当我们都拥有一大把年纪的时候，朋友也是人生的财富，尤其是这些喜欢文字的朋友。好了，就说这些吧。最后祝丁老师笔耕不辍，履践致远，也祝各位老师安康如意！

淡如云烟的往昔

——浅析丁永才的诗歌

苏　峰

　　诗人丁永才先生的妻子杨光女士，是我的大学老师。在呼伦贝尔学院读书的那两年荒唐的日子里，杨光老师主讲的《国际贸易》绝对是让我颇为震撼的一门课。不是内容，而是老师的风采。还记得杨光老师讲得兴起，脱口而出一首席慕蓉的诗，能接上两句的也只有我。所以，我从未逃过杨光老师的课，即使那时候已经知道自己绝不会和国际扯上关系，也不会和贸易有什么瓜葛。

　　给诗人写评论文章要先谈人家的妻子，这会不会不礼貌？但是，和丁永才先生更进一步的原因，少不了这种先入为主。认识丁老师的时候，还不知道他是诗人，他是从通辽走出来的"穷小子"，是私自决定给自己改名字的"愣头青"，是写出用胡楂子揉搓女人的草原男子汉。在我对他的定位里，他是《骏马》的执行副主编，出版社的编辑，老师，朋友，牌友（定位异常复杂）。

　　直到2024年的某一天，丁老师让我给他的诗集写篇评论，我忽然意识到，原来这个其貌不扬、一脸憨笑的男人是个地地道道的诗人。于是，我认真地把丁永才的三本诗集读了一遍，不由得发出感叹——丁永才值得表扬。

让一个擅长写小说的人给诗人写评论，不是诗人疯了就是我疯了。事已至此，只好搜肠刮肚、绞尽脑汁地激活所有辞藻试试看。

从诗歌的言志、象征、比喻、断句、意向、抒情等技法去写，我一定理屈词穷。就说说诗歌的直吧。现在流行的诗歌，我大多都是看不懂的。龚自珍说，梅以曲为美。我则认为，诗歌要以直为美。这个直，倒也不是见到雌性就大呼我爱你，或者一连串"啊""嗨"这样的感叹词。要像李白的"燕山雪花大如席"，杜甫的"无边落木萧萧下"，苏东坡的"家童鼻息已雷鸣，敲门都不应"。丁永才的诗就有那么一点意思（还差一些火候）。丁永才在表达喜欢草原的时候，会说"我们发狂地喜爱草原"。说起呼伦贝尔的雪，他会说"呼伦贝尔大雪原坦荡"，他还觉得不够，又加了句"坦坦荡荡"才觉得过瘾。写达赉湖曾经被污染、水位急剧下降，经过治理后的场景，诗人用寥寥数行诗句清晰地表达出他的欣喜之情，"几年未见/你又恢复了本真的模样/水面宽阔/浪花欢唱/你在呼伦贝尔的胸膛上荡漾"，多么形象又多么畅快。他写马，"狂风抑或暴雨/都无所谓/骏马始终和草原站在一起"。把马和草原的情感像桩子一样打进地里。

丁永才写情也是直的，写父母之情，"有多期盼/鬓角染霜的母亲/满含鞭策温暖地走来，有多企望/遮风挡雨的父亲/带着鼓励和自信走来"。写相思，"多年以后 我在这方寸之地与你相遇/心潮一如多年以前的日子/一浪高过一浪企望/拍打着/你渐去渐远的背影没有变/那一段如诗如画的情意/依旧温暖着淡如云烟的往昔"。

当然，完全的直是不能成为诗歌的。丁永才的诗直而不白。很多隐喻、抒情也是隐隐约约，犹抱琵琶半遮面的，只是他拿捏得恰到好处。如果说有什么缺点的话，诗歌的意境还不够深，总觉得像口渴的人遇见了限量售卖的水。这可能与他所处的时代有关系，那个时代的诗歌影响了他。但我相信，这个从通辽走出来的呼伦贝尔诗人是聪明的（从他的牌技可见一斑），他的情感是真挚的（对朋友够意思），有了这两样"法宝"，只要他写下去，丁永才就值得表扬。

一部极具突袭感魅力的诗集

——读著名诗人丁永才的诗集《那一年的风花雪月》

王秋波

当代作家苏童说："好的文学作品都有一种突袭感。"虽然说的是散文和小说，但我觉得诗歌也不例外。最近读诗人丁永才的诗集《那一年的风花雪月》，我强烈地感受到这种突袭感，可谓一波未平一波又起。

第一波，来自作品独到构思的突袭感。

最先"突袭"我的是诗集的名字。我以为都"风花雪月"了，一定是一本爱情诗集，可读到诗集的第一篇作品《那一年的风花雪月》（组诗）时，我知道是我想当然了，组诗是用大自然中的风花雪月四种意象分别作为标题的四首诗组成的。不知什么时候开始，它们被人为地绑定为一组，解读为有关爱情的意象，作者就是要打破惯常的思维定式，让它们回归到实打实的、各自独立的意象。这让我内心一震：是啊，最初风就是风，花就是花，雪就是雪，月就是月，将它们绑定为一组，去定义它们纯属偶然，然而我们却总在把偶然当作必然。

读组诗《山路崎岖》时，我又被"突袭"了一把。作品根本不是我们以为的通过描写山路如何崎岖艰险来抒发诗人的情怀，而是分别用山、路和崎岖三个词作为组诗中三首诗的标题，让它们各自焕发着精彩。不过读完这组诗，再把标题连起来时，又让人不可避免地心生"山路崎岖"的联想，只是联想的触发点已不只是孤零零一条山路，而是山、路、崎岖三点开花，这样打破常规的构思，让诗作表现的意蕴更丰富了。

第二波，来自作品高超语言技巧的突袭感。

先看这几句诗：

花开后花又落的事情/一切由土壤般的真诚铸定（《花》）

一任碧绿的日子/作含苞与绽放的姿势/我依然故我（《对歌》）

鱼群在水中练习游泳/轻轻划动/参差不齐的思想（《毕拉河》）

你站在很年轻的石墙边/极深沉地阅读着什么（《青春的思绪》）

在这些吸引我的诗句中，肉眼可见的"土壤"是"真诚"的；我们身处其中又看不见摸不着的"日子"是"碧绿"的；抽象的"思想"是"参差不齐"的，高高低低仿佛历历可见；"石墙"不说新砌的，而是"年轻"的。诗人在具体和抽象之间自由出入，游刃有余，其艺术效果出乎我的意料，这些妙不可言的形容词功不可没。

再看一组诗句：

炉火在暗夜一瘸一拐/明明灭灭的洞穴里/繁衍恐怖（《情人》）

草原风四处游荡/一座又一座山被野花淹没（《草地歌谣》）

黝黑的石头/冷静地打量着单调的雨（《大黑山》）

你想做一回呼伦贝尔人吗/得首先和骏马/交换一下思想
（《呼伦贝尔人》）

在相思谷/我的心战栗着/每走一步都怕踩疼以往（《相思
谷意念》）

在诗人眼中，"炉火"是"一瘸一拐"的，形象地突出了
炉中火苗的跳跃感；雨中的"石头"不是被淋湿，是在"打
量"雨；点缀山坡的"野花"竟然是"淹没"了一座又一座
山，以状野花之多；呼伦贝尔大草原的"骏马"不仅善于驰
骋，还有"交换一下思想"的能力；而诗人的"以往"被"踩
疼"的同时，读者的"以往"也被"踩疼"了。这些诗句的魅
力源于动词的运用，它们生动形象地写出了意象本身的特点，
让人惊叹将意象写活了，又不是你我能写出的，在情理之中又
在意料之外。但诗中又不是单纯使用动词，而是兼用比拟的手
法，或拟人或拟物，娴熟到如履平地、出神入化，美妙的诗意
便从这里流淌出来，令人着迷。

在诗人营造的这个诗意的世界里，万物皆有人性，物与
物、人与物也彼此陪伴着、欣赏着、牵挂着……诗中这样极具
表现力的语言和技巧俯拾皆是，而且不限于我说的几种，这里
只是聊举几例，以斑窥豹。这些新颖有创意的语言技巧为诗人
抒情言志搭建了畅通无阻的桥梁，它们像一朵朵多姿多彩的浪
花，让我的读诗之旅获得一路惊喜，特解渴，特过瘾。

第三波，来自作品地域性内容的突袭感。

翻看目录就已吃惊不小。全书分为四辑：第一辑，我的诗
与你有关；第二辑，呼伦贝尔大雪原；第三辑，呼伦贝尔之
旅；第四辑，异地采风。书中的诗，内容上呈鲜明的地域性，

写的大多是呼伦贝尔这块土地上的人、事、景、物，抒的是乐观豪迈的情怀，思考的是积极向上的人生价值。读着这样的诗，作为生于斯、长于斯的人，我嗅到了青草散发的清香，看到了野花铺排的亮丽，品尝了野果饱含的酸甜，聆听了马蹄嘚嘚的回声，欣赏了长调悠长的浪漫，领略了风雪迷漫的壮观……

这简直就是一本用诗写就的呼伦贝尔旅游指南，让我们一起跟随诗人的脚步去畅游一番吧。去哪里？海拉尔、满洲里、扎兰屯、额尔古纳、根河、莫尔道嘎……诗人的足迹踏遍呼伦贝尔和大兴安岭这些大大小小的地方，甚至这些地方下辖的乡、村、林场等更小更偏远的地方，无论熟悉的、陌生的、去过的、没去过的，都让我倍感亲切。然而，呼伦贝尔地域辽阔，野外环境艰苦，为它写一首诗几首诗容易，写如此之多，难度可想而知，诗人能如此深入写呼伦贝尔非一日之功，能如此坚持写呼伦贝尔非常人所能，诗人的动力何在？让我们去诗中找寻答案吧：

我来自享誉世界的地方/她的学名是呼伦贝尔大草原（《金龙湖》）

最美丽的云朵在天上/最多情的太阳在天上/最亲切的你在我心上（《达赉湖》）

黎明从奶桶中升起/太阳在长调的余韵中疲惫/牛羊自牧人的瞳孔中肥壮（《雪原即景》）

将你无边的湿地/招蜂引蝶的油菜花/摄人魂魄的白桦林/统统纳入我的视野（《额尔古纳》）

我们看到，诗人或直抒胸臆，或含蓄委婉，对这片热土的无比热爱已溢于言表。我们认为再平常不过的一切，因为属于呼伦贝尔大草原，在诗人眼中无一不是诗歌的意象，那山那石、那草那木、那花那鸟，那野果那庄稼、那骏马那牛羊、那人那事、那劳动那歌声……在诗人滚烫的赤子之情浇灌下，都鼓出了诗意的花苞，读来让人陡然一震，原来自己生活的土地竟是如此诗意盎然。

第四波，来自作品60后特质唯美意境的突袭感。

除了极强的地域色彩，给我突袭感的还有诗作60后特质的唯美和主题表达。知人论世，我说作品的60后特质是基于任何一个诗人都会受到所处时代和文化背景的影响，这种影响总能在不经意间或多或少地表现在文字上，例如这几句诗：

她还是我出生时的那轮满月吗/怎么几十年一直高悬于天际/连寂寞嫦娥都舞动起衣袖/她却不见一次情移（《月》）

岁岁重阳/今又重阳/勾起我回归故里的乡愁/看看/年迈的父亲母亲/怎样数着血泪相思的红豆/看看/魂牵梦绕的乡情/怎样追随着岁月一点一点熟透（《重阳的时候》）

这脉仙地/红军也曾相扶而过/前辈的心飞向未来/青春却定格在狼渡河/指点江山的毛泽东/也把好风水留给了/不断前行的后来者（《狼渡滩》）

在宁馨的傍晚深入秋天/深入秋天便有层林尽染（《深入秋天》）

读这些诗句，我一下想起一代伟人毛泽东的"寂寞嫦娥舒广袖/万里长空且为忠魂舞"，"岁岁重阳/今又重阳，战地黄花分外香"，"指点江山，激扬文字，粪土当年万户侯"，"看万山红遍，层林尽染"等脍炙人口的诗句。虽为诗人化用，不也体现为一种继承吗？诗人继承的是毛泽东主席诗词中洋溢的革命乐观主义精神。诗中还经常出现红纱巾、红毛衣、灯泡、团代会、青年之家、歌舞厅、时装表演、霹雳舞、迪斯科、油锯、顺山倒等60后青春记忆中的符号，至此我们不难理解诗作的主题思想永远都积极向上的原因了。

第五波，来自作品正能量主题的突袭感。

按说60后经历了新时期以来社会发生的种种发展变化，这是史无前例的，特别是市场经济大潮汹涌和自媒体方兴未艾的当下，丁永才没被故作高深的反思、心浮气躁的搞怪、声称自然主义的肉欲、怨天尤人的哀怨、信念坍塌的颓废等所谓时尚卖座的诗歌表达裹挟，仍保持着诗作的独立人格。人总得坚持点什么，丁永才做到了，他坚守的初心和理想被呵护得很好，在红尘滚滚的现代社会，他内心平静得似清风朗月，丝毫不偏离初衷，不改换路径。

他着眼现实世界，沉浸于思考，写出了无数极富思辨哲理的格言式诗句，瞬间给读者带来灵魂深处的启示：

从此/落雨的日子/有人很忧郁地/把最初幻想为结局（《落雨的日子》）

你是雄壮的/有没有观众/你都屹立着/影子没半点儿摇晃（《岷山》）

由于太甜蜜而尝出苦涩/由于太亲近反感到疏远（《竞放》）

他着眼现实，苦行僧一般吟哦，释放出的正能量激情超级炫酷，让厌恶政治说教的我们心灵突然被击中，发现"我们蓬蓬勃勃的主旋律/总是大大方方总是轰轰烈烈"（《我们这群鱼汉子》），血性被激发出来：

  我不相信前路总让人失意/落寞之时远道自有欢歌而至/像无痕之水一洗恼人的彷徨/是歌者总能从音律中体验人生/是舞者总能在步履间感受风光/且饮上几杯醇香的老酒/且跳上几曲古老的安代 坚信/每个季节都高悬暖人的太阳（《安代舞》）

  岁月也会老去/林城却不断年轻（《走进林城》）

  及时握住稍纵即逝的岁月之缰/日过中天犹有大器晚成的可能（《光阴》）

  人生的枝头 总得悬挂几枚对唱的花朵（《对歌》）

  当然诗人清楚，阳光再明媚也有照不到的角落，于是从沉重的叹息和反复的呼唤中，我们又悟到诗人那千年一脉震撼人心的忧患意识：

  几代人萦过梦的苍松日渐稀少/流泪的伐根旁一株株/新抽的嫩枝挺立着（《隔岸眺远》）

  可惜呀 干涸的河滩上/游鱼不会再来/游鱼不会再来（《游鱼不会再来》）

  虽然我也是呼伦贝尔人，可是真正站在大草原上时，我被坦荡无边的绿色海洋震撼了；再一次站在草原上时，因为干旱，脚下的绿草矮矮的，有的被压在枯草下，可是抬眼望去我震惊了，一望无际的绿色还是草原的主旋律！故而这部诗集给我的突袭感较前两次有过之而无不及。因为他的诗和我有关，写的是我脚下的土地——呼伦贝尔大草原和大兴安岭林区，写的是我眼前的风景——自然的、人文的，写的是我身边的人和事——牧人、伐木工、守林人、采柳蒿的少女……真实的描写让我信服，新颖有创意的构思和语言技巧让我叹服，深刻的哲思、积极的人生态度和强烈的忧患意识时时让我产生共鸣，它们如被实现的一个个小目标，又像盲盒中的一块块巧克力，吸引我不停打卡，想知道下一块的味道。一次次意料之外的美好体验让人心跳，极大地满足了我的情绪价值，调动了我的阅读积极性，简直欲罢不能。

我不是诗人，更不是评论家，只是一个生活在呼伦贝尔大兴安岭林区的普通读者，以上文字仅仅是如实记下读诗时一次次被"突袭"的粗浅感受，水平有限，解读定有诸多不当之处，诚望作者见谅并斧正。若可能，它可以算是另一种评论吧？

（王秋波，根河市第二中学退休教师）

第三辑　人生歌吟

万种风情笔下开花

——在《那一年的风花雪月》中再度与丁永才相遇

胡云琦

那么多的石头坚守着
一个幽深的洞天
那片大森林如无边的手
牵着我一次又一次流连

想当年　祖先们
对酒当歌在河的东岸
嘎仙河波涛汹涌
挡不住他们穿石的弓箭

大森林浩浩荡荡
任雄鹰的翅膀在头顶上盘旋
穿透力极强的呦呦鹿鸣
从谷底升起脆生生的期盼

而今　歌之舞之的大鲜卑山
依旧把游子的双眸望穿

嘎仙洞生长沧桑的石壁上

依旧镌刻着记忆历史的遗言

是史实　是传说

是偶然　是必然

就像稳坐高山上的洞府

一任后人叽叽喳喳地评判

　　以呼伦贝尔著名诗人丁永才的这首短诗《嘎仙洞》为开篇楔子，进而尝试解析他的诗语特点，是我捧读他馈赠给我的诗集《那一年的风花雪月》时蓦然想到的。《世说新语·方正》有"管中窥豹"之议，反其意用之，那就是窥一斑而知全豹了。

　　综上所述：坚持己见。开门见山，直入主题，言之有物；习自然意蕴丰盈，删繁就简，发内功一挥而就；绝不拖泥带水，就是丁永才诗作的显著特点。孟子说："尽其心者，知其性也。知其性，则知天矣。"80后作家七堇年在她的《尘曲》中说："凡心所向，素履以往，生如逆旅，一苇以航。"爱，可以望穿秋水，也可以昙花一现。难能可贵的是，丁永才对人对事乃至对风物天地的真爱始终如一。从20世纪80年代初期扬名文坛至今，从科尔沁草原到呼伦贝尔草原，诗人丁永才的身影从子夜伏案到漫步林草山川，从骨性独到的理性审视、深刻反思并入精神飞跃的宏阔想象空间。他的诗歌创作，一向以超口语化的表现手法深入浅出，力排粉饰与雕琢之嫌；以短句之行文洗练乘以情感来袭的思绪蔓延；以内容之丰富不失深度拓展继而完成更新意义的包罗万象、海纳百川；以心力的飓风汰除非纯诗混淆的故弄玄虚、刻舟求剑。他在不断学习、探索、借鉴，批判中觉悟，通过大量阅读、钻研，全面了解中国、印度和古希腊语言的不同特点，以及俄国、苏联语言学不同时期的巩固发展，最终汲取精华，结合实际，扬己所长，唯美实践。

诗人丁永才成名于20世纪80年代初期，经历过新中国朦胧诗、先锋诗等流派纷呈、山头林立的局面。曾经沧海、万象纷纭，他不为所动，依然能保持自我诗歌创作的慎独风采，为诗歌创作朝乾夕惕、焚膏继晷。先后五次成功举办个人诗歌作品研讨会，时刻谨以戒骄戒躁自谦，不以炫耀资格傲慢。数十年立足北疆大地，他团结并且带动了众多文学创作者、爱好者，不能不说，他在勤恳的工作中，为本地文学艺术发展贡献了不小力量……

我欣赏丁永才的诗作，不是因为吃了他请吃的酒席而信口开河，更不是因为多年友谊为其炒作。我之所以为他点赞，那是因为他在泥沙俱下的滚滚红尘中坚守住了中国诗歌的传统底蕴，稳稳地把握住了真情自我与力度卓见。以下就我所了解的丁永才其人其文学观念其探索实践，还有诸多诗歌作品给我带来的视觉冲击与读后感等两方面，粗浅地谈谈一己之见：

一、韬者本无逆境，如虹卧示晴天

关于诗歌建造的原始冲动，并非意在搬动靓丽风景，关于诗人丁永才所要挑战的字崖文峰、终极海拔，我深信他将站在最高的山顶。

记得以色列当代诗人耶胡达·阿米亥曾经做过这样的表述："诗歌是最后及最伟大的职业。你所需要的一切就是使语词适合于现实。"丁永才说:"我的诗与你有关。"他用这样的口吻在他早期的诗歌创作中歌颂人间永恒的爱情,浪漫或隐喻信手拈来,张弛有度如草船借箭,捭阖豪情若诸葛镇定,明知重兵压境,却能羽扇纶巾琴救空城。丁永才写诗,既能做到不因追求技巧而偏重失衡,又能立足于传统表现手法,恰当押韵而适合歌咏;力戒低级晦涩,主张通俗易懂。他从传统文化的发展层面敞开心扉,坚持以母语特色与世界对话。他用自己极具个性的语言基石,建造起一座不可撼动的文学殿堂,而他正是这座殿堂里的荣耀国王。

他就这样带着他所深爱的诗意公主乘风破浪于意境的汪洋,高筑心力的灯塔锐意远航。如果他想成为童话中的飞鸟,北方的山山水水都会配合辽阔的风声为他歌唱;如果他执意变成文学领域的凤凰,内蒙古莽莽苍苍的大森林与开花的草原都会为他张开翅膀。从物我合一的角度来讲,他常常用自己最为满意的文字为春天的小树穿上衣裳;他的文字,也常常因为拥有草木的气息而再度拥有生命的灵光。

让诗意回归现实,并且拥有超越庸俗以及虚幻主义的精彩质跃;自我充实,自我提升,自我完善——是我自20世纪90年代初期开始关注丁永才的诗歌作品兼写评论时的意外发现,以及我的印记、感触,有些相关报样还保存至今。这一次参加他的个人诗歌作品研讨会,读到他日臻成熟的许多新诗,真心地为他在文学长旅中取得的巨大进步而感到欣喜。

关于诗歌创新,自然诗人李少君在诗歌创作中提倡:"忠实于自己的生活和土地,坚持自己认定的方向和道路。"这些听起来简单,做起来艰难,呼伦贝尔诗人丁永才不但做到了,而且还能在坚持创新的文化苦旅中砥砺前行，一如既往。

反之，从1967年开始，法国哲学家、西方解构主义领军人物之一的雅克·德里达提出的解构主义论，发展到20世纪末期所形成的蝴蝶效应，忽然以雷霆万钧之势给东西方文化带来了颠覆性的、前所未有的冲击。传统的、规范的文化的城池瞬间失守，一时间秩序大乱，一大批一向以家国情怀、人文历史、崇高使命、精神主题等为主要素材的写手，都因为受到了解构主义蛊惑而开始变得神志不清，接受同时开始对非主流的、故弄玄虚走极端的诗歌创作小试牛刀。这期间，有许多在中国大地上兴起的文学沙龙组织，个别省区市民间诗爱者群体，也都毫无异议地卸下了腰刀束手就擒，或竞相效仿，或五体投地。

值得庆幸的是，就在西方文化五花八门的见解学说不断渗入，解构主义泛滥之际，除了诗歌界旁枝斜蔓的趋之若鹜、自我溃堤，中国文坛还始终活跃着一支不馁外来冲击的正规劲旅，而诗人丁永才正是这传统大军中的一员猛将。自20世纪80年代北岛、舒婷热之后，到海子与顾城的先后离去，与太多诗人的濒临沉寂、热情迷失相比，诗人丁永才始终保持着清醒的诗学思路和旺盛的创作动力。像吉狄马加笔下呈现的彝族特色和自成一体的写诗风格一样，丁永才的诗中饱含激情地贯穿着实实在在的乡情、浓郁的北方大草原大森林氛围和"风吹草低见牛羊"的内蒙古旖旎风光。

书不盲从方会独具魅力。立意奇特，以陌生的手法反映熟悉的生活，耐人寻味、内容深刻、别出心裁，才能妙趣横生、诗意飞扬。韬者行文，因为坚守民族特质才能引起广泛好奇，赢得关注，从而转动交流的钥匙。耕耘与攀登偶尔都会匍匐，如彩虹之于大地,背负晴天。

于是,"我听到你内心的河流/一次又一次 比风声/更热烈而迅猛"(《风》)。

二、心共字形飞梦,诗与宇宙并行

汉字发展经过涂鸦阶段的象形过渡到表意,并未完全脱离形的启蒙,汉字的特点连同演变过程对于每一首诗的形成同样适用。诗者,每一次定格下来的想象冲动,都有灵魂深处的精神劳动参与其中,并最终形成会心与会意的空间物质热能。一首纯诗蕴藏的能量通过视觉触碰,会给读者带来疼痛抑或惊喜万分的激动。

我在诗人丁永才的诗集《那一年的风花雪月》中同时遇见了他早期的妙笔生花、现在的阳春白雪以及未来的平湖秋月。其实,人世间一切美好的事物都是可以预约憧憬的,如果流年的驿站真有岁月静好,或许他可以在诗中提前到达。其实,关于梦与现实的答卷,有很多时候,丁永才已在我们熟睡的时候蹚过了墨河悄然上岸。

所以他说:"我的夜晚与你有关/你在其中/一半月光在我的体内回旋"(《与你有关》)。

读丁永才的诗,仿佛沐浴着温泉,蒸融了疲倦,舒畅的惬意油然而生,欣赏其栩栩意境,如中国画里的没骨,精气与神韵均有恰好的藏锋。众所周知,诗歌的艺术手法讲究动静结合。他的诗作,显然唯美而又简洁地诠释了这一观点。"我的夜晚与你有关/你在其中/一半月光在我的体内回旋",首句以直白的方式展开铺垫,第二句的"你在其中"是以递进的方式强调了"我的夜晚与你有关",第三句则笔锋一转,"一半月光在我的体内回旋"，通过活泛的灵"动"，直接把外界的物象变成了内心的感觉场面。这样的月光可以是明亮的蟾宫悬浮与云雾下的山峦，若隐若现，也可以是花瓣泊于秋水，因为明喻后面的暗喻，你也可以把它想象成情人的脸蛋。跳跃与灵感，消解与委婉，虚实结合，都在他的诗中得到了充分体现。

丁永才的诗歌创作，独具匠心的小诗或短诗中总会漂亮地出现一两句神来之笔，读之让人爱不释手。比如《路》这首短诗的开头："我们闪进树丛/藏入昏暗的灯影"。这两句中的一闪一藏，不但写出了爱情的排他性，而且还写出了卿卿我我中的一对恋人幸福地找到了可以互诉衷肠的天赐秘境。在树丛和昏暗的灯影地段，有很多恋人之间发生的小秘密是不易被人发现的，《路》至此，接近于主观性的自我封闭，致使人物于外部视野中消失，进而转变为来自心理共振、亲亲拥吻的精神之旅。看似非常随意的两个短句，却使融情于景的内涵衍生蔓延出无限可能，从而也充分体现了诗人的语言张力。

接下来我们一起看看他的诗歌《路》的结尾：

"星星和月亮都闪烁为背景/夜歌由远及近清亮如初/我们站起来身下压倒的野花野草/伸展成另一种道路"。

不同于现代的"车震""床震"与"房震"，"身下压倒的野花野草"写出了另一个年代的人们相爱的"红场"，简单的幸福、青春的片段、一去不返的时间……

我认为：凡是能够打动读者的文学作品都是拥有灵魂的。就诗歌而言，它应运于诗人的才思脱颖面世，又独立延续其鲜活的生命永葆青春。在诗歌创作的不断探索与大胆尝试方面，除了巧妙联想、巧用双关等含蓄表意手法之外，丁永才的部分诗作还具有强烈的现实性与民歌风格，其中《草原上的男子汉》这首诗，就明显地彰显了民歌特点：

我们是草原上的男子汉//我们发狂地喜爱草原/喜爱这坦荡之上的绿色结阵/喜爱在这绿色的结阵之上/骄傲地使用我们天赋的职权/指挥马蹄的打击乐队/拨响一个世界轰隆隆的和弦/闲暇时我们也背着伙伴们/采一束如血如火的萨日朗花/带给我们的女人孩子们/让她们同我们一起分享炽烈的情感//我们是草原上的男子汉……

身为呼伦贝尔草原上的实力派文字驭手，与某些诗人刻意追求的朦胧矫情、托物起兴、讲究哲理等蓄意营造的曲饰意识相比，丁永才本人似乎更喜欢《草原上的男子汉》这种融情于景、直抒胸臆、淋漓尽致的表现手法。诸如此类的诗歌还有他的组诗《伊敏梦寻》，请看这组诗中的一首《七五三高地》：

七五三高地不长敌情

七五三的胸膛上结满芨芨草和白头翁

伊和诺尔巴嘎诺尔相望不相及

海伊铁路与公路铺排一种风景

几年前　七五三曾令登临的人们

目光一淌过伊敏河

便孵出许多憧憬

几年后，前人走过的脚窝野花迷眼

伊敏梦被后人一圈圈做圆

如今，我也成了圆梦的赤子

立于伊敏之巅　回望

漫漫来路被盈盈寸草覆盖

寸寸是心

寸寸是我那痴情至死的白头翁

　　坚持自我，笔耕不辍，四十余年的诗歌创作与图书出版工作历练了丁永才一双洞察秋毫的慧眼，正如法国思想家、文学家、批判现实主义作家罗曼·罗兰所说的那样："每个人都有他隐藏的精华，和任何别人的精华不同，它使人具有自己的气味。"的确，丁永才的诗作在结构与展开的表达方面都是别具一格、颇有特色的。四十年来，他的双脚踏遍了呼伦贝尔境内的千山万水。额尔古纳、根河、莫尔道嘎、陈巴尔虎草原、莫尔格勒河、室韦等等，所到之处皆有所诗，热爱与冀盼跃然纸上。个中滋味，俨如他的组诗《呼伦贝尔心灵之旅》中的《猛犸公园印象》："迟迟不愿离开故土/蹄声虽已远去/却让后来人感慨"。

　　回首之间，往事烟消云散；可那一组组梦呓般的感言，多像他的小诗《那一天》的匆匆飞歌：

　　靠在身后的是那一天/捧在手里的是那一天/蓦然回首望见的还是那一天//那一天的话题依旧新鲜/那一天的旧事犹在闪现/那一天的心窗本来就未关闭/那一天的想法一如从前//那一天/真有一些什么留下来/留下来做一件不灭的纪念

　　继五四新文化运动发展到现在，诗本身的提纯已经从口号似的白话陈词发展到更新更美更准确更经典的语言呈现。从20世纪80年代中期的"第三代诗歌"开始，到伊沙、赵丽华、韩东、杨黎、何小竹等人推动"口语诗"写作，反对修辞和过度使用形容词，丁永才的诗歌创作具备口语诗的特点，但又不完全雷同。

这是他独自开辟的一条通往诗歌山顶的独特路线，虽然很累，但他依然仰望着旭日执意向前——

那里矗立着他的精神寓所和诗歌宫殿，超越而永恒，明媚而绚烂。

我相信他的诗歌理论与全部诗作，自始至终都在另一宇宙与他以及他的读者并行，像影子一样陪伴。

物理学和天文学不断探索刷新认知的研究对象被哲学家称为宇宙，时空与物质的统一整合被人们称为世界。猜想或者并未确定的科学概念中的多元宇宙所包含的每一宇宙，都被称为平行宇宙或者平行世界。对诗歌而言，因为物质不灭与精神永存，这种平行是可以超越相对论的引力无限循环的。比如忧国忧民的屈原虽然早已乘神鱼而去，可是，他的光辉形象却又频频在他伟大的文学作品中再现。这就像海子在他的绝笔诗中所预言的那样："春天，十个海子全都复活。"

关于诗人丁永才的诗歌创作的特色特点，笔者分析得还不够全面，暂时搁笔，以点带线。

读丁永才老师诗歌随想

吕阳明

丁永才老师给我打电话，邀请我参加他的诗歌研讨会，我毫不犹豫地说去。丁老师是呼伦贝尔，也是内蒙古的文化名人、著名诗人。在我多年的文学创作中给予了关注和引领，能来参加他的诗歌研讨会，自然是一大幸事，也是难得的学习机会。

我与丁老师相识于2004年北方"三少民族"文学创作会上，那时的他活泼、开朗、健壮（现在也健壮），在内蒙古文化出版社做编审。从那时到现在，这么多年，他一直在写诗，辛勤耕耘，以诗歌守望故土家园，我不会写诗，也不会写诗歌评论，好在我一直是一名诗歌读者，这些年从诗歌中汲取了不少文学营养，那就从读者的角度，说一说阅读丁老师诗歌的随想。

丁老师的诗歌题材广泛，写自然大地，写人间烟火，写生命的体验，写生活的意义。给我的感觉，他的诗朴实自然，浑然天成，像伊敏河一般澄澈清明，水流过浅滩，"岸边的柳树绿了又黄，黄了又绿"，少有刻意渲染的痕迹。丁老师天生就具有诗人的气质，一场雪，一首草地歌谣，一个采柳蒿芽的少女，一条崎岖山路，都寄托了他对生活独到的领悟和浓厚的情感，折射出诗人对故土家园的深深地热爱和对生命独特的感悟与思考。

丁老师的诗歌是唱给呼伦贝尔草原的赞歌。宝格达山、莫尔道嘎、室韦、莫尔格勒河、扎兰屯、柴河、维纳河、满洲里……呼伦贝尔耳熟能详的这些地名都是丁老师诗歌的题目，"喊一声你的名字/许是旷野太深太长/我的声音/坠入深不见底的雾海"。这些我们去过或者没有去过的地方，因为这些作品镀上了一层诗意的金边。海德格尔说，"人要诗意地栖居在大地上"，丁老师的诗歌真正让人体会到"草原与诗歌紧密相连"，可以说他用诗歌拼贴出一幅精彩的呼伦贝尔文学地理图景。丁老师的诗歌也是唱给草原文化的情歌，与这片草原上的事物水乳交融，以《诗意呼伦贝尔》《呼伦贝尔诗韵》《呼伦贝尔心灵之旅》这三组诗为代表，"有人说天空是蒙古包的炊烟染蓝的"，"套马杆从他们手中轻轻一甩/丈量过的都是深深的爱恋"，这些诗句体现了诗人对草原生活的独特感悟和深厚感情。

丁老师的诗歌更是唱给诗人内心深处的赞歌，文学归根结底是观照内心的，诗歌也一样。"这是一场梦与另一场梦的邂逅与团圆"（《绿色簇拥的小镇》），"今夜　我将成为雪/……/铺向你紧闭的家门"（《雪夜》），"我不是独自一人/还有层林尽染的秋满山风行"（《五亭山》），文为心声，这些诗句状写了诗人这个草原男子汉粗粝形象背后一颗敏锐、孤独、多愁善感的心。

丁老师和他的诗歌，双向奔赴，互相成全。丁老师的诗，具有丰富的感情色彩，很少有抽象的观念。而且，丁永才作为诗人，是一个正常的人，在这个人容易被异化的时代，一个诗人是正常人其实是不那么容易的。疫情防控期间，丁老师羁留满洲里一个星期，即便在这非常时期，他也乐观地赞扬满洲里市政府的慰问信文采不错，解封离开时还热情地给引导交通的防疫人员送红牛饮料。

以上算是"诗"门弄斧，一家之言，旨在抛砖引玉，愿与在座的各位同仁深入交流。最后献上一首打油诗："出版常青树，诗坛不老松，草原男子汉，威武丁老兄。"祝贺丁永才老师诗歌研讨会胜利召开。

2024年6月30日

探寻草原传说里的隐秘

——读丁永才老师诗歌有感

罗海燕

读丁永才老师的《之一：草原传说》一诗，如开了一瓶陈酿，素来不好饮，却闻之醇香、醉人。

见到丁永才老师，多是在呼伦贝尔市文学笔会采风期间，他嘴角挂着一丝戏谑之意，言辞也颇犀利。道是昔日风华已渐染寒霜，却又在缤纷的诗作里，得见其纯情少年的模样。丁永才老师作品涉猎广泛，意蕴丰沛，因予笔力所限，未能道得明其精深之处，就只管中窥豹，在《之一：草原传说》一诗中细细品味回甘之意，现将感受整理一二。

诗歌起势，便以时间的流动为基调，将读者带入一个富有张力的时空当中。"许多年前　我从科尔沁穿越呼伦贝尔/她在人们的心田已长成锦绣花团/许多年后　我与这片草原/历经萌芽抽枝开花到结果的缠绵/她一如红红火火的杜鹃稳坐山巅"。时光匆匆，席卷了一个人一生的过往，在彷徨中寻找，也在希望中笃定，当决意在一片新的土地中扎下根，获取滋养也付出艰辛，收获成功也历经失败，所有欢悦和悲伤，早已经和这片土地一起融进血液。"红红火火的杜鹃"这一热烈的意象，意味着时空移转，岁月交融，纵是经历世事而弥天真，深邃的情感交织始终真挚浓郁。

诗歌中的节奏韵律，赋予动感的表现力和情感的传达。"仿佛越活越年轻啊 她的鲜艳/绽放在牧人与蒙古马的鞍鞯/抑或肥沃得流油的大地间/紧紧地怀抱着地老天荒的誓言"。这种鲜活的生命感，带来视觉上的冲击，延续上一段意象，是在一个不断获得新的延展、愈加浓郁的过程。胸膛里燃烧着熊熊的烈火，这团火在马背上腾跃。"鞍鞯"的具象，寓意着草原人民的祖先在马背上飞驰、征战、放牧，在草原上生生不息。丰腴的大地，敞开胸膛怀抱着地老天荒的誓言。广阔疆域上的草原人，演绎着与天地共老、生死相依的爱恋，这种魂牵梦绕转化为一种视觉动感，让草原具象的符号与宏观镜像下的深情多维融合。

诗中的人文历史，呈现诗人创作动机的纵深度。"与恶魔莽古斯殊死搏斗了一年又一年/正义最终战胜邪恶摘得夜明珠的璀璨/他们妙曼的生命却化作润泽草原的/呼伦湖 贝尔湖/那震撼人心的波光潋滟/以无法换算的力量/潮来潮去 始终冲不垮爱与情的堤岸"。有关呼伦和贝尔的传说，自始至终有着多个不同的版本，而每一个历经苦难的浪漫爱情故事，都寄予着人们对忠贞热烈的情感以无限冀望。正义战胜邪恶的过程，蕴含着人类追求美好生活的永恒主题，也代表着草原人永不言弃的勇敢与坚贞。展现悠远历史的最好方式，是用一段荡气回肠的传说、人物形象、情感、地域特点，构建出草原艺术审美作品本身。认识和欣赏诗歌文学的文化与情感价值，也让我们对诗歌的高度情感性和丰富的象征意义，有了更进一步的领悟。

诗中词汇和修辞上的突破与创意，诸如意象、隐喻、对比手法巧妙运用，带来强烈的艺术效果和推动情感的力量。比如，"一段段时光倒地的声音金黄灿烂"，以视觉和听觉的通感描写收获，让时间丈量成长，物化为可收割的实体，在声色上极大丰富了感官的内涵。比如，"面对呼伦贝尔河湖纯净/天空蔚蓝　人们心花烂漫/所有的溢美之词　纷纷退避三舍且惴惴不安"。当草原上的湖水与天空一色，在空蒙洗练的原初世界，在宁静纯粹的美感面前，所有的夸耀和赞誉，都会黯然失色，让人不由得忘却尘世纷扰，浸润其中。

　　而意象之美与情感之真的交融，带来精神层面的升华。"能够与她齐眉并肩的只有野草/霜欺雪压后身体似已枯干/来年春风吹又绿依旧牵绊"。与天地共生永存的，永远是一望无际的野草，平凡、弱小，却永远不会缺失顽强的生命力，从亘古以来，生生不灭，历尽严寒，又随暖风焕发生机。野草的意象让人自然而然地联想到草原人民，坚韧勇敢、不畏艰难，总能从困苦中找到属于自己的生命的春天。

　　全诗中意境深远，让人久久沉浸的尤以结尾两句为上："让马蹄叩响大地吧/让蹄窝结满草原儿女/对呼伦贝尔历久弥新的挂牵"。诗人祈愿草原人民纵马奔腾在热烈的草原上，奋勇前行，开创美好生活。"蹄窝"是腾飞的骏马遗落在草原上的印记，也是流金岁月遗留在大地中的标识。草籽在泥土里压实，雨水贮存在其中，湿润的空气和煦暖的阳光交融，草原儿女就如同这草籽，发芽后比在其他地方更加茁壮茂盛。

　　以一个草原上随处可见的具象的蹄窝，隐喻草原人生长的动态画面，饱满而丰盈。对这片土地饱含深情的诗人，骨子里携带着与生俱来的诗意，以俯身大地的视角对她的曾经和现在，描摹出这般震荡心弦的力量与柔情。

"诗歌是思想的永恒结晶，是灵魂的映照，是超越时间的艺术。"《草原传说》整首诗思绪跌宕澎湃，以真挚饱满的情感，自由跃动的性灵，游走在时空交错中。诗中没有过多使用白描的手法，而是借助意象、隐喻，在现实与想象之间运用多维度视角，勾勒出一幅壮美草原的情感大写意。

在诗人多年以来长长的作品名录里，藏匿着一个在故乡草原耕耘的身影，那更像是一个少年，终年游荡在梦幻般的殿堂，滤去尘世的沧桑与琐屑，打捞起的是纯如佳酿的甘甜与芬芳。在诗人的笔尖，按捺着一颗热情激荡的心，正随着这片神奇草原上的每一处生长而律动，每一次蜕变而欢悦。因为，这茫茫草原与之衍生出的千千阕歌，早已成为诗人融入血液般浑然一体的生命之源。

（罗海燕，内蒙古作家协会会员，其作品发表在《散文诗》《草原》等刊物上，出版散文集《真水无香》《倒影》）

第四辑　岁月礼赞

一棵绿草及它的全部意义

——致诗人丁永才

李　岩

那缕风是充满灵性的

它的目光多么深邃：

它把一棵科尔沁的绿草

在月光融融的暗夜

悄悄移植到呼伦贝尔草地

真好：草的根须，两片草原的根须

早已在大地下默契呼应

关于它们诗意的梦境以及理想

第一次被萨日朗花解读

第一次被百灵鸟解读

第一次被缀满草茎花蕊的露珠解读

第一次被马群牛群羊群解读

第一次被马头琴的旋律解读

这棵深扎于呼伦贝尔草地的绿草呀
怎能让这片古老的神奇的草原失望呢:
春夏秋冬,你都吟唱呀
多么执着多么深情
那吟唱多么悠扬
那吟唱多么清亮
那吟唱多么雄浑
谁在惊呼:诗果,诗果
无形中,你身心的每一处
像宝石,如玛瑙
多么浑圆丰沛
鲜嫩而又纯净
诱醉多少心与灵魂
草原,因你而更像草原
你的诗果,如彩虹
已闪耀在天边

那一天,你开始流泪:
你身边的那棵草
轻轻地抚着你的肩膀絮语:
兄弟,在我心里
你早已成为我兄弟

当然,今生今世
你也是我的好兄弟……

流年芳华（七律）

姜联军

蒙源会室窗辉亮，
文学同仁畅叙欢。
追慕流年诗意盛，
评谈才志马蹄宽。
刚辞岁月青葱野，
便抱夕阳霞色丹。
雅集芳华开仲夏，
花香赋予大兴安。

读《我的情诗》

戴明荣

胸怀雄壮情精致，
万物皆灵抒妙思。
爱恋真诚藤绕树，
诗歌意蕴品新奇。

赞丁永才（通韵）

包建美

丁公辞海度沉浮，
永葆诗心建伟图。
才俊大鹏鸣万里，
高人妙笔撰新书。

心　花

——写于诗兄丁永才诗歌研讨会签名仪式

胡云琦

长生天的瓦蓝
是六月的北疆献给你的哈达
写给你的文字
是诗与心灵碰撞的火花

当昱日流火，群星在你加餐的空间喧哗
忘记时差，请允我从外省一路远跋

看你在词牌后蝶变，自然表达
从而发现翅膀驮起的草香开始说话
在呼伦贝尔，相视而笑，再一次聆听
你酒中的麦芽，别成曲调，热情地抒发

破阵子·喜贺

——有感于2024年6月30日丁永才诗歌研讨会完美收官

胡云琦

四十余年奋笔，
勤书六本飞梭。
诗意常青篇涌翠，
心梦春蚕阅缀萝，
韵开妙句多。

才识自成宝典，
文芳款待嫦娥。
踏雪寻梅耕字野，
赏月弹琴思运河，
诗风引众歌。

笔开汪洋

——贺诗友丁永才诗歌作品研讨会献词

胡云琦

呼伦赤子酿诗香，
六月花开众友忙。
煮酒言情听涛语，
倾樽领意探文章。
永才佳作高歌起，
喜聚群英飙锦囊。
褒赞磋谈凭实绩，
祝君妙笔泻汪洋。

第五辑　新作选录

用胸膛行走呼伦贝尔（组诗）

丁永才

之一：草原传说

这个传说一天比一天新鲜

许多年前　我从科尔沁穿越呼伦贝尔
她在人们的心田已长成锦绣花团
许多年后　我与这片草原
历经萌芽抽枝开花到结果的缠绵
她一如红红火火的杜鹃稳坐山巅

仿佛越活越年轻啊　她的鲜艳
绽放在牧人与蒙古马的鞍鞯
抑或肥沃得流油的大地间
紧紧地怀抱着地老天荒的誓言

为守护草原安宁幸福的今天
呼伦与贝尔心手相牵
与恶魔莽古斯殊死搏斗了一年又一年
正义最终战胜邪恶摘得夜明珠的璀璨

他们妙曼的生命却化作润泽草原的

呼伦湖　贝尔湖

那震撼人心的波光激滟

以无法换算的力量

潮来潮去　始终冲不垮爱与情的堤岸

一代代草原儿女　聚拢在呼伦贝尔

收获日渐丰硕的果实

一段段时光倒地的声音金黄灿烂

面对呼伦贝尔河湖纯净

天空蔚蓝　人们心花烂漫

所有的溢美之词

纷纷退避三舍且惴惴不安

能够与她齐眉并肩的只有野草

霜欺雪压后身体似已枯干

来年春风吹又绿依旧牵绊

让马蹄叩响大地吧

让蹄窝里结满草原儿女

对呼伦贝尔历久弥新的挂牵

之二：春之顿悟

草原　森林　湖泊相牵的呼伦贝尔

仿佛一夜之间开始绽绿

显而易见　这里一定潜伏着不可知的奥妙

雄踞呼伦贝尔冠亚军的

伊贺古格德山和大黑山暗暗比高

绰尔河大峡谷一路呼号

它们是否暗藏着幽深的秘密

以及忽左忽右的通道

天鹅　脱下凌乱的羽毛

浪花　托举波光粼粼的外套

爬上山巅的护林路

深入绰尔河摆渡游子的小船

都简化成一曲曲绕梦牵魂的歌谣

红尘滚滚的岁月

从被春风染醉的绿色里

挺起坚强的身高

而被春天怀抱的日月

显得那么瘦小且寂寥

之三：夏之妖娆

杜鹃花刚刚谢幕

野芍药再领风骚

时光伸出看不见的手
漫不经心就抚红慰白了
一眼望不到边际的芍药
这六月里最惊艳的事物
在额尔古纳的林缘妖娆

那些兴奋抑或疲惫的目光
从远远近近来回扫描
追随猎艳而至的激情啊
反超了镶嵌在山坡的草木河道

一次次折断了翅膀
又一次次起身的风
矫正了你我内心的方向标

之四：秋之感怀

裹挟香味的秋风　相遇草原
草原沉静　草叶披挂满身金黄
展翅南翔的鸿雁　邂逅远天的流云
流云恋恋难舍　默默铺排忧伤

这是呼伦贝尔之秋到来的信息
这是候鸟携妻带子南归的顾望

苍天上灵动的"人"字与大地上的
累累硕果对视金黄

此时我熟知滋味的村庄的上空
妈妈正用一缕炊烟默默萦绕我的心窗
爸爸拿牛粪火煨熟的老玉米
以及滚烫的土豆彰显暖我肠胃的慈祥

秋风悄悄摸进村
又悄悄远走他乡
村前村后
仿佛一瞬间　野菊花怒放

那扑面而来的芬芳
令我联想到《秋词》两行
"自古逢秋悲寂寥，
我言秋日胜春朝。"

谁敢说这不是为秋心最有意境地疗伤

之五：冬之情殇

我的世界里住着一片苍茫
那是呼伦贝尔之冬的模样

在目光捕捉不到的天尽头　银光闪烁
当一场铺排诗意的瑞雪莅临
我伫立旷野　聆听到牧歌的荡气回肠
雪落在渐行渐远的时光里
也降落在我被寒风扫荡的心房

那片大草原是常来入梦的故乡
她在天边蛰伏强大的磁场
让白雪皑皑年年笼盖四野吧
好为春天孕育铺天盖地的芳香

我依稀听见蒙古长调的悠扬
你是在千里之外喊我归乡吗
真该归去了故乡
浪迹不断长高的城市之间
我是你那个忘记回家的儿郎

蒙古马（组诗）

丁永才

蒙古马一路向前

蒙古马一路向前
阳光的瀑布斜跨鞍鞯
又迅疾地向后飘去
草浪翻滚 江流回环
从一个平面转换到另一个平面
远处　亘古停泊的峰峦
因为蒙古马的感染
似在移步景换

蒙古马一路向前
四蹄轻易地抛弃一些山川
又俯拾一些花团
并为草原修正和丰富了内涵
一些梦幻遗失于蹄窝儿
又一些诗意诞生于天边

蒙古马一路向前　向前

牧 马 人

牧马人坚实的足迹
都印刷在山岭的周围
山岭上千重万叠了
地表似乎也被夯实了几许
草色与瞳仁一样青翠

生就朴朴实实
本真别无杂碎
周旋在绿黄白之间
情绪平稳如村口草原
路却伸向云崖崔嵬

牧马人
你把蒙古马牧肥
蒙古马又放老了谁

山腰上的蒙古马

山腰上的蒙古马
不需要栅栏和羁绊

青草和风声在它的蹄畔

巨大的天空匍匐在身边

连沉寂多年的大山都需要爱恋

而蒙古马没有顾盼流连

它的影子从天空裁下来

和蒙古包一样贴近自然

山腰上的蒙古马

将安逸和悠闲的心思交付家园

甩掉牧人粗犷长调的羁绊

一旦听到跃跃欲试的骑手

一声出发的呼唤

不管留下的一大片企盼

只顾仰起头

冲向祖辈驰骋过的草原

马　蹄

马蹄在大草原热着

月光汪在蹄窝里

晒成黎明时分的白露

霜染千里牧场

秋天披挂满身金黄

从天涯的另一端爬过草浪
伸展到我的脚下
又漫过视野播撒沧桑

那个曾听我倾诉心声的
姑娘　去哪儿流浪

我拆散了一支歌谣
又让另一支歌谣余音绕梁
风在比心更寂寥的地方徜徉
还有多少话没有被这
镶金的马蹄
声声敲响

马蹄在大草原热着
马儿比灵魂还轻飏
蹄花一路开过草原
让披挂全身秋声的我
心头泪淌

呼伦贝尔笔记（组诗）

丁永才

根河之恋

因为你厮守大森林的寂寞
乌力库玛的传说
根河之恋　冷极湾
在成行之前的诱惑

沿着油画一样的风景之路
从海拉尔穿越额尔古纳
视野里的大森林越来越开阔

因为美不是虚设的
来到根河的人
都想与梦寐合一张影
背景是根河与大森林的浓缩
画面上的人优哉游哉
河水埋头赶路　默默如昨

浪花追逐着快乐

远山紧锁巍峨

只是当年的许多事物悄然变了

我也不在秋风中对酒当歌

有好几次　我在517工队的角落

苦苦地等你

叫喊着你的名字

义无反顾地向你奔波

曾经的故事

我曾经在一本已经卷边儿的画册里

看见过你

看见根河在深秋的意境里五彩斑斓

我看见一群大雁漫步在镀金的林缘

做秋色的诗眼　美好又天然

我看见 因为风舞林梢

大雁的翅膀扇动着气旋

那些混迹于草莽中的野菊微醺地亮眼

我看见冷极湾栈道上的溢美之词

被过往的风吹出诗意

把失意落寞都卷成诗笺

秋天之外　一队大雁盘旋山巅

它们各自怀抱着影子的烂漫

在抵达顶峰的边缘

我长久地仰望远山

恍若在根河的尽头

珍藏着什么

我怦然心动

发誓用一生陪伴好时光的绚烂

瞩目冷极湾　百看不厌

品味　甄选之后

四季分明的根河之恋

诗意盎然

根河源

别人的抑或自己的相思　不是太细

就是太短　真正的缘分

总是在失之交臂之后藕断丝连

根河源　仿佛总让人得相思病

她悄无声息地看谁一眼

都会在时光的折页上书写出层层温暖

游子看她时　她的山头　河畔

蜂迷蝶恋

我诗意的呼唤

那精心播种的立意
直抵心灵的幽远

从517停伐纪念林走上去
徜徉在栈道上的清风里
身后工棚子改造的客栈
让游子流连忘返
或许与我萍水相逢的有缘人
将会一同栖息在大森林的臂弯

游历根河源的日子
总有荡气回肠的故事
劳动号子余音绕梁

栈道尽头是否与家园心手相牵
每次铿锵地走过
那一件件让心房激跳的油锯
马灯　翻毛皮袄
以及记忆中捡拾不完的碎片
都会引领诗歌的眼睛
一次次扫描
扑面而来的锦簇花团

在蓝莓小镇宾馆的阳台上

在蓝莓小镇宾馆的阳台上
架起目光　慢条斯理地巡视根河
不时掠过林梢的鸽群
嘹亮起神秘的哨音

城里人奢望的飘着白云的蓝天
在游子心旌上那么的蓝
蓝得像根河水一样透明
无法描摹的诗意
那么蓝
蓝得拽着秋尾巴的蝈蝈叫声连片

任谁把心灵放牧在蓝莓小镇
生命的源头　总会有爱意初萌
看见大雁排着"人"字掠过长空
它们已习惯根河水花的波澜不惊

山上一定有许多大树盘根错节
近的如归客
盘桓于父母膝前
远的是游子

萦梦在故园窗畔

哪一座山是栖息心灵的家
哪一条河里漂泊故乡的船

为什么　一旦融入蓝莓小镇
就一定与她在梦里相依相伴
为什么　一次次抵达根河源
胸腔里总有根河水在逐波扬帆

2022年9月

根河，静静的山 水 人及其他（组诗）

丁永才

心向根河

从掠过原野的车窗望出去
除了星星点点的蛇见愁花
扑入视野的都是金色

想一下春花和不久以前的夏雨
秋霜不声不响就染白了角角落落

只能从车窗内眺望外面的精彩了
旷野上那些视线不及的阡陌呢
用心倾听那如歌的风声
表情却和山林一样丰硕

就做森林里的一棵树吧
在那条有根的河畔
注目一次
足以用一生述说

247

根　河

曾经不止一次地设想
抵达那条被叫作根河的河流时
我是否应该欢呼抑或嗨歌

一次次梦里真的与根河相拥
桦皮船在浪花里穿梭
河岸红遍竞赛的渔火

步履匆匆丈量不出实距吗
我从景观大道东疾步城西
根河一次次成了取景框中的衬托

那些清亮亮的河水
不论我欢呼抑或嗨歌
都波澜不惊地流向天高地阔

就这样平静与舒缓的根河
被聪明的根河人
用景观大道彰显气魄

万木争荣的日子
根河倒映林涛

白雪皑皑时锁住远山的巍峨

木屋度假村的清晨

这个清晨

被鸟叫声吵醒

天空描摹水洗过的蔚蓝

云朵飘逸蝉翼般的轻盈

晨风舞不乱木屋的平静

满树的红叶和秋霜

也掩饰不住诱人的透明

木屋度假村旁的根河也触景生情

忙碌的浪花

书写着从冷极走向热情的梦境

我不只寻章摘句

我还尽享摄人魂魄的风景

冷极湾

奔跑的秋意任谁也拉不住

冷极湾的水一瞬间彻骨寒凉

岸边的树被秋风挟裹着

让谁的目光在鹰翅上翱翔

秋风在枝头悄然挂霜了吗
透过满坡稠李子树的芳香
成熟让这些垂涎欲滴的野果
更拼命地接近阳光

狂草的"冷"字写就思考的命题
谁的呼唤飞着飞着就迷航了
我们一群与诗歌为伍的行者
留在冷极湾栈道上的诗情
一寸一寸温暖了前行的方向

敖鲁古雅人

敖鲁古雅人是漫山遍野的树林
风雪不断地雕琢之后
腰杆儿依然挺立自豪

既然活得像无拘无束的树
就柔中带刚不乏岩石的劲道
可在荆棘遍布的山林中
敖鲁古雅人总是活出骄傲

从不管雨多大雪多狂

敖鲁古雅人见怪不怪

只管走自己的路

美好未来总是让他们不断奔跑

撒一程鹿铃儿抑或小曲

能勾画出祥云分外妖娆

鹿 殇

被绳索束缚住自由的鹿

一闭上眼睛

黑夜就从天而降

敖鲁古雅呼吸星光

驯鹿群却被劫入另一片天网

灵魂里还飘荡苔藓和蘑菇的清香吗

笼罩了半睡半醒的黎明

驯鹿你还想驰骋大森林吗

驯鹿你渴望沉醉霞光里吗

岁月把你的蹄花雕刻成幻梦

没有阳光抚摸的日子长满苔藓啊

我的酒杯　醉倒

在越冷越热情的根河

半梦半醒中的我

把驯鹿用自由喂养

"517"停伐纪念地

我在 2015 年 3 月 31 日
那场姗姗来迟的雪花中
失却了听惯半生的顺山倒歌唱

那时　天空高远而苍茫
众鸟也恍若在头顶喧闹
翅膀穿枝而过自由地飞翔

我的目光游弋自然的恩赐
泥土与阳光的璞玉
天空之下最纯粹的乐章
在我穿越无数次寒冷之后
愿如此众多的温暖
把前行的步履迈得斗志昂扬

"517"停伐纪念地
满面喜色地告诉四海八荒
天之骄子般的森林
不会再有丝毫的损伤

马兰湖

你诗意的名字就叫马兰
马兰花簇拥在你的身边
你驻足的地方是人间仙境吗
抑或鸟儿们青睐你的芳颜
它们扑闪着双翅
春夏秋在你的头顶流连
让我也痴痴地守护你吧
这位最垂青你的汉子
来自飘荡诗与远方的草原

在你的水面
我品咂出岁月的苦辣酸甜
白云钟情的湖水
还在被阳光一一历练
而大草原已绿
鲜花正一朵朵惊艳
马群奔突的景色远在天边

马兰湖　你把我的心情豁达一万倍
我把你凝为一个梦幻

在根河　找寻一个朋友

我的梦里深埋着你的影子
你的存在像夕阳下的白桦林
相偎着众多的伙伴
却独自扬着高傲的心旌

找寻一个朋友
那时间就像歌谣爬过静岭
冷极点在悠长的意念中
让我尽享甜蜜与寒冷

找寻一个朋友
是一辈子的事情
有时　你是眼前的那座山岭
有时　你是森林里那座
孤寂的木刻楞

只能沉默着行走
思念像九十九道湾的根河
最静谧之时泛着波光与灵性
你的声音依旧像太阳的光辉吗
在许多时候
住满我高洁的秉性

飘荡哈克的诗情（组诗）

丁永才

家在海拉尔河边

家在海拉尔河边

家就是一群夜伏昼出的牛

吸吮着海拉尔河的乳汁

哞哞叫着扭转岁月的节拍

所有的列祖列宗

以及子孙后代

就是那些啃不完割不尽的青草

一茬又一茬

在生活的刀光剑影下

寂寞地死去潇洒地活来

哪怕哺乳的姿势千年不改

白云般的乳汁

亘古鲜活着我们的血脉

结对子的农民兄弟

在下基层启动仪式上
我握疼你布满老茧的手

尽管你的脸膛生疏
可一听乡音
我便认定你是乡情浸润过的玩伴

远离故土
才知乡愁是最美的花团
久别亲人才知朋友是宝石的璀璨

今夜我已斟满一壶老酒
等你举杯共饮
问满山麦子熟否
问走失的乳牛是否找到家园
问海拉尔的和风细雨
是否给那片黑土地带去丰收的期盼

父亲的大手

父亲的大手很软
小时候我坐在上面

常常忽略露天电影的情节

父亲的大手很硬
偷了邻家鸡蛋的大哥
被它扇得团团打转

父亲的大手很脆
晚年风湿病困扰指关节
让我在城里隐隐作痛

妈妈的尺子和针

妈妈有一把尺子
一把尺子
却刻着兄妹五个的
胖瘦和身高
妈妈用尺子量着日子
兄妹五个　亲情却
不差分毫

妈妈还有一根针
穿针引线的妈妈
让家人衣着光鲜
在人前活得体面骄傲

妈妈呀　关于您的尺子和针的故事
今天我都想凝练成诗歌
细细密密融进血脉
让思乡的情怀伴我天荒地老

农民老宋

麦子丰收了
滚圆的麻袋整齐码进庄稼院儿
农民老宋的心是一座粮仓

青贮玉米犹在铺排绿意
膘肥体壮的乳牛咀嚼草香
老宋俊俏的媳妇与那群春天一起莅临的牛犊
被夕阳镀上一身金黄

渐渐粮仓空旷了
老宋又成了一块秋翻的土壤
他和乡亲在黑得发亮的地头喝着老酒
等待来年春忙

哈克湿地

太阳点石成金的手
灿烂地伸过山巅

指向海拉尔河

指向我们波光粼粼的时间

河流的锋利

在哈克的原野上闪着青光

我们追逐水波款款走进秋天

在河岸　寻找

山丁子与玫瑰果魅人的盛宴

山南蛰居的扎罗木得村

农人依旧朴素在家长里短

他们却年年草根一样坚信

湿地泛黄之后必然绿染天边

春风会翻越山脊和日历

来与草原和骏马攀谈

哈克博物馆

除了历史

谁也无权滥用颂歌

面对沉默的海拉尔河

谁还敢说自己的灵魂

高贵　朴素抑或纯洁

多么熟悉的古代小院

石斧　铁剑　长矛编织的岁月
哈克先民犁沟似的皱纹儿
写满了生活的艰辛与决绝

战场上古老盔甲的呐喊
被浓缩成历史一页一页
祖先的典籍和服饰在辉煌地展览
灯光下金属的声音冲撞视野

那些漆黑　忍耐的乳牛
以青草般的目光描摹哈克情节
谷物在丰收的文字之上
越过想象边缘的诗画
成为灰烬燃烧的凝结
失落的马蹄和鞍鞯
使鲜血像芬芳的草开满陆地
大野是你伏下的翅膀吗
飞翔着沉默　洁白的岩石
如一面失却的古代军旗
倾听　默念哈克钻石一样的名帖

雁荡山情事

丁永才

日出　雁荡山
只一瞬间，你我视野富丽堂皇
雁湖岸边摇曳芦花的苇荡
也尽染故乡草原一样的朝霞
似乎与亘古恒久的金镶玉同框
我和你相亲相伴多年后
第一次真实地陶醉在雁湖岗

细数灵峰灵岩大龙湫这"雁荡三绝"
不断翻晒的以往
心羡南归的大雁在湖面上结对成双
我和你也在品咂温馨又磕绊的时光

想当年　青春飞扬
你我相约游历秋色雁荡
设想在灵峰夜色、灵岩飞渡中
品读爱情故事的馥郁芬芳
酝酿在三折瀑、雁湖畔
谱写情感升华的乐章

一次次心灵律动地邀约
又不得不面对爽约的难堪与颓唐
脸颊爬满了岁月的刻痕
鬓角浸染了经年的风霜
我们真正做回了自己
激活偏安心之隅的梦想
那闻名遐迩的"东南第一山"
还在翘首以待我和你
那奇峰怪石、飞瀑流泉
犹在欣喜若狂地把我们张望
那雄嶂胜门、凝翠碧潭
依旧为迎迓我和你
备份了无限妖娆的风光

而今，我们怀揣草原家乡
追随大雁南翔诱惑的翅膀
享受到雁荡山赐予人间
最美日出的辉煌
我们真像一对对虔诚的仰望者吗
在芦花写意　大雁渲染的意境中
将如画的江山倾心瞩目
也把至死不渝的爱情尽享

今天，阳光烘暖心房的日子

我又忍不住对你誓言铿锵
没有谁能阻拦我前行的脚步
除非你情思的翅膀翻越雁荡山
不断拍打我的心窗

伟人毛泽东

——写在毛泽东诞辰 130 周年之际

丁永才

如果时间能够倒流
我就能够见到您

您从韶山的红杜鹃丛走出
点燃井冈山革命的星星之火
您从杀机四伏的草地走出
您从白雪皑皑的高山走出
飞机大炮摧不毁您筑成的血肉长城
围追堵截拦不住您拯救中国的步履
吃草根儿、野菜和皮带挺立起钢铁般的脊梁
红米饭、南瓜汤喂养的民族精神
推翻了压在人民头上的"三座大山"
您带领先辈们浴血奋战
让新中国的曙光冉冉升起

尽管时间没有倒流
我还是清晰地看见了您

您从我小学中学的课本里走出
您从我大学的历史教科书中走出
人民跟着您走出了水深火热
历史跟着您走进了厚重之旅
人民的心中永远矗立着您
历史的篇章里永远巍峨着您

您因活着而享有了真理
您因真理活得非常诗意

井冈山上旌旗在望　鼓角相闻
您率众上下一心　让敌军宵遁
湘江北去　橘子洲头
您在问苍茫大地　谁主沉浮
挥手间——
百万工农齐踊跃
横扫千军如卷席……

尽管时间没能倒流
我还是真真切切地感受到了您

剥开岁月的伤口
您在大地深处
您沉睡的灵魂和我生命的呼吸

连在一起

我仍能看见您的微笑

在梦中分外灿烂

我仍能听到您朗诵的诗句

像和风细雨又似大江东去……

一代伟人毛泽东

我常常怀念您

在生活之外　在天地之间

并常常想

虽然您魂归天宇

但有许许多多人像我一样把您追忆

父亲的黄杆子马

丁永才

年迈的父亲躺在女儿为他精心铺就的病床上，已经几昼夜粒米未进了。他那渐渐失去光泽的双眼望着围拢在他病床边的儿女们，嘴角费力地蠕动着，不时发出不连贯的声音："我……的……黄……杆……子……马……"

我知道，让父亲在弥留之际还在牵肠挂肚的，那是四十多年前的事儿了。

在我呱呱坠地的那个有烈酒而不通铁路的小村，父亲给生产队放牧过一个由牛马驴骡组成的畜群。每天天不亮，他便跨上他的黄杆子马向科尔沁草原深处的圈牲畜的棚圈飞奔。他要赶在露水掉落之前打开圈门，让大小牲畜吃上带露水的鲜草。因而，他放牧过的牲畜个个膘肥体壮、油光锃亮……

那时，我在远离村子的兴安中学读书。每天一大早总是连跑带颠儿地往七八公里外的学校赶，春夏秋三个季节还好度过，三三两两的同学结伴穿梭在青纱帐遮蔽的乡间小道上，微风吹拂起我们凌乱的黑发，聆听一路吹着口哨般的鸟叫以及自己一会儿河南一会儿河北跑调儿的歌声早早地奔向校园。每个姗姗来迟的周末，都被我们当成节日来过。头一天晚上放学回到村子，我总跑到一个姓范的同学家借上一本书。第二天父亲起床，我听到动静也立马睡眼惺忪地爬起来，强烈要求替父亲去草原上放牧。父亲总是在千叮咛万嘱咐之后极不情愿地把马缰绳塞到我手里，我兴奋得顾不上吃饭，揣上一个玉米面大饼子便跨上黄杆子马向草原深处飞奔而去。不多时，我到达蜂迷蝶恋、百花撩人的草原深处。随着圈门吱吱扭扭地打开，牲畜们潮水般地涌出棚圈，撒着欢儿奔向水草丰美的草原。我卸下马鞍子，把黄杆子马的腿绊上，也让它去草原上掠食可口的青草。我从怀里掏出带着体温的大饼子，就着咸菜疙瘩几口吞下。然后，打开借来的图书，躺在向阳的山坡上贪婪地啃读起来。好多文学名著诸如《三国演义》《水浒传》《西游记》《青春之歌》《林海雪原》《钢铁是怎样炼成的》《小兵张嘎》《三毛流浪记》《七侠五义》《三言二拍》等我都是那时候磕磕绊绊地读完的；许多鲜活的人物比如赵云、孙悟空、林道静、杨子荣、保尔等不时闪现在我的眼前，我与他们同喜同悲、同歌共舞……不知不觉大半晌儿光阴悄悄溜走，突然想起四散在草原上的牲畜，连忙跨上黄杆子马把牲畜们聚拢到附近，又躺在绿草地上贪婪地读起书来。冬天，是小伙伴们一年中最难熬的日子。那时候，天气出奇地冷。早晨起来，家里的门经常被暴雪堵住，费尽力气推开门，我们消失在风雪弥漫的村道上。肆虐的寒风从衣袖和裤腿儿钻进棉袄棉裤里，我瘦弱的身板儿像被寒风抽打一样战栗着。往日时光里的小棉袄、大裆儿棉裤，根本抵御不了来自西伯利亚的寒流。风裹着雪粒儿打在脸颊、手掌上，像刀割一样疼痛。高中一毕业，我接过了父亲的马鞭，开始了与黄杆子马耳鬓厮磨的放牧生涯。与黄杆子马朝夕相处的一年多里，我曾无数次在清亮亮的小河边给黄杆子马刷洗身体、梳理鬃毛，在田间、地头给黄杆子马割可口的青草，在生产队收割后的希望的田野里捡棒子、高粱穗、黄豆粒犒劳黄杆子马。

我至今难忘的是黄杆子马曾有两次救我于危难之间。

第一次是在一个春暖花开的日子。

我像往常一样，把畜群赶到草原上觅食。我在不远的山坡上目光追寻着畜群，黄杆子马温顺地在不远处啃食着青草。忽然，乌云翻滚而来，霎时草原和畜群被乌云遮蔽，几声炸雷响过之后，一道闪电撕破天空。顿时，大雨倾盆而下。受到惊吓的畜群被狂风暴雨裹携着逃向草原深处。我惊惶地呼喊着黄杆子马，风雨中黄杆子马嘶鸣着奔向我。我慌乱地鞴上马鞍跨上马背向畜群追去。刚跑出百八十米，马鞍子转鞍了，我被甩下马背，一只脚还伸在马镫里。黄杆子马拖着我的身体狂奔着。我声嘶力竭地叫喊着"救命"的同时，手死命地拽着马缰绳。一会儿，黄杆子马奇迹般地停下了。我得救了。没顾上检查身上的伤处，我重新鞴好鞍鞯，跨上黄杆子马，向畜群逃走的方向追去……风停雨住之后，我费尽九牛二虎之力终于找回了畜群。我把畜群关进棚圈之后，才来得及仔细观察自己的狼狈相：衣服破了，手臂和脚面渗着血，浑身上下火辣辣地疼。黄杆子马乖巧地把我驮回家。妈妈一边给我擦拭伤口，一边埋怨我："十几岁了，不知道小心点儿，摔坏了咋整？"我强忍着皮肉之痛，不争气的眼泪却扑簌簌地砸在脚面子上。事后想起那次历险真是后怕。要不是黄杆子马及时停下来，轻则是我的一条腿被拽断，重则恐怕连小命儿都难保了。自此，感于黄杆子马的救命之恩，我把黄杆子马当成了兄弟，黄杆子马也视我为伙伴，与我不离不弃。

还有一次是在夜里。听说公社电影放映队来到了邻村。我给黄杆子马带了点儿草料就骑着它去看电影。那晚，很奇怪的是本来晴空上群星闪烁，没想到电影刚演了一半儿，暴雨又倾盆而至，看电影的人们四散而逃。等我鞴上马鞍，偌大的场地上只剩下我和黄杆子马。漆黑的夜幕像被大铁锅扣住一样伸手不见五指。一时间，我分不清东南西北了。慌乱中更找不到了回家的路。我费力地爬上湿漉漉的马背，信马由缰地任由黄杆子马驮着前行。黄杆子马驮着我，在雨幕中颠簸着，好半天终于回到了我家所在的村口。我见到了在雨水中焦急地等我回家的妈妈，明白了是黄杆子马领我找到了回家的路。看来，父亲讲过的《老马识途》的故事果然没错。

后来，我的恩师王俊富捎信儿说公社要招考民办教师，我在恩师的鼓励之下参加了考试，以总分第一的成绩，被录取为民办教师。在村里小学的三尺讲台上，我认认真真地传道授业解惑了近两年，始知书到用时方恨少。我想，知识相对匮乏的我，不能再愧对孩子们渴望求知的目光了。教学之余，我起早贪黑地努力自学。功夫不负有心人，1980年7月，我参加了高考，不久，接到了内蒙古民族师范学院中文系的录取通知书。父亲用黄杆子马驾车拉着简单的行李把我送到公社汽车站。我生平第一次走进了城市，迈进了大学的门楣，开始了四年如一日的教室、图书馆、阅览室的青灯黄卷之苦读。在读了大量文学名著特别是艾青、贺敬之、聂鲁达、勃朗宁夫人等中外诗人的作品之后，我也有了写诗的冲动。于是，课堂上、阅览室里以及大学宿舍那架吱吱作响的板床上、校园的林荫小路旁，我写起了那令人激情澎湃的学名叫诗歌的东西来。大二后，我便有诗歌在《科尔沁文学》《哲里木艺术》《兴安文学》《哲里木日报》乃至《中国青年报》等报刊上发表。我被选为院刊及广播站的编辑、星河诗社社长……

大学四年寒暑假，每次一到家，不顾旅途的劳顿我便跑进马圈去看望黄杆子马，每天给黄杆子马打扫棚圈、割鲜草、梳理鬃毛，牵着它去村北的河沟子沿儿饮水、吃青草……每个假期过后，黄杆子马总是毛顺了、亮了，背上的肉厚了，它精神抖擞地驮着我去草原放牧畜群、去十五公里外的前河村看望我的姥姥姥爷、舅舅一家，去十里八乡看望阔别的恩师、同学。那时，乡邻们总看见黄杆子马乖乖地驮着我一溜小跑地穿梭在草原上、田野间、河滩里……每次，我告别父老乡亲重返校园，父亲和黄杆子马都把我送到公社汽车站，父亲千叮咛万嘱咐，黄杆子马也流露出依依不舍的神情。有一次，黄杆子马竟然叼住我的衣襟不让我上长途客车。父亲生气地高举马鞭子制止它，它也不松口。直到司机师傅不断地摁喇叭催促我上车，黄杆子马才惊惶地放开我的衣襟。我一步三回头地登上大客车，透过车窗玻璃望着父亲和黄杆子马渐去渐远的身影，再一次感受到了别离的痛楚。

不久，随着农村改革的步子加大，土地承包到户，生产队的牲畜也分给了个人。弟弟来信说父亲不顾家人的反对，跟队长请求要了日渐衰老的黄杆子马。自此，乡亲们每天看到父亲吆喝着老黄杆子马在我家分到的几块田垄里挥汗如雨地劳作。父亲与黄杆子马辛苦了好几年，也没有从根本上改变我家贫穷的困境。我大学毕业了，弟弟妹妹也相继考进了中等专业学校的神圣殿堂。父亲头发花白了、腰累弯了，黄杆子马也一天比一天瘦弱了。干不动太多活儿的父亲，退掉了路远、产量低的坨子地，只留下六亩旱涝保收的水田。每天天还没亮，父亲和黄杆子马准时出现在水田边，黄杆子马在沟塘里的草地上笨笨磕磕地啃食青草，父亲在田野里兢兢业业地播种、除草、收割。在迎来日出、送走晚霞的晨昏交替中，父亲和黄杆子马渐渐老去。父亲舍不得再骑黄杆子马，黄杆子马依然瘦骨嶙峋地老下去，甚至连走路都东倒西歪的了。一天下午，黄杆子马一头倒进村北的小河沟儿，父亲又拉又拽，它咋也爬不起来。父亲无奈求村里人把黄杆子马拽上岸，用板车拉回家里，精草细料地伺候着，黄杆子马却吃不进东西了。三天后一个伸手不见五指的夜里，黄杆子马四肢挺得直直的，几颗浑浊的泪珠儿挂在脸颊上。父亲摸了摸黄杆子马的鼻孔和胸膛后沉重地说："黄杆子马老死了。它的魂灵跑到草原上找它的父母、兄弟姐妹们去了……那里是天堂。"

　　天刚放亮，父亲找来了村里的能人二大爷，求他料理一下黄杆子马的后事。二大爷又喊来老笨、小哑巴等一帮弟兄帮助剥了马皮、割掉头颅和四蹄，又把肠肝肚肺掏出来放到大洗衣盆里。父亲一声不响地在菜园子一角挖了一个大坑，让二大爷把黄杆子马的头、蹄、下水埋到坑里用土填平踩实，然后把一棵小白杨插到土里浇上水，算是把黄杆子马下葬了。父亲让二大爷把黄杆子马的肉分给了乡亲们，又到供销社里买来猪肉、白干酒，从菜园子里摘了菜，吩咐妈妈和二大娘做了一桌子可口的饭菜招待二大爷等帮忙的乡亲们。父亲陪着二大爷一帮人喝酒，二大爷没喝好他却醉得不省人事，和衣躺到炕头上一觉睡到第二天下晌儿。醒来后，父亲踉踉跄跄地爬起来，喝了一大瓢拔凉的井水，用手擦干净嘴巴子，趿拉着鞋走到菜园子昨天刚栽下的小树旁对小树抑或是对黄杆子马叨叨咕咕地说："老伙计，你放心地走吧！那边儿是天堂，你去享几天清福吧。这辈子跟着我受累了、吃苦了。对不起了。老朋友走好吧！"父亲掏出旱烟和纸，卷了一支烟点着，在小树边站了半天，直到烟头儿烫到了手指，才从愣怔中醒来。自此以后，父亲依旧迎着朝阳送走晚霞去田间劳作。但是，身前身后再也没有黄杆子马像影子一样的陪伴。

父亲明显老了。他的眼睛不再有光泽，腰更弯了。有时，邻居们看到他默默地坐在田埂上发呆。他好像心思越来越不在庄稼地里了，我家尚好的水田逐渐荒芜了，以至于两三年几乎没有收成。看到父亲在他的黄杆子马死后变成了这种状况，弟弟中专毕业后把父母接到通辽去定居。不久后，父亲开始在街边摆摊儿修理自行车，夜里给人看管家具店，赚到了进城后的第一桶金。只是烟抽得多了、酒喝得勤了。睡梦中不时呼唤他的黄杆子马。

每逢我们兄妹几个回家过年，他讲得最多的还是他与黄杆子马的故事。讲到动情处，父亲的眼角潸然地滚下一串串泪珠儿……

时间真如白驹过隙。一晃儿，我告别生我养我的故乡科尔沁来到呼伦贝尔大草原四十年了。四十年里风风雨雨、坎坎坷坷，每当遇到挫折或不如意，想想远在故乡的父母暖暖的带着鞭策和期望的目光，想起黄杆子马不畏艰险、不惧雨雪风霜、勇往直前的精神，我便浑身充满力量很快战胜一切困难，逐步走出人生的低谷，迎来一个又一个前路的辉煌。

2020年12月，政协内蒙古自治区委员会召开全自治区政协委员读书会，我代表呼伦贝尔市政协和民盟呼伦贝尔市总支委员会报名参会。我拿什么内容来突出主题呢？苦思冥想中，"蒙古马精神"一词跃然纸上，联想到父亲和他的黄杆子马，我眼前一亮。很快，我以《蒙古马精神引领草原儿女奋勇向前》为题写出了演讲稿。12月31日，政协内蒙古自治区委员会大礼堂灯火通明、座无虚席。经过近一周的反复润色和精心准备，我在众多政协领导、干部职工、各盟市领队及代表亲切目光的鼓励和鞭策下登台进行了读书分享，我慷慨激昂地脱稿讲完后，偌大的政协礼堂响起经久不息的掌声。我知道，我之所以成功，是因为我的稿件以黄杆子马为故事原型，诠释了蒙古马吃苦耐劳、甘于奉献、忠于职守、勇往直前、坚忍不拔、自强不息的精神；这不仅紧扣时代发展的脉搏，还彰显了草原儿女奋发向上、建设祖国北疆靓丽风景线的雄心壮举。后来，在受邀到政协大礼堂演讲的七位行业精英中，只有我的演讲稿被全文刊登在政协内蒙古自治区委员会的刊物《同心》上。

父亲的黄杆子马长眠在老家的菜园子里，那棵插进土里的小树已经出落成插入云端的大白杨。粗壮的大白杨枝繁叶茂，早已长成栋梁之材。接手我家房子和院落的转业兵老张几次想砍掉大白杨做房梁，我听说后极力劝阻，他不得不改变初衷。多少次梦境中我又跨上黄杆子马，马蹄嗒嗒如战鼓声声敲击着横无际涯的大草原，大草原上河水滚滚东逝，朵朵鲜花铺排进我这个游子的视野。黄杆子马越过小河、翻过沙丘，勇往直前地奔向苍茫辽阔的远方……

如今，我告别了工作岗位，加入了游历祖国大好河山的退休老人行列。每每流连于青山绿水间，我的内心总有一些愧疚和不安。父亲进城后没享受过几天清福，便加入老年打工人的队伍。如今，他老人家已经84岁了，因病卧床也有五年了。近日，他的身体每况愈下。我知道这位饱经沧桑的耄耋老人必将告别亲朋好友，驾鹤去另一个世界，他曾说那里生活着他的爸爸妈妈以及父老乡亲，还有他深爱的黄杆子马，他迟早要去看望他们。到那一天，他是否还会像年轻时一样，弯下草原男子汉大山一样的身躯，跨上心爱的黄杆子马奔向宽阔的大草原深处？那里是否还一如四十年前碧草鲜花铺排到远天？

我还真的猜不准、说不清。

我可能在外流浪太久了，该回一趟村南大野芳菲、村北村西小河欢歌，村东断断续续的新开河像挂在大草原腮边的眼泪，有水时汹涌澎湃无水时风沙弥漫的故乡了，去看看总爱来萦我梦的父老乡亲，看看那些已经满脸胡楂子和皱纹的童年玩伴，还有长眠于菜园子里的黄杆子马以及那棵直插云端的大白杨……

让我牵肠挂肚的你们都好吗？

离家四处漂泊的我，走到"儿童相见不相识"的村口，挚爱着的故乡还会敞开宽厚的怀抱欢迎我吗？

我期待着那个怦然心动的时刻。

四方山遐思

丁永才

从来也没有哪个地方让我如此倾心，两年内让我或者开车或者坐飞机不下四次长途跋涉风尘仆仆地走近她。

以前曾不止一次地听过"登上四方山，一步一重天""摸摸火山口，再活九十九"的传神之说；也曾不止一次地听过未禁猎之前，猎人们进山打猎，只要拜过四方山，没有空手而归的故事；也曾不止一次地听过赤脚大仙与长毛犀精大战四方山，最后长毛犀精落荒而逃，四方山保佑生灵平安的传奇。这一切更让我对四方山平添无限遐思。我也曾不止一次地暗下决心，有朝一日我一定登临四方山，不期望"再活九十九"，只要能领略到"一步一重天"也就心满意足了。

2015年9月金秋，我终于如愿以偿。参加毕拉河旅游文化笔会的一行人从林业局所在地诺敏镇乘车奔向远方巍峨之中的四方山。一路上文人们有的眉飞色舞地聊着天，有的唾液横飞地讲着社会上盛行的段子，有的闷声不响地欣赏着窗外的景致，有的鼾声如雷地养起了精神。车窗外，一会儿大片的白桦林闪过，一会儿满眼的落叶松横无际涯，一会儿金黄的大豆铺排视野，一会儿野鸭飞翔的湿地夺人眼目。果真是三步景连景，五步天接天。要不是路有些崎岖不平，真想让汽车一路载着欢歌笑语，一路行在画图中永不停歇。

经过一个多小时的颠簸，汽车在一座被绿色环抱的大山脚下稳稳地停住。同行的工作人员告诉大家：四方山到了。文人们鱼贯而下，我仰望着近处的山峦，突然有些懵懂，那个在诺敏镇远望规规整整的四方山就是眼前咋看都不成形的圣山吗？莫非我在霍日高鲁湿地以及达尔滨罗景区远望的四方山也是你的蜃楼般的幻影？沿着刚刚修好的栈道，我随着人流机械地向上攀登着。我迷迷糊糊地想象着，也许火山口是方形的吧？也许方形的树林是远望时的错觉吧？也许那传说中的天眼是方形的吧？

一次又一次/我以虔诚的姿势对你仰望/今天，我终于抵达/你圣洁的心房

我只是想眺望一下/传说中的天眼的模样/顺便再摸一摸/你神圣的额头/和让人心旌摇荡的山梁

呃 四方山/不管你是山花飘香/还是郁郁苍苍/抑或层林尽染/甚至白雪漫岗/任何时节登临你/都是我内心最美的芬芳

心里默诵着这首小诗，我缓缓地向上登攀。

随着视线的伸展，山上的景致也在一层层变换。一会儿榛树丛丛牵绊，一会儿柞树枝枝相连，一会儿野罂粟晃眼，一会儿红玫瑰亮目，一会儿满树橡子彰显成熟的秋颜；一会儿柞叶泛赤，一会儿柳林吐绿，一会儿杨枝挂黄，一会儿远山含翠，一会儿近岭飘红。这相对高度只有260米、海拔933米的并不算太高的山，我们走走停停一路流连，竟然近两个小时才登临顶峰。峰顶平台上有一座造型别致的小楼。据说，这是护林防火人员的住地。是林业局两千多职工用一周时间背上建筑材料修建的。如今，这座小楼连同护林人精心种植的樱桃、蔬菜、

各色各样的花，和饲养的哼哼连声的黑猪、嘎嘎乱叫的白鹅，成了山顶的一道抢眼的景观。文人们争相与之合影留念。

休整片刻之后，该是今天登山的重头戏上演了——远望和近摸火山口。

穿过一大片高大金黄的柞树林，我们来到一个高高耸立的防火瞭望塔下。尽管有些恐高，但怕错过领略奇美之景的机会，我还是半闭着眼睛摸上了塔顶。在塔顶平台上立稳脚跟后我大睁双眼望向远方，南侧是横无际涯的混交林，不时有林涛叩击着耳鼓；西侧逶迤的群山依然与绿色相拥，根本望不到边际；北侧也让人仿佛徜徉在一片悠然的意境中，落叶松、樟子松、白桦、黑桦、杨树、柳树、黄波椤、榛子和一些不知名的树种组成绿色方阵，面对它们，让人陡生一种君临天下的帝王之感；东侧尤显奇异之象，参天大树之隙一个巨大的火山口承接着茫茫天宇，尤为不可思议的是窥探不到火山口底部的秘密，那个与苍天相接的传说中的天眼藏在哪里呀？带着满腹的疑问，我又战战兢兢地摸下防火瞭望塔。

我得去找寻找天眼，一直看不见她，我已有些迫不急待了。

顺着塔基往北走在林间缝隙之处，有一条看得不太真切的小路，它通向哪里呢？管不了那许多的疑问了，我摸索着向前走去。小路很松软，积年的落叶和茂密的野草铺在脚下，仿佛走在厚厚的地毯上。地毯的边缘是一片林立的怪石，其中有一块怎么看都像古代将军的头盔。后面的当地人告诉我，那就是大名鼎鼎的将军岩。这块奇特的火山岩，底座直径约一米，高度约三米，这个身材高大的"将军"，比护林人还早来了亿万年，忠实地守护着这片大森林。不管刮风下雨，始终坚守着岗位。我不禁心生敬畏，向他默默地行了一个军礼，心里默念着：将军，请您多保重！

告别了将军岩，我幡然醒悟，火山口在东侧，天眼应该也在太阳升起的方向。我加快脚步向东走去，果不其然，走了百十米的距离，巨大的火山口就呈现在了眼前。但是传说中的天眼还是没有展露芳容。我又往北走了十几米，侧目再看火山口，突然望见火山口底部一湖如镜，蓝天白云映在镜子里，护林人养的那群大白鹅在镜子里欢快地用红掌拨着清波。火山口长约500米，宽约300米，林区著名作家顾玉军先生告诉我，这个与天神相接的天眼久旱不涸、久雨不溢，恰似一块镶嵌在高山之巅的美玉，让人陡生怜爱。

顺着火山口北侧再往东走，眼前火山石耸立，根本无路可寻。我和几个胆大的文朋诗友小心翼翼地爬了上去，这里却是观赏火山口和天眼的绝佳之地。远望林海莽莽苍苍、漫无边际，近处天眼仿佛就在脚下，伸手可及。真乃天人合一的佳境，怪不得鄂伦春人把这座山奉为神山呢。走近她，我也觉得她的确存在一些令人费解的神秘色彩。比如远观四方山四四方方，近看抑或登临其上却发现她呈不规则状；比如天眼中的水是从哪里来的？为何她久旱不涸、久雨不溢？比如长于南方湿热土地上的名贵树种黄波椤是怎么在四方山干冷的火山石缝中顽强地繁衍生命的？带着这么多疑惑，我们继续向东侧行进。前方没有路，到处是刀劈斧砍般的峭壁。费了九牛二虎之力，我们爬上了制高点——又一座防火瞭望塔处。此塔不像西侧那座那么巍峨，我们很快登了上去。但尽收眼底的景致却有异曲同工之妙。西望天眼镶嵌在火山口处晶莹剔透，东看花山五颜六色，南瞧彩叶赤橙黄绿青蓝紫，北瞰群山连绵郁郁苍苍。

此时，已是日挂中天，肚子也在抗议。我们不得不一步三回头地往山下走。下山的自然路铺满落叶和橡子，路畔不时有不知什么人因为什么堆起的小石堆儿。不怕人的小松鼠在石堆儿与自然路间忙碌地穿梭着，它们在收集过冬的橡子。我和一个远近闻名的词作家走在前面，走走停停之间，我的遐思却像长了翅膀不停地飞跃。我想，如果在山脚修建一座广场，广场边设一萨满祭坛，修一条环山小火车铁路，建一座高耸入云的望山塔，游客们拜山、乘坐森林小火车绕山一周、登塔观山，撩拨起他们恨不得立马上山的欲望，之后再去登山，在山顶隐秘处修建一云游喇嘛草庐，门前立一木板，上书："很久以前，一位喇嘛云游到此处，被这里神奇的景致所吸引，便驻足在此盖草房苦心修行，后坐化于深山之中的古树之下。之后，不时有萨满教和佛教信徒来此寻其圆化之地，期望早日修成正果。"岂不更具神秘氛围？不知毕拉河林业局的决策者们是否想在了我的前面？

是日下午，林业局安排我们去看望四方山的守护神——大二沟林场的管护人员。那是一些生龙活虎般的小伙子，他们父母妻子儿女在不远的诺敏镇，却因几乎常年坚守着管护区没有时间回去看望。难道他们心里没有父母妻子儿女吗？不是！是他们肩头担着防火、防盗、育林的责任，这责任比四方山还重，比达尔滨湖还大。因此，他们不敢掉以轻心。在与他们一下午的攀谈之后，我像仰望四方山上的将军岩一样，对他们油然而生崇敬之情。内蒙古文化出版社社长、蒙古族著名诗人铁山当场拍板决定：再为他们捐赠一批图书，给他们博大的精神天空增添几抹蔚蓝！

晚霞染红了林梢时，我们告别了大二沟林场。在回去的路上，透过车窗我再一次仰望到四方山，在云蒸霞蔚中她是那么方方正正，那么高大巍峨，那么让人心旌摇荡。

啊，四方山，我与你相约，明年春暖花开的时节，我还会来看你。那一定是一个美丽的日子，大森林青青，杜鹃花红红，你我的心情也郁郁葱葱。

我与《骏马》的一生情缘

丁永才

《骏马》四十岁了。四十岁的骏马正扬鬃奋蹄奔向无遮无拦的草原，远方的天堂草原也花枝招展地向骏马伸展着迷人的怀抱。

四十岁，犹如魅力十足的青壮年，神采奕奕，风光无限。屈指算来，在《骏马》四十度光阴轮转的日子里，我竟然有三十六年时间与《骏马》心手相牵，剪不断、理还乱。

1984年，秋意正闹的时节，我从英雄嘎达梅林浴血保卫的故乡科尔沁草原来到"千里草原铺翡翠，天鹅飞来不想回"的呼伦贝尔大草原。那时年轻，精力旺盛。三尺讲台传道授业解惑以外，我常常独自穿越海拉尔西山樟子松林海，抵达冰湖岸边。春羡白天鹅出双入对地游戏，夏寻芦苇荡里赤麻鸭家族欢闹的踪影而心生妒意，秋看山丁子红遍山野、稠李子压弯枝头，白雪皑皑的冬日里漫步林中小径，在"雪压青松挺且直"的意境中，感受野玫瑰红红的诗意。还不时一个人徒步北山"天苍苍野茫茫，风吹草低见牛羊"的陈巴尔虎草原。在野花迷眼的春日里，聆听百灵鸟的欢歌；于赤日炎炎的午后，在呼和诺尔湖边瞧钓鱼郎鸟叼起小鱼苗上下翻飞地炫耀，看膘肥体壮的黑骏马带着妻儿来湖边饮水、纳凉；草浪翻滚的秋日里，顺着牧马人悠扬的长调声，在无遮无拦的草原上放飞梦想；冬日里跋涉于没膝的雪野，感悟前路的艰难。清晰记得1984年滴水成冰的时节，我去日报社拜访名噪呼伦贝尔的记者乌敏大姐，热心的乌大姐领我结识了呼伦贝尔群众艺术馆《绿野》杂志主编艾平大姐。后来，艾平大姐带我拜访了《呼伦贝尔文学》（《骏马》前身）的郭纯、刘迁、何德权、诺敏老师。自此，几位老师的办公室成了我不时去叨扰的地方，我常常怀着景仰的心情拿着自己熬过青灯黄卷之苦后写就的几行小诗去请老师们指点迷津，偶尔有一两首小诗跻身于《呼伦贝尔日报》抑或《绿野》乃至《呼伦贝尔文学》的大雅之堂，我兴奋得夜不成寐。就这样，在几位老师的扶腋下，我蹒跚地走上了文学创作之路。

最难忘的是1992年底，时任《骏马》编辑部主任、著名小说家杨忠民老师迎着猎猎寒风蹬着自行车到我西山脚下的《海拉尔晚报》办公室，带来令人意想不到的好消息："经过《骏马》的领导们研究，认为你适合担任《骏马》的编辑，你愿意去吗？"《骏马》对于一个文学爱好者来说，无异于精神家园，我哪有拒之千里的道理？第二天，我就向海拉尔市委宣传部领导递交了请调报告。因为经过三年采编稿件的历练，我已经成长为海拉尔晚报社家喻户晓的记者，我撰写的《大潮里的小浪花》获得了《内蒙古日报》一等奖，与我的得意门生方飞合作的《志在航天的呼伦贝尔人》在《海拉尔晚报》刊发后被《内蒙古日报》头版头条转载。我还获得了《呼伦贝尔日报》优秀通讯员、华北晚报网"婚姻与家庭"征文奖、作品被选入《晚报文萃》等殊荣，鉴于此，海拉尔市委宣传部领导极力挽留我，无奈《骏马》对我的诱惑力太大了，我坚决请求调转。领导见我志在《骏马》，去意已决，不太情愿地签了字。我如愿以偿地走进了《骏马》办公室。

自此，有了与坐落于呼伦贝尔市职工俱乐部后面那座三层小楼耳鬓厮磨十年的经历。

那是1993年1月。寒风瑟瑟的某个冬日的一大早，我穿过厚厚的雪被下沉睡的伊敏河，来到心中向往已久的那座小楼。主编艾平大姐（已从群众艺术馆调到《骏马》几年并担任了主编）热情地接待了我，根据我创作诗歌散文的实际情况，安排我担任诗歌散文编辑。转眼间，我从《骏马》业余作者的角色转换为责任编辑，激动之余，感觉到了肩头担子的重大。那时，扶我上马的领路人刘迁老师、杨忠民老师都在编辑部，我学着他们的样子每天伏在案头不停地审阅稿件，发现一个新作者乃至一篇好稿件，兴奋得大呼小叫。从安徽来呼伦贝尔支边的知识分子刘迁老师天生大嗓门，笑声不时弥漫整座小楼，小楼里办公的人听到他的笑声都被感染得快乐起来。爱结构故事的杨忠民老师分析起作品来总是头头是道甚至滔滔不绝。负责通联的刘文大哥每天打扮得板板正正，工作起来有条不紊。我们都一天到晚埋头于办公桌上，专心致志地完成着本职工作，从没有谁说过苦、喊过累。再后来，伴随着活力四射的青年编辑高颖萍、姚广、王东海的到来，编辑部增添了新鲜血液，更加生机勃勃。

那时，办刊经费少得可怜，日子过得捉襟见肘。为了减轻经费不足的压力，我们在艾平主编的倡导下，为企事业单位或企业家撰写报告文学、与黑龙江省火电三公司合作出版纪实文学专辑、出版通俗文学专号等等，就是在这样举步维艰的日子里，一两年召开一次的达斡尔族、鄂温克族、鄂伦春族"三少民族"笔会都没有中断过。领导们想方设法与旗市领导沟通，"三少民族"笔会轮流召开的传统一直延续到今天。为了提升《骏马》的社会知名度、发现并培养新作者，我们与呼伦贝尔学院联合举办了"全区高校校园文学大赛"，与呼伦贝尔电视台、呼伦贝尔人民广播电台、呼伦贝尔日报社、牙克石酒业集团共同举办了"万山利口杯"呼伦贝尔诗歌朗诵大赛。为了争取一点办刊经费，我们找上级主管领导，跑财政局，找旗市领导、朋友。

记得一个春和景明的日子，艾平主编通过电话谈妥了一笔赞助，第二天派我去莫力达瓦达斡尔族自治旗（以下简称"莫旗"）尼尔基镇办手续取回这笔钱。那时，去几百公里以外的莫旗交通不方便，要坐火车到黑龙江省讷河市，再倒车去莫旗尼尔基镇。那天，我一路风尘仆仆地往莫旗赶，车到博克图时窗外已黑得伸手不见五指。我在车窗边与朋友通电话，两个打闹的小孩撞了我一下，我手里状如砖头的手机飞出车窗。我只好在下一个小站沟口下车，乘另一趟车返回博克图车站找手机。我心急火燎地赶回博克图，已近半夜。在车站徘徊了半宿，天刚蒙蒙亮，我找巡道工借提灯准备去铁道边找手机。两个巡道工热情洋溢地说："我们帮你找吧。"我千恩万谢地跟着他俩来到铁道边，他俩在前面找，我在后面不远处四处寻觅。谁知他俩找到后把手机藏起来了，害得我整个上午都在铁道边寻找，怎么找也找不到。

就在我心灰意冷准备放弃寻找，坐车去莫旗完成主编交给的任务时，一个打扮时髦的女人主动搭讪我："大哥，你是不是丢了手机？"我说："你怎么知道？"她说："有人捡到了，你跟我去取。"我心花怒放地跟在女人后面出了车站，走到一个僻静处，她四处扫了几眼，见没人盯着我们，便神神秘秘地跟我说："我朋友捡到了你的手机，你拿点好处费我给你拿回来。"我兴高采烈地说："我拿200元可以吗？"她说："两个人捡到的，你必须一个人给200元。"想到即将失而复得的几千元购买的手机，我咬咬牙掏出了兜里所有的钱，数出400元给了女人，要知道那年代400元相当我三四个月的收入。收到钱后女人领我到一个小商店取回了手机，我马上搭乘一辆货运火车赶往莫旗。

自此，我的心里与博克图站、博克图站的铁路工人结下了"梁子"，再乘车路过博克图站我没正眼端详过它，即使饥肠辘辘，我没再买过车站站台上的食物。多年之后，博克图青年作家刘长庆极力邀请我去博克图采风，盛情难却之下，我驱车拉着刘长庆驶过博克图老街，看过蒸汽机车，去伊列克得寻访过苏联专家木刻楞公寓，看过穿越大兴安岭的百年隧道甚至还瞻仰过当年设计隧道的苏联女工程师沙力的墓碑，后来还与文友们一起参加过"赏兴安杜鹃，品大兴安岭森林文化"笔会，我对博克图车站、博克图站铁路工人的积怨才算烟消云散。

在艰难办《骏马》的20世纪八九十年代，聚拢在《骏马》的作家、作者却如雨后春笋层出不穷，尤其是蒙古族、"三少民族"（达斡尔族、鄂温克族、鄂伦春族）作家一批批成长起来。像至今还活跃在文坛上的李黎力、袁玮冰、群光、苏华、苏莉、张华、空特乐等，像后起之秀海勒根那、苏峰、刘长庆等，都是被独具慧眼的老编辑们扶上骏马，走出内蒙古，驰骋向全国文坛的。袁玮冰的生态小说《红毛》，经《骏马》头题推出后，先后被《草原》和《小说选刊》转载，获得了内蒙古自治区文学创作政府奖——"索龙嘎"奖。1996年海勒根那被《骏马》推出《大路朝天》系列四篇并配发了他的创作谈《大地的灵气》，引起文学圈瞩目后，他又先后在《骏马》刊发了《哀号遥远的白马》《父亲鱼游而去》《伯父特木热的墓地》《寻找巴根那》《鬼湖》《鹿哨》《归来的骑手》等作品。2000年苏峰在《骏马》刊发出尚不完美的《商业老街》后逐渐走向成熟，接二连三地发表了《榛落儿》《有声世界》《摩的消失的夏天》《我没有秘密》《快餐厅》《老冯最后的愿望》《请你相信我》《风雪罕达盖》等作品，并且凭借《风雪罕达盖》老道的文字、曲折的情节、活灵活现的人物塑造获得了2018年《骏马》十佳作品奖。刘长庆的处女作《草地狼》在哈尔滨铁路局内部刊物《奔流》上刊出后，被已竞聘为《骏马》执行副主编的我无意中发现，反复修改后刊发在《骏马》头题，后被《青年文学》转载，此后，刘长庆陆续在《骏马》发表了《山隼金羽》《最后的老熊》《兴安之巅》《叫花子走过蛤蟆汀》《九百码》等中篇小说，其中他的军事题材新作获得了2019年《骏马》十佳作品奖。

不定期召开的"三少民族"文学创作笔会对编辑和作家、作者来说非常难得，《骏马》编辑部的编辑充分利用每次笔会有限的时间，不断与作者沟通、交流，给他们审读稿件，提出修改建议，甚至亲自操刀为作者修改稿子，直到达到出版要求为止。不经意之间，编辑与作者成了无话不谈的朋友。作者家里有了高兴事儿常常与编辑分享，碰到什么烦恼事儿也爱向编辑诉说。编辑去作者所在地组稿、采访，作者给编辑提供方便条件。以至于我因为工作变动的原因离开《骏马》后，作者来海拉尔大都到我的办公室坐坐，看看我或跟我聊聊创作情况和创作计划，也都信赖地把自己的得意之作交给我出版。十几年来我出版过李黎力四本、袁玮冰四本、海勒根那三本、康立春三本、艾平两本、黄骁扬两本、张声隆一本等几十本著作。每期《骏马》一到手，我辄认真阅读。尽管后来我因工作变动不在《骏马》了，但我关心着《骏马》的成长。多年来，《骏马》承办的大部分笔会，但凡工作安排得开我都欣然前往。会上积极发言，会后协助《骏马》编辑审阅抑或修改稿件。我还一直担任呼伦贝尔政府文学艺术创作骏马奖汉文文学创作的评委和《骏马》十佳作品评奖的评委。看到自己熟悉的作者朋友的作品获了奖，比自己得了奖还高兴。

一晃，落脚呼伦贝尔三十六年了，三十六载光阴轮转，因与《骏马》结缘，我的业余时间变得丰富多彩。炎炎夏日里，与《骏马》男子汉文友们一起到牙克石光腚岛上游过泳、野餐过；皑皑白雪的隆冬时节光顾过辉河湿地寻章摘句；春草萌生的艳阳天去海拉尔西山樟子松林里吟过诗、唱过歌；秋日硕果金黄的日子里，流连达赉湖黄金海岸的怀抱里结构过故事、打磨过文章。于晨钟暮鼓声中，我的写作水平日渐提高，出版了《雄性意识》《未了情缘》《我的情诗》《心灵之旅》《那一年的风花雪月》五本诗歌集，《社会，在你面前》《没有翅膀的天使》（与李黎力、孟德隆合著）两本纪实文学集。我创作的组诗《我的诗与你有关》获得了内蒙古文学创作政府奖——"索龙嘎"奖。我的社会知名度也不断提升，当选过内蒙古青年创作委员会副主任、内蒙古诗歌学会副主席、呼伦贝尔市作家协会副主席、呼伦贝尔市政协文史委员会副主任、民盟呼伦贝尔市直支部主委、内蒙古文化出版社副社长、编审等职务。可以说，没有《骏马》十年工作的磨炼，没有与《骏马》三十六年的聚散离合，就没有我今天的一切。

十年的朝夕相守，三十六年的藕断丝连，促成了我与《骏马》一生一世的情缘。

如今，《骏马》四十岁了。膘肥体壮的骏马，长鬃猎猎、四蹄生风地奔向水草丰美的大草原深处，我追随着骏马，跨过锦绣山川、湖泊，抵达的是山花烂漫的精神家园。

他从草原晨曦中走来

——老一辈艺术家郭纯老师追忆

丁永才

天边的晨曦，轻轻掀开了夜的帷幕，缀满了露珠的草原，我听到了他走来的脚步声。毡房熟悉他的身影，牧场熟悉他的笑容，山川河流、飞鸟花草更熟悉那优美的旋律……

牧人出牧的吆喝声响起来了，马儿的嘶鸣声、羊儿的咩咩声、百灵鸟的欢叫声……汇成了一首草原晨曦圆舞曲，在天地间飘荡。他坐在开满百合花的山岗上，依然手指夹着旱烟，眯起眼睛静静地望着远方，仿佛又一次为洒满晨曦的草原而沉醉。

我不敢上前打扰他的屏息凝神，怕惊醒他的沉思；更怕一阵风吹来，溢出他满含的泪水。

我的尊师、同事、老乡，呼伦贝尔老一辈艺术家郭纯老师，从我的梦里走来了。二十多年间，他的音容笑貌、他的谆谆教诲、他的斐然的创作成绩，不时在我眼前浮现。此刻，我这篇匆匆而就的文章，权作是我对他的深切缅怀。

郭纯1933年10月30日出生，2000年11月14日去世。曾用笔名陶涛、闻书、郭迁等，中共党员，辽宁省义县人，进修于中央戏剧学院。曾任呼伦贝尔盟文化局创评科科长、中共呼伦贝尔盟话剧团党支部书记，呼伦贝尔盟文联《呼伦贝尔》（汉文）文学杂志社副主编，呼伦贝尔盟戏剧家协会主席，国家二级编剧。曾创作诗歌、歌词百余首，歌剧、话剧二十余部。其中歌曲《草原晨曦圆舞曲》《我心中的金凤凰》，歌剧《草原红鹰》，在20世纪六七十年代享誉全国。

一

　　1933年10月30日，郭纯出生于辽宁省义县一个贫困的农家，他两岁时，母亲患病撒手人寰，尚未懂事的他转瞬之间成了没娘的孩子。为了养家糊口，父亲把郭纯姐弟四人托付给弟弟后便远走他乡，自此杳无音信。叔叔操持一个七口之家，耕种两亩薄田难以让全家人吃饱肚子，劳作之余只好走街串巷卖糖葫芦、糖块儿，挣个仁瓜俩枣贴补家用。叔叔即便这样疲于奔命，全家依然吃了上顿没下顿，甚至连一件像样的衣服也没有。郭纯姐弟四人的到来，无疑给这个贫困之家雪上加了霜。1943年的一天，叔叔被日寇抓走当了劳工。不久，在一次矿难中死于非命。绝望中天天以泪洗面的婶子，难以维持一个贫困交加的大家庭，不得不改嫁。万般无奈，失去依靠的爷爷只好带着郭纯姐弟四人跋山涉水去寻找他那离家的儿子。一路历经坎坷，他们总算找到了在开鲁县给皮匠铺当伙计的父亲。谁也没想到，从小穷惯了的父亲却把郭纯送进了开鲁县育英完全小学。年龄最小、个子最矮的郭纯聪明伶俐，不但文化课出类拔萃，艺术门类的吹拉弹唱样样出彩。1947年天寒地冷的时节，解放后的开鲁县迎来了一个难得的艳阳天。翻身得解放喜气洋洋的老百姓扭起了大秧歌，由学校师生自发组织了一支文艺宣传队，并拿在开鲁县牺牲的作曲家麦新的名字为他们起了队名。郭纯因为有文艺天赋，被吸纳为队员。宣传队除参加轰轰烈烈的土地改革运动外，还演出文艺节目，像《兄妹开荒》《土地还家》等被他们四处演出，一时间小小的麦新文艺宣传队声名远播，好多父老乡亲也认识了打小镲、打锣、敲鼓、拉胡琴、唱表演唱的个子最矮的小孩儿郭纯。郭纯自此与艺术结下了不解之缘。1948年6月的开鲁大地，高粱、玉米等长势喜人，麦子已经灌浆，丰收在望。全县上下一派喜气洋洋。郭纯瞒着父亲，悄悄跟随十几名同学到通辽参加了中国人民解放军辽北军区哲盟军分区宣传队。穿上绿军装的郭纯当上了文艺兵。那时，东北交通枢纽通辽刚刚解放，国民党反动派仍在垂死挣扎，不时派飞机到通辽上空狂轰滥炸。郭纯和宣传队员们只好藏到高粱地里排练文艺节目，飞机一走，他们便钻出高粱地为父老乡亲演出。在那个战火纷飞的年代，战士们都是新兵，大多来自农村。年龄差距大，大的五十多岁，小的十七八岁。不论大小，清一色斗大字不识一筐。郭纯和战友刘健一起下连队搞宣传文化活动，给新兵们教唱歌曲。当刘健把他介绍给战士们时，部分战士一看来了个小孩儿，不太重视他。其中有个战士名字叫孙小二，外号"孙屁子"，专爱鸡蛋里挑骨头并爱说俏皮嗑儿。

孙小二问刘健："教员，这个小孩几岁了？"刘健："14了。"孙小二斜眼瞧瞧郭纯说："他长得没有三块豆腐高，像个土豆子似的，能教歌吗？"刘健气不打一处来，正想好好教训一下孙小二。郭纯拽了一下刘健的衣角说："我说几句。"战士们看郭纯要说话，有的鼓起了掌，有的扬着脖子等着看笑话。郭纯朗声说道："同志们，不能以貌取人。孙同志说我是个土豆，我很高兴。土豆是咱们老百姓最爱吃的一种菜，大家吃我，我这也是为大家服务。土豆学名马铃薯，营养极为丰富。孙同志说我个儿小，我今年14岁，周瑜13岁当大都督。我14岁，将来也能当大都督哪！"几句话一下子把孙小二整"没电"了。孙小二赶紧打圆场说："这小家伙铁嘴钢牙，我整不过他。服了！"郭纯当着一百多个战士开始辅导，讲怎样识简谱、怎样发声、怎样利用口型、怎样用嗓子等等。接着他教唱了《大反攻的号角响了》："大反攻的号角响了，这是人民胜利的宇宙。看！敌人一天天烂下去，我们一天天地好起来。"声音浑厚有力，拍节准确。教完一首歌之后，孙小二挤到郭纯跟前给郭纯敬了个军礼说："郭宣传员，人不可貌相，海水不可斗量。你别记仇，把我当个屁放了吧。"孙小二赔礼道歉的话引起一阵哄堂大笑。1948年9月12日，辽沈战役拉开了帷幕，部队行军的途中，郭纯所在的团队上空响起了铿锵有力的歌声："大反攻的号角响了，这是人民胜利的宇宙……"宣传队是个能文能武、一专多能的集体，每个成员都是多面手。郭纯吹拉弹唱的本领不断增强，乃至转入内蒙古东部区文工团之后，他常任铜木管乐器的演奏员。

二

郭纯老师曾经讲过这样一段话："文学与我本是无缘的。一是文化浅，二是无天赋。所以，从不奢望当作家。虽然我已经加入了中国戏剧家协会和中国民间文艺研究会，也是作协内蒙古分会会员，但至今我仍认为我是个不太合格的会员，因为我没能写出像样的作品，更谈不上传世之作了。"话可以这样谦虚地说，但成绩有目共睹地摆在那里：处女作散文《善良的额吉》发表于《内蒙古文艺》（《草原》前身）；散文《五谷丰登》刊发于《内蒙古文艺》；小说《为了真正的爱》在《呼伦贝尔日报》上连载；《在呼伦贝尔草原上》（与夏恩训合作）由上海少年儿童出版社1991年出版发行；成名作歌词《草原晨曦圆舞曲》（那日松曲）被中央人民广播电台作为每周一歌播放；广为传唱的歌曲《我心中的金凤凰》（陶涛即郭纯、秀田、刘迁、曹勇作词，那日松、郭颂作曲，郭颂演唱）；歌剧《银河两岸话友情》《林海红旗》在呼伦贝尔林区演出多场；名噪一时的大型歌剧《诺力格尔玛》（根据蒙古族民歌改编）和《草原红鹰》曾经分别代表内蒙古自治区和黑龙江省参加了华北和全国会演，好评如潮，进而让郭纯担任书记的呼伦贝尔盟话剧团风光了好长一段时间；舞剧《绿浪滚滚》（与李向晨合作）由呼伦贝尔盟民族歌舞团演出；对口词《接过张勇的套马杆》（与王忠范合作）由呼伦贝尔盟民族歌舞团演出；堪称中国第一部反映环境保护、退耕还草还牧的大型话剧《寸草心》（与王星之合作）赢得了广大观众的首肯，获得了内蒙古自治区艺术作品政府奖——"萨日纳"奖；小歌剧《月夜琴曲》（与王忠范合作）发表于《接班人》杂志，并被呼伦贝尔盟民族歌舞团搬上舞台。此外，他还有百余篇（首）散文、小说、文学艺术评论、诗歌、歌词在各级报刊上发表。

生活是创作的源泉。郭纯老师所有的戏剧作品，都是先到生活中去观察、体验，然后进入创作。1958年，鄂伦春族生产、生活方式发生了巨变，由一人一匹马一杆猎枪变为狩猎与养殖相结合。为了反映这一历史性巨变，郭纯老师率领创作组随同捕猎队进山捕鹿，和猎民一样，每人两匹马，吃住在山上，白天寻着鹿的足迹追赶，夜里就在两棵大树之间拉起一块毯子挡风，中间生起篝火，化雪水，吃冻肉、凉干粮充饥。创作组有的同志半夜冻哭了，但是毫无怨言，第二天又投入到齐腰深的大雪中继续追鹿。鹿跑不动了，人也走不动了，就爬着靠近鹿，当用尽最后一点力气抓到鹿时，大家兴奋地大喊大叫。《展翅高飞》就是这次体验生活后完成的初稿。

　　郭纯老师对于艺术创作，有着极为严肃认真的态度，他曾经多次深入鄂伦春自治旗体验生活，简直成了"鄂伦春通"了。但是，在创作《鄂伦春人》时，他又背上行李和创作组的几位合作者，一同深入到"高高的兴安岭，一片大森林"里。那是一年的秋天，头一天下了一夜雨，第二天创作组搭船渡过嫩江，再乘坐猎民的勒勒车，奔向大杨树。天时阴时晴，大家在没膝盖的雨水中深一脚浅一脚地走着。郭纯老师身边的张大起被一只乌龟一口咬住了裤脚。张大起手疾眼快，一把抓住了乌龟，就在大家高兴地以为可以饱餐一顿时，张大起不小心踩到一个水坑里，一个趔趄没站稳，手一松，乌龟趁机溜掉了。好在乌龟身上拴的绳子挂在草棵子上，他们为再次抓到乌龟高兴得手舞足蹈。一走出草甸子，急忙找到一个高坡，点火烧起了乌龟。可是，谁也想不到，烧乌龟不但不好吃，还散发出一种难闻的气味儿，吃到嘴里让人不停地干呕。

　　好不容易走到大杨树，大家又累又饿，但在那个物资匮乏的年代，商店里空空如也，根本没有充饥的食品。管库的老大爷看到他们又累又饿的样子很是同情，就把装过饼干的箱子挨个儿倒，倒完所有的箱子才倒出一斤多饼干渣子。他们就着凉水，狼吞虎咽地吃了个干干净净。当晚，郭纯他们随着两位古里乡猎民生产队赶马的猎人一起奔向猎乡。45公里黑松林路，创作组的三个人骑在马上第一次走，别提多狼狈了，手脸被刮出了血，衣服也被刮破了，膝盖以下的身上湿漉漉的。后半夜他们终于到达了目的地，简单休息一下，便投入采访之中。

猎民村留守的大都是老人和儿童，青壮年人全去打草点打草了。郭纯他们利用两天时间走访了所有老人，第三天便来到了打草点。打草点的猎民们过的是集体生活，食堂就搭在河边的草棚子里，桦木杆做成凳子，饭桌排成两排，可以同时容纳四十人一起就餐。郭纯被猎民当作老朋友，猎民首先给创作组三人安排了三顶帐篷，他们也没有过多的客套，钻进帐篷便进入了香甜的梦乡。但不一会儿，三人就被轮番进攻的蚊子咬醒了，露在被子外面的手脸鼓起了大包。体验生活要与猎民"同吃、同住、同劳动"，这是郭纯老师经常强调的。他不仅这么说，也是这么做的。三人第二天便与猎民们一起打草、堆草、晒草，一干就是一个多月。皮肤虽然晒黑了，但身体变得硬实了，也习惯了蚊虫叮咬，跟猎民的关系也拉近了。他们还学会了一些鄂伦春族语言，能与猎民简单地进行语言沟通，猎民与他们称兄道弟，成了无话不说的朋友。郭纯、那日松常到猎民帐篷里拉家常、记录民歌，收获颇丰。当他们圆满完成了体验生活的任务要离开打草点时，猎民们打来狍子，煮了手把肉，大碗喝酒、大块吃肉，一会儿说，一会儿唱，难舍难分。他们也跟猎民一样，眼里满含离别的泪水……

回到鄂伦春自治旗招待所，郭纯老师和创作组只用七天时间，就写出了《鄂伦春人》初稿。郭纯提议到朝阳猎民村，与猎民们一起讨论剧本，然后根据大家的意见修改。他们请来猎民村的长辈让他们坐上座，青年猎民们也闻讯赶来，大家围在炕上，有说有笑。张大起读着台词，大家侧耳倾听，读到重要唱段，那日松即兴配曲当场唱起来。参加讨论的猎民都会唱鄂伦春族民歌，也都跟着唱，掌声、赞叹声经久不息，那气氛非常热烈，直到后半夜大家才恋恋不舍地散去。

深入生活绝非常人想象的那样都富有诗意，不少人面对冰天雪地的极端寒冷都会望而却步。白毛风常常光顾的大草原的隆冬，搭乘牛马车去蒙古包，一路上冻得不得不下车跟着跑。到达目的地，手脚被冻得失去了知觉。从这个蒙古包到那个蒙古包，一走就是几个小时。赶上雨季，到处泥泞分不清哪里是路，一脚踩下去拔不出脚来。碰上春季接羔、剪羊毛，为了不耽误牧民干活儿，郭纯老师和艺术家们就与牧民一起接羔、剪羊毛，边干活，边唠嗑。有时，深更半夜也得跟着牧民深一脚浅一脚地去茫茫草原上寻找走失的羊群。为了了解民俗，他们同鄂温克族猎民在山间丛林里蹲坑打猎，一蹲就是几天。与民间歌手、故事家彻夜促膝长谈，残破的炕席竟然磨破了脚踝骨……每次去猎乡、蒙古包，郭纯老师都用自己的钱买上烟、酒、罐头。为了尊重民族习惯，他都与猎民畅饮几杯，往往是边喝酒边记下一段段精彩的故事或者唱词。

郭纯老师生活的年代，词典里还没有非物质文化遗产这个词，更谈不上传承、保护和利用了。但郭纯老师却为这项工作，倾注了满腔热血。最突出的是他领衔做了两件功不可没的大事。一是和乌热尔图、白杉搜集、翻译、整理了《达斡尔、鄂温克、鄂伦春民歌》，此书由内蒙古人民出版社于1981年出版。该民歌集1984年获得了内蒙古自治区文学创作"索龙嘎"奖荣誉奖，获得了1979—1982年全国优秀民间作品荣誉奖；二是和阿尔布登、白杉搜集、翻译、整理了《呼伦贝尔民歌》，此书由内蒙古人民出版社1984年出版。两本民歌集得以面世，看似简单不过的小事，搜集、整理、翻译过程中郭纯他们几人可谓历尽了万般辛苦，甚至差点儿被死神掠走了生命。1955年，郭纯老师去巴尔虎左旗搜集民歌，中途遇上了暴风雪。郭纯手脚几乎冻僵了，领路的一位老额吉（妈妈）流着泪竭尽全力把他拖到一个蒙古包里，用雪搓，用手暖，保住了他的生命。事后郭纯常念叨："要是没有老额吉的呵护，阎王爷就把我带走了。出于对老额吉救命之恩的感激和深深的爱，我总有一种呼之欲出的创作冲动。"在搜集民歌途中，结交了像老额吉一样的好多少数民族朋友。鄂伦春自治旗作家涅鎏洋作为党建工作联络组成员进驻额尔古纳左旗（今根河市），郭纯老师听说后到额尔古纳左旗去看望涅鎏洋，带着涅鎏洋去采风，访问了驯鹿点猎人拉吉米之后还给涅鎏洋介绍了一些文友。涅鎏洋非常感激，他说："有一年快过年了，郭纯老师来到了阿里河。饭不吃，酒不喝，非要去猎乡托河看望老朋友。他给猎民朋友带去了白酒、香烟等。当全国人大代表昌本接待我们一行时，动情地说：'你们能在春节前来看我们猎民，这对我们是最大的关怀。我们很感动。'"这时，涅鎏洋终于理解了郭纯老师，更加敬佩他了。

三

郭纯老师不仅自己勤于笔耕，率先垂范，对文友乃至初学者更是不吝指导，甚至亲自操刀修改稿件。如今凭借散文创作走出内蒙古并在全国文坛风生水起的艾平，当年初出茅庐时也曾得到过郭纯老师的指点。后来，她的散文集《长调》出版，将它面呈郭纯老师，他手捧飘着墨香的图书赞不绝口，像自己出了本新书一样高兴。过了几天，郭纯老师来到艾平所在的《骏马》编辑部，跟艾平聊起《长调》，一篇篇展开分析，他在热情地肯定了艾平的创作成绩的同时，也指出了书中校对上存在的问题……艾平说："后来我按他的意见重校拙作，应该是永远记住了这个教训。郭纯老师是个爱直言真话的人，也是极易推心置腹的人。他对艺术凭的是直觉，不用大词儿，不使用时髦理论。他的审美观是传统而朴素的。相处的时间长了，越发觉他对作品的把握是很准的……仁者爱人，仁者爱美，为自己切身的工作，也为了心中圣洁的艺术，执着方正，是郭纯老师的内心品质。为人处世不揣着世俗的心眼儿，也不带着圆滑的面具，是郭纯老师内心品质的写照。"

满族作家袁玮冰一提起恩师郭纯便泪眼模糊。他刚刚练笔写作时，尚在一个叫牧原的小镇做代课老师。在一个白雪皑皑的隆冬时节的一天下午，正在课间休息时，有位同学说有人找他。袁玮冰走到教室门口，看到一位来客穿着一件黑色的挂面短皮袄，棉帽子夹在腋下，头发很短、鼻梁奇高、眉毛秀长、胡楂子很重……来人宽厚有力且温热的手握住了袁玮冰的手，说："你就是小袁？我是呼伦贝尔盟文联的，在编辑部工作，叫郭纯。"袁玮冰第一感觉是来宾看上去太普通了，咋看都像小山村里辛勤劳作的乡民。那之前，袁玮冰的习作寄给了好几个编辑部，大都石沉大海，杳无音信。偶尔接到一封回信虽只有三言两语，也已经很满足了。现在，一个自称编辑部编辑的人从天而降，袁玮冰受宠若惊，欣喜如狂。在一间简陋的办公室里，他们开始了促膝长谈。窗外雪花不知疲倦地飘着，袁玮冰觉得郭纯老师的话语也像雪花一样，润湿了他龟裂的心田。郭纯老师说："我接到了你写的中篇小说，你有创作天赋，小说将被刊用。"他们谈创作、谈工作、谈生活，谈得很融洽。郭老师突然问袁玮冰："小袁，你成家了吗？"郭纯老师心很细，袁玮冰的那篇小说涉及了夫妻生活，在那个封闭的年代，没成家的人不会有那样的体验。聊着聊着天色近晚，袁玮冰想请郭纯老师吃点饭，郭纯老师说，另一位同事还在林海日报社等着他一起回海拉尔，饭就省下吧，说完急匆匆走了。不久，袁玮冰收到了样刊，看到自己的作品刊发在头条位置，心里充满了对恩师的感激之情。从刊物上知道郭纯不仅是责任编辑，还是副主编，这更让袁玮冰吃惊不小。

过了几个月，春风拂过大兴安岭，满山开遍红红的杜鹃花。袁玮冰又一个中篇小说出炉。他还想得到郭老师的点拨，就给老师写了一封信，不久，老师回信了，信中让袁玮冰带着稿子来海拉尔面谈。袁玮冰钻出山林，头一次走进城市，晕头转向根本找不着北。好不容易找到一家餐馆，咬咬牙点了几个价格不菲的下酒菜，准备报答一下恩师。郭老师和何德权老师很快来到饭店，他看出了袁玮冰的紧张和不安情绪，主动提酒、喝酒，在开心的谈话与畅饮中，彼此的友情更近了。等袁玮冰醉眼蒙眬地去吧台结账时，老板指着郭纯老师说："人家算完了。"袁玮冰追悔莫及。

就是在这次聚会中，郭纯老师得知袁玮冰还是那个小山村的代课教师，生活相当清贫。此后，郭纯老师便不声不响地与袁玮冰所在地镇政府的领导沟通，打算帮助他转为正式教师，但这不是一件简单的事儿。袁玮冰送给老师的稿子，很快刊登出来，又是头条。不久，辽宁《文学大观》给予了转载，内蒙古电影制片厂和西安电影厂传来消息要把小说拍摄成电影和电视剧。1991年11月11日，由内蒙古电影制片厂根据袁玮冰的小说拍摄的电影《女绑架者》在全国公映。牙克石市政府破格奖励给他一个民办教师转正的指标，还给了300元奖金。在鲜花和掌声中，袁玮冰有些沾沾自喜。郭老师看出了苗头，但没有点破。一天，袁玮冰又带了一篇稿子去海拉尔拜访老师。郭老师连夜审阅了稿件，早晨见到袁玮冰，摇摇头说："从前这样的稿子能发，现在不能发了。你现在是越来越有名气了，不能停留在原来的基础上。你要超越自己，善于超越自己，敢于超越自己，这才能有出息……"紧接着郭纯老师又语重心长地说："小袁，你还年轻啊！写作是件苦差事，是一件严谨的事情，你还有很远的路要走，你还得多努力呀！"

呼伦贝尔知名作家王铁荣（笔名俊林，现已去世）在呼伦贝尔首次戏剧座谈会上结识了郭纯老师。王铁荣被他平易近人、爽快的性格征服了，一时间大有相见恨晚的感觉。第二天，郭纯老师约王铁荣到家里吃火锅。吃了声名远扬的呼伦贝尔羊肉、喝了三杯老白干之后，郭纯老师说话了："我请你到家来，你知道为什么吗？"不等王铁荣回答，郭纯老师接着说道："我喜欢你的勇气！懂不？"王铁荣豁然开朗，郭纯老师指的是自己写电影剧本的事。王铁荣自忖：我的心怀侥幸的偷懒做法最终没能逃过郭纯老师的法眼。写电影剧本，只要组织好素材结构框架，无须冗长叙述，无须沉闷的心理描写，更用不着大量笔墨做氛围、环境铺垫，只需把脑海中想象的画面用文字表述出来就可以，会节省许多力气。现在，被新结识的老师一眼看穿了，这是多尴尬的事儿啊。郭纯老师不无爱怜地看了一眼尴尬中的王铁荣接着说："人就应该具备一种不怕失败的精神！你的《碧血溅雾途》我初步看了一下，觉得所选切入点很准确，文笔也流畅，有一定的基础，只不过搞电影根本没有出路。"王铁荣感到通过这次相识、相交，从郭纯老师那里得到肯定、得到校正、得到启发、得到鼓励、得到鼓舞，增强了自信，也变得深沉了一些。

回到鄂伦春自治旗之后，王铁荣一鼓作气把电影剧本改写成了长篇小说，后来被内蒙古人民出版社编辑一眼看中，得以顺利出版。王铁荣因此改变了命运，由一个名不见经传的小企业会计变为文学期刊的编辑。从此之后，王铁荣把郭纯当作大哥看待，他曾经不止一次地说过："相交多年，郭大哥对我始终如一，是我一生之中最知心、最爱戴、最崇拜、最敬重、最好的大哥之一，堪称良师益友。而这绝不是我一个人的感受。大哥善良淳朴，就像一头默默耕耘的牛。他的作品，无不散发着浓郁的民族气息，为呼伦贝尔的文学青年树立了楷模；大哥宽厚热诚，胸襟像博大的大草原，装得下呼伦贝尔所有文学爱好者；大哥坦率真挚，就像透明的水晶，所有人都能看到他那颗无私、谦和、善良的心。"

说起郭纯老师,深受郭老师点拨而出了成绩的李荣超自然感激涕零。20世纪80年代初期,李荣超写了一部多幕大型话剧《苏醒的草原》,慕名到海拉尔去面见郭纯老师请教。郭纯老师在政府招待所十分诚恳地与李荣超做了一次长谈,他推心置腹地说:"你开始搞戏剧创作不应搞大型话剧创作。你的剧本线头多,多如一盘珍珠,颗颗粒粒都是宝贝,但怎样把它们串起来成为一条价值连城的项链,这就需要高超的技巧了……大题材驾驭不了,费力劳心血不会有好结果……最好从中小型话剧写起,这叫从小到大呀!"从此以后李荣超把郭纯老师的话当成座右铭,闷头搞小型戏剧创作,果然大有成效。先后有小话剧《爸爸您想啥》《买鞋记》等登载在黑龙江省《群众文艺》和内蒙古自治区《鸿雁》以及呼伦贝尔的杂志上。

在一次文化工作会议上,李荣超幸遇郭纯老师,郭纯老师开诚布公地对李荣超说:"你发表的这几个本子我都看过了,都不错。能把握主线,围绕主线去开拓、去挖掘,都有见地。老实说我不是当面吹捧你,我这是鼓励你继续朝着这个方向走,走下去会成功的。有句忠告你要牢记,写戏要细,要抓住细节,深挖细节,才能把戏写丰满了,写出品位来。"李荣超再次把恩师的话奉若至宝,潜心创作。

20世纪80年代中期,李荣超写出一部中型话剧《煤田新歌》,鼓起勇气拿着剧本去拜访恩师郭纯。郭纯老师仔细看了几遍后说:"单就这个剧本说,找不出大毛病来。经过二度创作,可以立在舞台上,也会受到欢迎的。但是,我跟你讲,你写煤矿生活的戏,得去扎赉诺尔矿务局找刘才老师请教。刘老师可是一位写戏的老前辈，50年代就有名气了。他注重写民族团结的戏。我们生活在民族地区就应该牢牢抓住这个主题不放，一切围绕这个主题去想去写，就会有成就。"郭纯老师热情地给李荣超写了一封推荐信，李荣超拿着信去扎赉诺尔登门求教。刘才老师像郭纯老师一样朴朴实实，把李荣超当作弟子细心指导。不久，李荣超又创作出一部大型话剧《草原的胸怀》。郭纯老师看后掩饰不住内心的激动说："这是一部好戏，比起第一部《苏醒的草原》来进步多了，但是在舞台上立不起来，细分析起来更像多个中小戏的组合，更确切地说更像多集电视剧。老李，你要是有时间有精力，我希望你深入牧区，到牧民蒙古包里去采访，去体验一下实际生活，再回头学习，提高了自己再动笔，保证会更出色。"李荣超把在前进的路上得到郭纯老师指点和开导，视为自己一生的荣耀，铭记在心。李荣超说："恩师郭纯能从我的作品里看出我的潜在能量，逐步开导发掘我，让我的潜在能量一点点地释放出来，这不是一般人能做到的。我能在20世纪80年代荣获全自治区优秀剧本创作奖、内蒙古'萨日纳'奖，都得益于郭纯老师的指导。"

　　已故知名作家王忠范1970年夏天曾与郭纯老师一起被抽调到张勇事迹创作组。在呼伦贝尔第二招待所里，他结识了衣着朴素的郭纯和那日松，两位老师刚从扎赉特旗农村劳动锻炼回到海拉尔。王忠范这个当时还是农民的小弟弟，见到佩服已久的词曲家，心里自然充满了敬意，眼睛总是跟着他们转。而他们谦虚温和，待人热情，没有颐指气使，把王忠范当成了小兄弟。郭纯给王忠范出题目，教王忠范构思，他一遍遍地修改王忠范的习作，像老师更像大哥。不到半个月，他俩合作写出对口词《接过张勇的套马杆》、小歌剧《月夜琴曲》和歌词《怀念你，张勇》等，这些作品不仅搬上了舞台，而且在天津的一些报刊上发表了。这之后，王忠范才知道陶涛是郭纯的笔名。那个时间，郭纯老师对王忠范这个可堪造就的人才几乎是耳提面命、百问不烦。郭纯老师跟王忠范重复最多的一句话是："多出作品为本。"

因写作成绩不错，王忠范被破格安排了工作。王忠范去海拉尔拜访郭纯老师，那是冰天雪地的严冬，郭纯老师热情地攥着王忠范的手说："兄弟，哥好想你啊！"并不富裕的他在胜利饭店请王忠范吃饭，两人就着熘肉段儿喝烧酒、谈生活、讲创作，痛痛快快，令人心热。当晚，在宾馆的房间里，王忠范拿出习作请郭纯老师赐教，他一一点评，默默润色，钢笔水如他流淌的心血，滋润了王忠范的心田。郭纯老师无怨无悔地指导王忠范创作，给了王忠范勇气，让王忠范这位阿伦河畔的独行者望见了一线曙光。那晚，王忠范彻夜不眠，反反复复地在心里念叨："我王忠范何德何能，能得到郭纯老师的青睐？在偌大的呼伦贝尔郭纯老师发现、培养、帮助过的作者那样多，对我倾注的心血最多，我何其幸运啊！我应该多读书、多思考、多练笔，给老师脸上增光。"

的确，正如王忠范所言，在呼伦贝尔文学艺术创作的群体中，有谁不是从《呼伦贝尔》（《骏马》前身）走上文坛的？谁没有得到过郭纯老师的谆谆教诲？郭纯老师对待青年作者的关爱，更像对自己的孩子。他把细腻而深厚的父爱延伸到作者身上，作者遇到难处，他慷慨解囊，作者遭遇生存困境，他四处求人帮助解决。他经常通宵达旦帮作者修改稿件，把作者领到家里吃住更是常态。

80年代初期，著名作家冯国仁带着老搭档郭纯和刘迁，受命组建起了呼伦贝尔盟文学艺术联合会，迁进了一座二层小楼的新址。紧接着郭纯、刘迁又承担了组建呼伦贝尔第一本文学刊物《呼伦贝尔》杂志（汉文版）的重任，经过他们的不懈努力，哈斯巴图尔、何德权、那日斯、杨忠民等各路精英也加盟了编辑部。自1980年《呼伦贝尔》（后改刊名为《骏马》）文学杂志创刊之后，文联一楼编辑部的大办公室逐渐成了文人墨客的精神家园。当时，郭纯老师是副主编，他无怨无悔地协助刘迁老师承担着编辑部最难干、最劳累的任务。一般大型会议的材料、比较难改的稿件，或者出去求人支持编辑部的文学活动，郭纯老师总是主动请缨，想方设法圆满完成任务。1992年接任《骏马》主编的艾平在一篇回忆文章中赞叹道："那时候，编辑部清贫得连一部电话都没有，而且随着社会的拜金主义潮流涌起，办文学刊物的难处越来越多……郭纯和刘迁老师两个人情谊笃深，配合默契，营造了《骏马》保持至今的团结友爱、苦乐同享的好氛围。不为闻达、只求笃实，甘为人梯、古道热肠是他们两位共同的性格。如果发现一篇优秀来稿，他们便兴致勃勃，不仅几经传阅讨论，认真编辑后尽快发表出来，还要三番五次地找作者，为其创造各方面的条件，生怕作者为了生存而放弃文学创作。"经郭纯、刘迁等老师的双手托举成名的文朋诗友李黎力、袁玮冰、苏华、苏莉、张华、阿凤等已然成为文坛常青树。如今，郭纯老师和后来者何德权、哈斯巴图尔、那日斯已溘然作古。早已度过耄耋之年的刘迁老师宝刀不老，依然为文学事业做着力所能及的事情，他退休后主编的《达斡尔 鄂温克 鄂伦春族小说集萃》获得内蒙古自治区党委宣传部"五个一工程"奖。后来，继任主编艾平以其综合实力，众望所归地担任了呼伦贝尔市文联主席、作家协会主席，她的散文、小说创作日益引人注目，她的报告文学《一个记者的长征》获得了徐迟报告文学奖，散文集《草原生灵笔记》获得第七届鲁迅文学奖提名。此前，她创作的散文作品曾获得第十六届百花文学奖、2014年华语最佳散文奖、首届三毛散文奖、冰心散文奖等。

虽然未能一起共事，但我也是薪火相传，坐在郭纯老师曾经工作过的办公室里，闻着那嵌进墙壁里的旱烟味道。1993年1月我调到《骏马》编辑部之前，郭纯老师已光荣离休。但他偶尔还来编辑部坐坐，问问来稿和发稿情况，有时还背几句我写的《草原上的男子汉》中的诗句：大碗的白干酒一口搁光！他那根早就卷好而又不冒烟的旱烟，一遍遍被他叼在嘴边又拿在手里。十年间，我担任过诗歌、散文、小说、文学评论编辑和作家协会秘书长。2001年《骏马》杂志社首次竞聘执行副主编，我有幸竞聘成功担此重任。

五

1981年，上级指派郭纯牵头组建呼伦贝尔话剧团，当时的家当是一穷二白，只有十几个演员来自呼伦贝尔歌舞团的话剧队。郭纯坚信，基础的东西以后可以慢慢去争取，目前只要有了人，什么奇迹都可以创造出来。他带领演职人员先从基本功训练开始，逢会就让大家出主意拿方案，他点灯熬油自编自导了几部接地气的戏，一经面世，就引起了社会的关注和好评。在日常工作中，他注重培养刚刚走上艺术表演岗位的学员，无论是在业务还是生活上，都给那些涉世不深的年轻人很多关爱和教诲。

说起与郭纯共事的经历，内蒙古著名词作家克明抑制不住内心的激动："郭纯曾是我的老领导。说老，其实并不比我年长多少，学员们称他为郭叔，一方面因他的学识，另一方面是从他的身上能感受到深深的父爱。老同志遇到他，一般很少带官称，只是叫老郭，他也很受用，边眯眯笑着，边点头。更为相熟的，便直呼郭老疙瘩。听到这样亲切的称谓时，郭纯一定是遇见了50年代的文工团老人。他也热情了许多，边开着玩笑，边从口袋中摸出铜制的烤烟盒，掂出几张白纸分给众人。精巧的烟盒中流淌出焦黄的烟丝，那种被称为莫旗坨烟的香气弥漫在空气中。郭纯吸着刚刚卷好的香烟，幸福地笑着。任凭那烟灰跌落下来，在衣襟上燃出许多细碎的洞，也全然不理会，此时的他，早已融入友谊的热流之中了。"

为了进一步扩大话剧团的规模，推出更多更让群众喜闻乐见的精品佳作，郭纯事必躬亲，跑资金、挖人才、借场地……每天虽然忙得不亦乐乎，可是一系列困难还是接踵而至。别的不说，仅演出前的服装、灯光、音响、装台、舞台、前台售票联络等，就显得人手不足，经过一系列努力之后，最关键的问题还是一时难以解决，郭纯老师变得沉默起来。特别是《白莲花传奇》大戏的推出，整个话剧团的人员都要出动，偌大的一个演出团体，众多的道具，没有一部运输车辆怎么行？一个冰天雪地的下午，戏收得早，克明正在水房打开水，郭纯老师沉着脸走来说："克明，穿上外套，跟我去一趟河东。"克明不知道书记带他去干什么，跟着他上了路。冬天天黑得早，克明和郭纯深一脚浅一脚地走在海拉尔多雪的冰路上，郭纯推着那辆骑了好多年的破自行车，车把上挂着磨得露出了白茬的旧皮包，胡楂子上挂满了冰霜。两个人跌跌撞撞地走过伊敏河大桥，走到当时的盟委干部宿舍，克明终于明白了，郭纯老师是带他来这里求他的老朋友——盟委李向义副书记。

那天，李书记有事回来得晚，郭书记和克明在寒风中站了接近两个小时。一个黑影走来，到跟前来人大声喝道："郭纯，你这家伙，咋不进屋呢？就不怕冻死？"向义书记把郭纯和克明让进屋，摆开桌子，烫上一瓶原浆白酒，端出一盆自家腌的酸咸菜，红的黄的绿的看着就有食欲。三个人吃得汗流满面，郭纯不提干什么来了，克明也不敢多语。吃完喝完，向义书记终于绷不住劲了，立目圆睁，说："你小子呀准有事儿，我还不知道你？快说快说，你不说我咋帮你呢？"郭纯嘿嘿一乐说："向义书记，给辆车吧！我们太难了。"向义书记扫了一眼郭纯："车？什么车？"郭纯回答："大卡车呗。"向义书记接着问："你要卡车做什么？"郭书记踢了克明一脚，克明领会了书记的意图，急忙接过话茬儿，把团里排练、装台、挂布景的艰辛细细说了一遍。听完之后，向义书记沉吟半晌说："郭老疙瘩，这就是我的不对了，咋能让孩子们用推车拉布景呢？明天上午你到我办公室来，我批你一辆汽车，记住买就买最好的！"

就这样，呼伦贝尔盟话剧团终于有了一台属于自己的大卡车。

1982年，郭纯老师经过几次深入牧区调研，执笔创作出了大型话剧《寸草心》，角色分配完毕，开始排练。在排练过程中，他发现了一个致命的问题，就是年轻的演员不了解草原，也不熟悉牧区生活。郭纯马上叫停，派熟悉牧区的克明带着演员们去巴尔虎草原深处的嵯岗牧场体验生活。十几天的时间里，他们和牧民一样，同吃同住同劳动。经过了骑马、放牧、杀羊、喝酒、熬奶茶、捡牛粪等牧区日常生活的历练后，演员们总算对草原、牧区有了了解。返程的那天，阴云密布，风雪交加。草原路被大雪掩埋了，为了大家的安全，克明当即决定在旗政府招待所住下。第二天，风停了，雪住了，他们登上卡车继续踏上了回家的路，经过近6个小时的跋涉，他们抵达了话剧团的院门。演员们看见雪地上站着一个人，身上落满了厚厚的雪花，大叔一样的郭纯老师眼里布满血丝，正微笑着注视着驶近的东风卡车。学员们跳下车，和他们和蔼可亲的老师相拥在一起，高兴得流出了热泪。克明将那一天风雪之后的重逢刻在了记忆深处，他动情地说："天再冷，雪再大，时间过去再久，我们相信有一个人总会在祝福、等待着我们……"

体验了草原、牧区生活后，演员们排练很投入、很成功。观众的泪水和经久不息的掌声是对演员们最美的馈赠。每当那时，大家发现他们的郭老师正在某个角落默默地眯起眼睛，手中忙着卷那喷香的旱烟……克明说："郭纯的纯，是品格的纯。他一生写了大量的歌词，这对我后来的创作给予了启蒙和引导。我可以说出郭纯许多个优点，比如他勤勉，比如他有才华，比如他如何敬重夫人或深爱每一个美丽的女儿，比如他为了艺术事业如何如何……但我以为，郭纯的最过人之处是他有大爱，他的这份爱总让人感到温暖、亲切。"

毕勒格图曾与郭纯搭过班子。作为郭纯的副手，他们合作默契。郭纯家住伊敏河河东，他每天骑着一台破旧的自行车往来穿梭，非常辛苦。毕勒格图看在眼里，疼在心上。有时工作忙起来，到了饭口他就把郭纯拽到家里吃点儿便饭。郭纯为人率直、淳朴，每次见到毕勒格图的母亲都亲切地说："额吉（妈妈）好！"久而久之，毕勒格图的母亲也把郭纯当成了自己的儿子。有时候，毕勒格图的母亲做点儿好吃的，总是絮絮叨叨地说："我的小子干吗去了？怎么不来呀？快找他去吧！"毕勒格图的母亲会做各种各样的小咸菜。郭纯一到家，她就把咸菜摆出来，笑眯眯地看着孩子们分享她的劳动成果。

为保证话剧团的演出能送到牧区、农村，郭纯和张大起副团长一起与演出队深入各地演出，无论到哪里都带着行李，睡舞台、睡学校的课桌和板凳是常事儿。下属甘志远跟郭纯开玩笑说："郭书记在文化局当科长时，跟你下基层都是远接近迎，吃香的喝辣的，现在你带队演出还得跟人说小话儿求人家给面子。"郭纯给学员们灌输最多的是："先做好人，后演好戏。"他无论在工作时，还是在生活中，都秉持刚正不阿的性格，主持公道，待人热情、宽厚，无私地帮助过很多人。他与年轻人打成一片，既关心他们的工作、生活，又对他们严格要求。大家都愿意接近他，和他像老朋友一样相处。有时，五十多岁的他还跟二十几岁的年轻人掰腕子。甘志远回忆说："郭纯老师在他一生走过了许多艰辛的路，无论是做领导还是搞创作，他都持之以恒，乐观向上，他那笑眯眯的眼睛里，闪烁着慈祥、智慧的光芒，他高尚的品格是留给我们的宝贵精神财富。"

后　记

　　郭纯老师辞别人世五年后，老伴和五个女儿收集整理了他的文稿，为他出版了《郭纯文集》。征稿时，郭纯生前曾共过事的领导、同事、学生的缅怀文章像雪片一样从四面八方飞来，都被收录在厚厚的文集中。此时，我捧读着这些鲜活的文章，仿佛回到昨日的时光，郭纯老师正微笑着从草原晨曦中走来……

寻梦之旅

——记呼伦贝尔市人民医院泌尿外科主任管智慧博士

丁永才

一

梦是个奇妙的现象，不同的年龄段会做不同的梦。少年时的梦五颜六色，充满各种各样的幻影；青年时的梦，时而像登山，不断开阔登高望远的视野，时而像飞行，总有腾云驾雾、不达目的不停歇的壮举；到了老年时总爱做回忆故乡、童年、少年、青年时的梦。那梦里故乡乡情浓郁，小伙伴们捉迷藏、打冰嘎儿、过家家，风里雨里穿行在上学路上的青纱帐里，教室里传出琅琅的读书声；那梦里常浮现在灯下、在工作岗位孜孜以求、不断拼搏的身影……医学博士管智慧爱做各种各样的梦，也总爱在不同的梦乡彰显瑰丽的色彩。在本文里我们沿着他的人生轨迹去领略一番他的寻梦之旅吧。

二

日常生活里，我们身边姓管的人不多，但在百家姓里，管是较常见的姓氏之一，约占汉族人口总数的0.09%，排名居第

140位。管姓不乏名人，有管仲、管宁、管鉴、管同、管道升、管师仁、管及、管湛等等。其中管仲官至宰相，辅佐一代明君强国安民名气最大。本文的主人公——出生于内蒙古自治区呼伦贝尔市扎兰屯市一个叫罕达罕小村的80后管智慧博士，祖祖辈辈面朝黄土背朝天，过着土里刨食的农家生活。追根溯源，他也许不是名门望族之后，但幸运的是他有一对高中毕业、有远见卓识的父母。管智慧兄弟三个相继呱呱坠地后，对孩子教育颇为重视的父母也学传说中的凤凰择良木而栖的做法，举家搬迁到教育环境相对优越的矿区重镇扎赉诺尔，兄弟三人在梦开始的地方——扎赉诺尔矿区读完小学、中学。在十余年的基础教育中，从小怀有感恩之心又聪明上进的管智慧看到老师们每天兢兢业业地传道、授业、解惑很是辛苦，敬佩之情油然而生。在学生时代，对管智慧影响最大的是小学班主任兼数学老师郝凤生。那是一个刚参加工作没几年的年轻老师，他不仅数学讲得有板有眼，还仪表堂堂，尤其皮鞋每天擦得锃亮。管智慧那时就梦想有朝一日做一名蜡烛一样燃烧自己、照亮别人的教师，来报答父母和老师的养育、教育之恩。高考过后，他毫不犹豫地把第一志愿填为内蒙古师范大学，然而天不遂人愿，命运之神的大手却把他推到了包头医学院，在另一个梦开始的地方开启了五年临床医学学习的寻梦之旅。至今他还清楚地记得姑姑在他临行前，见他没有实现心中梦想安慰他的那句朴实到家的话："学医也不错！"当时，他在亲朋好友们的叮咛声中别无选择地登上了西去包头的列车。

五年弥足珍贵的时光里，他大部分时间往返于宿舍、教室、图书馆三点一线之间，在医学的广阔天空中展翅翱翔。他从书本、从课堂上老师的言传身教中汲取了充足的营养，使自己成为名副其实的内外兼修的优秀毕业生。毕业时，他在莘莘学子中脱颖而出，考取了西安交通大学医学院外科学硕士研究生。三年青灯黄卷之苦熬过之后，他来到坐落于举世闻名的呼伦贝尔大草原中心城市海拉尔的呼伦贝尔市人民医院泌尿外科工作。原因有二：一是近二十载寒窗苦读，终于学有所成，他要用聪明才智报效家乡以及家乡的父老乡亲；二是素有草原之花的小城海拉尔有他朝思暮想的女友。一拿到毕业证，他便星夜兼程奔向那座魂牵梦绕的草原城。

三

如今，回想起自己研究生毕业后到呼伦贝尔市人民医院工作的情景，管智慧依然掩饰不住内心的激动，他记忆犹新地告诉笔者："那时年轻，朝气蓬勃、意气风发、踌躇满志。常言道诗酒趁年华。我也同样对未来充满无限希望。医院领导见了我后，问我想到哪个科室工作，我语气坚定地回答泌尿外科。但要问起我从何时才有这个梦想，应该是从报考研究生的专业——肾移植开始的。从那时起，我的梦就从泌尿外科再一次启航，我和泌尿外科结下了无法割舍的情缘。这也是我个人的小小初心吧。"

到呼伦贝尔市人民医院报到后，管智慧博士如愿以偿地进了泌尿外科，开始了梦里常常期盼的职业生涯。经过短暂的试用期后，他才发现现实远超乎想象。自己所学的肾移植专业在这里根本没有用武之地，只能从普通泌尿外科专业做起。他知道怨天尤人抑或满腹牢骚是不能解决问题的，从现在就要改变自己。他以著名诗人海子的经典诗句"面朝大海，春暖花开"的心态激励自我，从泌尿外科最小的手术——包皮环切术做起，一步一个台阶，脚踏实地地向着梦想的最高境界走去。

多年以后，他在接受笔者微信采访时说道："那时候丁香园这个医学知识分享网站，是我学习成长的乐园，就像鲁迅先生的百草园一样！论坛中活跃着许多专业大咖，更多的是一起成长、一起进步的小伙伴。我的很多经验都是从那里积累的。有人讲过你不知道需要走多少路，才能确定你人生努力的方向；而在这路上又不知要遇到多少人，才能知道你与谁同行。而我遇到了，在2010—2011年我争取到了去北京解放军总医院泌尿外科进修学习的机会。在那里，我如饥似渴地学习新知识、新技能、新理念、新方法；每天被工作折腾得疲惫不堪，但内心却很享受这种状态，如痴如醉，如沐春风！很快为期一年的进修生活就这样在匆匆忙忙中结束了。我所得的收获也不少，不仅提升了专业技能，还获得了优秀进修生称号！"

他缓了一口气接着侃侃而谈："再回到梦想插翅腾飞的地方，我开始了从实践到理论再到实践的反复探索过程。从腹腔镜肾囊肿去顶术到肾上腺肿瘤切除术，到肾癌根治性切除术，再到输尿管癌根治术；从上尿路到下尿路，从开始的惊悚、失眠、出汗、心悸，到后来的坦然、从容、喜悦、感激。我也从一个医学路上蹒跚的学步人，蜕变为了领导放心、同行称赞、患者满意的医生。"

患者的满意是颁发给医生的最好的奖章。管智慧博士在泌尿外科履职这些年，患者对他的好评与日俱增，让他没齿难忘的一件事，是有个前列腺术后的患者在管智慧博士随访时诙谐地对他说："管大夫，你做的手术太好了！我从来没有像这样痛快地尿过尿，现在每次上厕所时，我都得控制点儿力量，不然尿尿时声音大了，我都有点儿不好意思！"

事实再一次证明：真的没有什么可以阻挡了你，只要你坚定地走下去！

在通向医学峰峦崎岖的小路上，管智慧博士怀揣梦想义无反顾地攀登着、跋涉着，那风光无限美丽的顶峰仿佛就在眼前耸立，他初心不改、呕心沥血地努力向上、向上……

四

上班一周年之际，在梦想有条不紊地推进过程中，他和先自己几年进入同一所医院的恋人，儿科大夫宋玉伟举办了婚礼，有情人一起携手走进了幸福美满的婚姻殿堂。爱人也是呼伦贝尔市人，她出生在莫力达瓦达斡尔族自治旗宝山镇。她和管智慧一样工作认真负责、兢兢业业。虽然不幸患上了严重的甲状腺疾病，她仍然每天坚持出儿科门诊，工作那么辛苦，却没喊过一声累。管智慧和宋玉伟的爱情结晶，是一个聪明而又帅气的男孩儿。如今，13岁的儿子已经迈进初中校园。管智慧夫妻俩在大学里相识、相知、相恋，毕业后又成了同事，工作上相互理解、支持；生活中相互关心、爱护。他们懂事的孩子觉得爸爸妈妈工作很辛苦，自立早，学习、生活上的事儿，很少让父母操心。平时，妻子宋玉伟对孩子倾注的心血最多，管智慧看在眼里疼在心上。回到家里，他总和妻子抢着干家务事儿。一家三口其乐融融，温暖相伴。他们精心营造的和谐幸福的家庭氛围影响着亲朋好友，身边的人纷纷把他们作为榜样去学习、去赶超。

五

目前，已经跻身内蒙古自治区医学分会泌尿外科分会委员的管智慧博士，继2015年被聘任为副主任医师之后，2016年被提升为泌尿外科副主任，2021年，他肩上的担子更重、责任更大了，被提拔成了泌尿外科主任。业务上，他已经熟练掌握前列腺增生、泌尿系统肿瘤、泌尿系结石的手术治疗，尤其对于前列腺增生、肾癌、膀胱癌、前列腺癌、尿路结石的诊断、治疗有丰富的临床经验。对各期肾癌、膀胱癌、前列腺癌患者均能在诊治规范的基础上制定详细的个体化治疗方案。还能熟练开展经皮肾镜、输尿管镜、腹腔镜经尿道前列腺、膀胱肿瘤电切等微创外科诊断治疗技术。

管智慧博士领衔的泌尿外科现有医护人员20人。7位医生中已有4人在北京三级甲等医院进修学习至少一年以上。2020年收治病人1100人次，住院手术例数逾600例，其中微创手术约占医院全部手术的67%；1999—2002年间与北京朝阳医院开展肾移植手术14例；2001年以来开展了经尿道前列腺电切、膀胱肿瘤电切技术3000余例；近十年自行开展了后腹腔镜下肾上腺肿瘤切除术、输尿管镜下钬激光碎石术、肾盂输尿管连接部狭窄内切开术、经皮肾镜碎石取石术以及腹腔镜下肾癌根治术、肾部分切除术、输尿管癌根治术、嗜铬细胞瘤切除术等微创术式，并与北京大学人民医院、北京大学肿瘤医院合作开展了腹腔镜前列腺癌根治术、全膀胱切除术等高难术式。科室现配备有STORZ前列腺电切镜及奥林巴斯等离子电切镜、奥林巴斯电子输尿管镜、奥林巴斯显像系统及腹腔镜器械、国内先进的体外碎石机、膀胱尿道镜、尿动力设备、爱科凯能牌钬激光碎石系统以及WOLF牌输尿管镜、肾镜等设备，基本满足泌尿外科各种常见病、多发病尤其是前列腺增生症、泌尿系结石、泌尿系肿瘤的诊断和治疗。

眼下，管智慧和他带领的泌尿外科团队面临医师人员紧张、科室设备老旧等困难，他们觉得工作压力及强度过大，需要引进医师，需要购置体外碎石机、膀胱尿道镜、肾镜、激光发射器等新设备。管智慧博士希望医院在充分了解目前科室工作现状的基础上增加医师2~3人，再购置一些急需的医疗器械，得到了支持，泌尿外科将如虎添翼，为医院的发展再创辉煌。

六

写到这里，我联想到那首尽人皆知的诗中的一个名句：书山有路勤为径，学海无涯苦作舟。管智慧真的像一叶在知识的海洋搏击的小舟，不懈地划动着双桨，向梦想中的彼岸前进着。2016年，经过刻苦地努力，管智慧不负众望地通过了苏州大学博士研究生考试，又历经四年有的放矢地读书、思考、临床实践磨炼之后，2020年金秋时节顺利地拿到了沉甸甸的博士学位证书。他满含自信地说："回顾过往的经历，一路艰辛，也一路芬芳。'不忘初心、砥砺前行，做一个有梦想的人！'我的梦想不是很大——做好本职工作，力争做一名人民满意的好医生！"

从父母、老师给管智慧燃起小小的梦想之火开始，他怀揣梦想，走出煤城扎赉诺尔，走向鹿鸣呦呦的钢城包头去寻梦，又义无反顾地奔向十三朝古都西安去圆梦，在梦想的羽毛日渐丰满之时又在"上有天堂、下游苏杭"之一的苏州让梦想起飞，而后，他梦想的翅膀又翱翔回无边无际的呼伦贝尔大草原纯净的天空。祝愿他不忘初心，在呼伦贝尔的广阔天地上，练就一双让梦想翱翔更有力的翅膀。

从管智慧博士的人生轨迹中可以概括出一句充满诗意和哲理的话：如果说梦开始的地方是放飞希望的牧场，那么梦抵达的地方就是放牧心灵的故乡。

2021年9月草于北京

傲立于边塞的强者之声

——李强散文集《解读海拉尔》序

丁永才

我与李强先生相识很早。20世纪末鄂伦春族著名作家敖长福老先生来海拉尔定居，把好友李强先生介绍给我。彼此颇有相见恨晚之意，自此视对方为知己常来常往，几近二十年不断。这期间，他调到森林之都牙克石工作，我也从文联来到出版社，尽管两个城市相距近百公里，但彼此交集还是不少。记得他在我社出版过一本小册子，其中一篇《感悟呼伦贝尔大草原》文采极佳，拜读后更对李强先生刮目相看。眼下，李强先生把他两个中篇散文结集为《解读海拉尔》交我出版并嘱我为之作序。我感到非常荣幸，因为我愿意与卓越的写作者结伴并引以为荣。

具体到李强先生的文本，《解读海拉尔》中的《海拉尔》抑或《呼伦贝尔大草原》等篇什，均属于边塞散文。李强先生所表现出的是海拉尔或者呼伦贝尔守望者的精神姿态。他的文字气象，融入了边塞散文所特有的质素——崇高、宏大、雄辉、凝重、粗犷、壮阔，淋漓尽致地展现了边塞小城海拉尔和世界面积最大的地级市呼伦贝尔苍凉而细腻的大美，把海拉尔乃至整个呼伦贝尔自然、人文和历史所涵纳的独特的民族性格和血脉耙梳得既晶莹剔透又荡气回肠。他的文本魅力像催人奋进的乐章，融进了边塞散文的和弦。可以说，这两个心血交迸的篇什，足可以确立他呼伦贝尔散文代表性作家之一的位置。

令人欣慰的是，从《海拉尔》到《呼伦贝尔大草原》的篇章中，看到了李强先生创作上的嬗变：他已经走出了文学上的边塞，以高度的自觉走上了本体和内心，他的散文已经不只是地理概念上的边塞散文，他的文字冲破了温馨而狭窄的地域文学的藩篱，他以足够的理性，从边塞人文的质材中，开掘出跨越地域的寓意价值和精神指归。

写到这里，我想要说的是，李强先生《解读海拉尔》之所以吸引住我的眼球，其首要的一个基点是他的地域性写作。呼伦贝尔成就了李强先生的散文创作。这里的大森林、大草原、大湖泊、风俗人情和古老苍凉的历史厚度，浸染了一个散文作家的身体和灵魂，铸造了这位散文作家的源源不竭的创作激情。另外的一点是散文之于李强先生是一只最为有力的翅膀，凭借着这只翅膀，他的文学创作显得多姿多彩，并且具有了自我的真实人生和理想功效，从而使他的作品真正地具备了观照现实的精神厚度。

对于李强先生来说，写作是一种梦想，更是现实。在梦想与现实之间，他找到了属于自己的支点。也就是说，专注的写作往往在地域、个性和自我了悟的过程中完善并形成和抵达了属于他自己的高峰。《解读海拉尔》便是李强人生坐标的又一个里程碑。

与李强多年的交往中我知道他心中有担当，眼里有远方。

尽管他进行的散文创作是寂寞者的跋涉，但作为好朋友我期待他在寂寞中燃烧，那时迸发的必将是悠远的光芒。

2015年7月

对生命对人间真情的守望

——品读于雪梅散文作品集《许你一朵花的距离》

丁永才

于雪梅的散文集《许你一朵花的距离》其中不少篇章精选自作者近年来公开发表的散文作品。这本散文集里的文章，皆与乡情、亲情、友情、爱情相关，字里行间饱含着作者对故乡、朋友、亲人、爱人的刻骨铭心和一往情深，那是对人间真情的执着守望，同时也折射出了作者对中国乡村生活、对基层现实题材的关注与念念不忘，读来给人总体印象是作者在散文创作上善妙语、重情韵，风格上湛严素美、温婉灵动。

古人云，"相由心生"。一个人的思想、感情、修养和艺术追求等都会反映在他的作品中。于雪梅为人真诚，既重情重义，又对工作、对生养我们的山川大地充满爱和热情，故而她的散文作品情感充沛、格调雅致。那些不肆声张却柔美曼妙的文字，流动着暖暖的、浪漫的、温馨的诗意。

熟知于雪梅的人都知道，于雪梅在新闻与文学间游弋，写新闻稿件，她的通讯写得漂亮；写散文，她的情感类文章写得动人。书中几篇关于爱情的文章十分出彩，读来令人荡气回肠。

《杨花依旧》别具特色，采用散文诗的语言将作者的情感片段和对爱情的领悟串联起来，清新自然。

《落花飞》描写了一个凄美的爱情故事，写给我们终将逝去的青春，读来令人心碎。

《人生弹指芳菲暮》叙述了一段不得已的爱情，作者传达了一种讯息，那就是有些美好，未必一定要拥有。就像文章的结尾写的那样：

人生弹指芳菲暮，曾经的绚烂，终将在光阴里，一点点，淡成背景。

同样的心情，她在《左岸》中这样表述：

我想，生命中如果有那么一条河流款款而来，那么，我是右岸，你必是我的左岸。

我们之间隔着一条长长的河流，两岸铺展着茵茵绿草和朴素夏花，而两棵高擎起华盖的参天大树在花花草草间格外抢眼，它们彼此努力伸展枝条，试图能借助风力在空中缠绕。可是，终究有着无法逾越的距离。

其实，这样也不错啊，虽不能牵手，毕竟还能隔河相守。

我是右岸，你是我的左岸。如此，足矣。

《许你一朵花的距离》是这本散文集的主打作品，文字优美，情感真挚，值得一读。文中引用了欧阳修的一阕《浪淘沙》，并点缀了作者自己的一阕小词《点绛唇》，令文章顿生清雅之美。在一段刻骨铭心的爱情故事中，作者满怀深情又充满无奈。在文章结尾处，写下了这诗一样的文字：

我许你一朵花的距离，从花开，到花落，你绚烂了我的生命，我装点了你的记忆。花开与花落，是难以逾越的距离，你在花间，而我，早已成泥。

可是我不急，我有一生的时间来等你。即便，今生无缘做夫妻，那么，来生一定嫁给你！

雪梅在精神世界里遨游，她把自己也变成了文字，以自己的灵魂融入所要表达的对象中。因此，她所倾情的祖国的山川名胜、亲情友情爱情乡情，通过其笔端，或者说通过其心灵的窗口，定格成了她心中的景象。

雪梅从事新闻工作，可每年她都要在繁忙的工作中挤出几天时间出去旅游，放松心情，缓解疲惫。书中有一部分游记，记录了作者在游历家乡之外那些古城小镇的亲身感受。

令人欣喜的是，书中有一组评论性文章不同于她以往的作品。她的评论也与众不同，不是泛泛地点评，而是融入了自己的真情实感，站在文中主人公的角度揣摩他们的处境和感受，读来情真意切。她在《岁月无法湮灭的美丽与苍凉》中这样评价张爱玲：

"五四"的反帝反封建文学创作队伍中没有她，三十年代的革命文学创作队伍中没有她，抗战文学的创作队伍中依然没有她，在新文学史上她入不了任何一个流派，浩浩文坛，却无法安放一个张爱玲，是上海的陷落，是历史的阴差阳错，造就了一个张爱玲。

上海滩的人们爱看张爱玲的作品，因为她的作品不沾染任何政治色彩。在乱世红尘中，需要用文学作品唤醒民族的崛起，可是，平凡百姓何尝不需要心灵的慰藉。张爱玲的作品恰恰就迎合了这部分人的喜好，她笔下那些公寓生活片段，那些有血有肉的鲜活的人物，记录了那个时代的平常生活，填补了现代文学史的空白。

她在《彼岸无花》中这样评价孟小冬：

回望孟小冬的一生，真是应验了"婚姻是女人的终身大事"这句话。如果当初她未能委身于梅兰芳为妾而另嫁他人，也许就不会有一桩破碎的婚姻，那么也就不会有后来与杜月笙的相守。如果真是那样，中国的梨园史将会重写，她的艺术生命将会光耀华夏梨园，给后人带来更大的影响力。

可是，人生没有彩排，只有现场直播。她蹚过冰冷的爱之河，拼却一切抵达彼岸，未料想，彼岸无花。

这本散文集受著名作家鲍尔吉·原野的影响很深，对生活的细心观察和深刻领悟让作者的文字散发着浓厚的生活气息。《花朵开在时光转角处》描写了作者两次走过草原时的见闻，一是《风雪马群》，一是《最美朝霞》。也许在别人眼里，看过就忘了，再平常不过。可是心思缜密的雪梅却将那样的场景牢牢印在了心上，并用优美的文字记录下来，与读者分享。

《我的庄园》读来妙趣横生，作者下乡目睹了母鸡下蛋的场景，由此想到了田园生活：

我一直有个心愿，等将来我退休了，就在农村寻一块地，建两间草屋，夹上篱笆墙，在墙下种上牵牛花、茇茇草和野菊花。我还要亲手种小园子，施用农家肥，让所有菜蔬都远离农药和化肥，真正担当得起"绿色无污染"几个字。我再养些鸡鸭鹅让她们下蛋，也不怕H7N9什么的，吃不了就弄个小缸腌上，熬点米粥就着咸蛋吃，必是极好的。

晨起，迎着灿烂朝阳，我在篱笆墙边赏花，不怕露水打湿衣袖；午后，我揉着惺忪睡眼来到黄瓜架下，摘一根顶着嫩黄花朵的黄瓜，在衣襟上抹一把就吃，脆生生水灵灵的，不洗也干净；黄昏，我撩起围裙，兜着茄子豆角西红柿和小白菜，路过那一排鸡窝时，随手捡两枚当日新下的鸡蛋，优雅地走进夕阳下的茅草屋，亲自下厨做一顿晚餐：咸肉炖豆角，农家酱茄子，西红柿拌白糖，小白菜蘸酱，再来一碗蛋花汤，嗯，样样都好吃。

想想我也能像陶渊明采菊东篱下那般悠闲，还可如苏东坡一样邀上三两知己对饮小酌，吟诗赋词，那样的日子，怎能不好过现在？

夏日回归田园，冬日蜗居城里，这是作者设想的未来的美好生活，必将引起许多读者的强烈共鸣。

这十几天来，我反复阅读雪梅的散文，仿佛在春花烂漫的山径上寻幽探胜。那些亮人眼目的画面，灵动的意絮，不仅唯美，而且浸润着温情与曼妙。这种境界能够启迪心灵，引发思考，净化心灵，点缀生活，使读者逐渐积养成最纯真、最凝重、最美丽的情感，进而产生一种对生命对大地的敬畏和对生活的热望。

《许你一朵花的距离》是雪梅的第三本著作，期待着她人生的枝头再有更多的雪梅绽放出魅人的花朵。

2013年4月于海拉尔

《天边有只红鹤鸟》的生命追求

丁永才

作为一个多年从事出版工作的老编辑，每年收到的书稿可以说难以计数，但真正能够引发心灵震撼、感动得泪流的作品，还真是少之又少。但是，就在2013年初冬的时候，我忽然收到内蒙古知名女作家叶鸣的长篇小说《天边有只红鹤鸟》的书稿。读完之后，里面的好些情节和场景都让我难以忘记，不断萌生想说点什么的冲动。

说到当下文学，我们先从阅读说起。如果是一部好书，那么在读的时候，我们就会被作品中的一种东西撼动。这种东西，有时是朦胧的，有时是淡淡的，有时又是深刻的，有时还是强烈的……但是，如果放下书回头仔细想一想，又常常觉得感动我们的，竟然是一种难以说得清楚的如影随形的一种力量。我时常感叹，这种难以名状的能够撼动人心灵的力量，就是作品的生命所在吗？而一部好的文学作品，就应该拥有这种生命！让我欣慰的是，长篇小说《天边有只红鹤鸟》，正是用其清泉一样唯美的生命故事，孕育了这种生生不息的生命力。

《天边有只红鹤鸟》，讲述的是刚刚军医大毕业的23岁女军医国莲，前往边防某驻军连队任职途中，救下一只被人追踪、受了伤的红鹤鸟……红鹤鸟，被当地牧民称为"神鸟"，它伤愈后飞回森林寻找雏鸟和伴侣，但此时它的家已经成为一个空巢。红鹳鸟伤心欲绝，不吃不喝等待死亡，国莲再一次把红鹳鸟抱回宿舍救治，她像安抚一个心灵受伤的女孩一样安抚照顾它，这只重情重义的红鹳鸟，就这样活下来了。小说中的另一位主人公尉扬从小和国莲在一个孤儿院长大，他们曾约定相爱一生。但是，当国莲军医大毕业，满怀爱情憧憬来到已经身为边防部队排长的尉扬身边时，却与他发生了许多难以言说的误会和矛盾……忍受着心灵和精神上的苦闷，呼唤着红鹳鸟，带着牧民送给她的大黄狗，国莲行走在千里边防和草原上，被战士和牧民群众称为"草原上的吉祥鸟"。当国莲为救女教师和孩子牺牲后，红鹳鸟气绝身亡……在整部书稿中，弥漫着唯美的爱情和不同生灵对生命的叹息，弥漫着人性的美好和善良为生命带来的魅力。

对于当下文学来说，如果用文学作品的生命力标准来衡量，就会发现有一种非常不负责任的写作现象，有些作者为片面追求经济效益，对生命的美好和人性的善良一面视而不见，极尽追捧刺激、暴力、色情、自私、丑陋的人性……但是，作为一名在出版社工作、为人作嫁衣的编辑，我认为对于文学而言，这是一种极为低下的平庸写作，说得更白一点，即为了市场而写作，永远也进入不了优质文学的殿堂。在今天所谓全球一体化的语境下，随着西方商业主义对中国的影响，市场的粗暴性已经有目共睹。商品市场、卖点，已经对我们今天的文学构成了直接的干涉，而且已经是赤裸裸的了，无论作者写了什么，无论作品趣味多么低下，一切都为了一个"卖"字。这种写作，目前已经形成了一股浊流——为了刺激人的原始欲望，不惜最廉价地展示和罗列、倾泻和裸露。这些作者，是为卖而写，为刺激原欲而写，可以直言不讳。这股浊流，已经把文学在很长一段时期内培植起来的崇高，冲击得体无完肤，对于生命价值的追求和类似于"理想"等字眼，竟然变得像毒药一样可怕，人人避之唯恐不及。人类最崇尚的向上升华的力量，被最大程度地遏制，最后起劲比赛的，只是堕落的速度！其实，我们不难看出，这种以"卖"为中心的市场写作，已经使绿洲般的文学变得空前沙化和贫瘠。文学处于如此的境地，作为高智商生灵的人类，情何以堪！

但是，让我们欣慰的是，像创作了《天边有只红鹊鸟》这部作品一样的作者，他们正在不惜牺牲自我的利益努力挽救着文学的生命，他们无视左右地忠实于自己的感觉和良知写作；他们对于文字有独立追求，依靠心灵之力写作！而且，他们用自己微薄的力量，给读者创造着唯美、空灵、宁静、和谐的生命恋歌，净化着人们浮躁的心灵，激发着人类正能量的升华。以我个人的感受和观察来看，这样的写作是主体民意所向，是催生中华民族精神脊梁的写作，虽然他们的生存是艰难的，但这样的生存是有价值的，是值得赞誉的。《天边有只红鹊鸟》这部作品的作者，在用跌宕起伏、引人入胜的情感故事感动我的同时，也以这样的写作态度感动了我。

文学创作，归根到底是要表现作家感受和体验过的人生，而且须有其独特的心灵世界的映照。作家在创作中，于自觉或不自觉中，将自己的全部生命放上去，以真切的生命投入而获得对人生世事的深切领悟。其间可能有分明的笑，更有不分明的泪，但无论是笑还是泪，都是将主体的心灵世界升华为生命哲学高度的把握，并于自然而然间达到对现实生存特别是现实功利目的的精神超越！这就是其作品的灵性所在，也是其生命力强势的标志……

七月的阳光温暖得让人心醉，透明的空气里散发出青草和野花的清香，一条弯曲的土路如在绿色的草原上划开一条褐色的河流延伸向远方。国莲像一只被河水冲上岸边的彩色贝壳，蹦蹦跳跳地离开这条褐色的小河，向对面的山谷漂流而去。一个年轻女孩震颤河谷的声音，在山林和草原之间回转："啊，大兴安岭，我来啦！啊，科尔沁边陲草原，我来了！啊，尉扬哥，我终于来了！"

这是《天边有只红鹃鸟》的开篇，一位青春勃发的23岁女孩儿——新上任的边防女军医，就这样走进了我们的心中。其后的故事，更让这个女孩像生了根一样进驻读者的新房。

"国莲……"尉扬拥抱住国莲，他深情地说，"国莲，你要记住，一定要照顾好自己。我，为了咱们的未来，才去当兵的。在你很小的时候，唐妈妈就不止一次告诉我，让我好好学习，努力做一个有本事的人，只有这样才能给你幸福，才能照顾你一辈子。"

"尉扬哥放心，我也要好好学习，考上大学。我听老师说过，军医大学的学生都会留在部队。我也要去部队，你在那里等着我，等我大学毕业，就能和你在一起了。"

"好。那我们约定，我在部队好好学，你在学校好好学。我考军校，你考军医大，将来我当军官，你做军医。我们一定要在一起。"

"一定，一定！尉扬哥，我还想有一个我们自己的家，一个有幸福有爱情的家。"

"国莲，虽然你还小，可是你要记住，我爱你……我们从小一起长大，我们都是没有父母的孩子，我们……"尉扬说着说着哽咽了，他想起了曾经拥有过的幸福和那场失去亲人的灾难。国莲没有那样的经历，她不知道拥有父母的幸福，可是她能理解尉扬的痛苦，她紧紧拥住尉扬，说："尉扬哥，国莲就是你的亲人，你是国莲的亲人，我们会相亲相爱一辈子。"

这一段，是即将分离的两个孤儿院长大的男孩儿女孩儿的互相表白，其后，他们用行动兑现着互相的承诺。如果当下某些为了一点点不顺心就寻死觅活的男孩儿和女孩儿，读到了《天边有只红鹊鸟》里面主人公的生命故事，就会知道人生不光需要爱情，爱情也不是人生的全部，人生还需要事业、亲情、友情。

我们早已确信，现实生活是文学创造的依据和沃壤，但作为以开垦和照亮人的精神世界为己任的作家，由世俗世界达到自己所缔构的独具魅力的艺术世界，此间须有一种身心投注的生命体验，一种深挚的信念，一种理想的情怀，以及一种执着的行为。走进世界文学历史的长廊，我们会发现，每一位作家几乎都是不失自我、独立存在着，他们自己就是生命的缔造者，就是一个世界拥有者；他们让自由的心灵通脱无碍地感应现实，拥抱人生。所以，一个真正的作家，无论其涉世多深，个人境遇多么坎坷多踬，但其心胸是坦然的，性情是纯真的，并有一双不为世俗所困的想象翅膀，这些都会帮助他在美好的人间自由搏击，以至飞向理想的境界。这是生成文学创作的原创力以及具有独特审美品格的文学力作的最重要的资质。从作品中不难看出，《天边有只红鹊鸟》的作者，正在努力提升着自身的这样资质。

　　文学是为了使精神回到人本身，恢复人本来的美而存在的。它既是作家传达审美情感的具体形式，又是读者的审美对象。借此进入一种审美的自由的境界，并充分实现对人的情感价值的珍重与肯定，文学自身的价值取向才会真正实现。我也认为，这就是一个作家的最高追求……

　　夜幕笼罩着满山的秋色，营地里静悄悄的。国莲从外面回来，她悄悄打开屋门的一条缝，外面的月光照进屋里，床上，桌子上，地上，像笼罩了一层淡淡的薄雾。国莲蹲在门口，嘴里发出"吉儿，吉儿"的鸟叫声。红鹊睁在黑暗中，开开眼睛看看国莲，国莲又发出一声"吉儿"的声音。然后她蹲在门口等待，大约过了一分钟，屋里传出一声轻微的回应，"吉儿"。国莲惊喜地站起来，开门进屋拉亮电亮。红鹊正站在桌子上，睁着明亮的眼睛看她。

　　这一段，是《天边有只红鹊鸟》中主人公回家后与红鹊鸟交流的一个情节。那么作为一个读者，读着这样的文字，美好的情怀和对生灵的爱是不是油然而生？

　　《天边有只红鹊鸟》，不但塑造了国莲、尉扬、哈日夫等一群边防军人形象，还成功塑造了让人由衷喜爱的年轻牧民人物额尔顿布、性格直爽的蒙古族女教师苏日娜、心地善良的乌云大婶、温顺的"小边防"的妈妈其木格等人物。《天边有只红鹊鸟》，当然不是一部能够畅销市场的快餐式文学读本，但它却为这个急于自我膨胀、鱼目混珠的市场灌入了一泓清泉。我希望更多的人能够读到这本书，让《天边有只红鹊鸟》的灵魂像幽谷清泉一样融入读者的血液，洗涤被浮躁和雾霾俘获的心灵。

拓宽人生的空间

——诗歌小说集《针尖上的光阴》读后

丁永才

读柔沙的诗歌小说集《针尖上的光阴》，犹如捧着一束跳荡着大兴安岭森林边缘阳光的杜鹃花，面对着妙曼的诗境，品味着火热的人生，情思如絮，飘飘洒洒。

柔沙是笔名，她的真名叫薛玮明。她是一个走出大学校园不久的浪漫女生。十八九年的寒窗苦读，中外文学名著给了她人生的滋养，她把这滋养巧妙地化为涌动的文字。如今，灯下捧读还可以感觉到那种热度、那种震颤。

一、柔沙的诗歌

诗人需要多读书，丰富学识，能多读名著，学富五车，自然更好。但是，学问不是诗。写诗自然要讲究语言文字的运用，要有调动辞藻、驱遣字汇的能力。但是，文字也并不是诗。所以，明代人方回说："是故诗也者，不可以勇力取，不可以智巧致；学问深浅，言语工拙，皆非所以论诗。"那么，诗究竟在哪里呢？

我不想从理论上去探讨这样的问题，我只是想说，思考这类问题，是可以从柔沙的文字中得到某种启迪的。她酷爱文字，钟情身边的人和自然，爱的情愫时时在她胸中激荡，可算活得是在、充实。这些，都是成为诗人的基础。但是，仅止于此，仍然不足以使她成为一位诗人。只有当她以自己的心灵，自己的脉动，自己的全部生命，同真实的人生相拥抱，彼此渗透对方，变化互生，直到不可区分之时，才有了她的诗。这就是她在《我应该是快乐的》中做出的回答："我应该是快乐的/当盛着阳光的潮水 抚摸我的脚踝/我便知道 世上再不会有任何一种力量将我打败"。柔沙为人朴实，她对文学追求执着，她的诗也映现着她的性格特色。举目可见的花、树、泉水、鸟、河、竹林……都无拘无束地进入她的诗境。她的诗境是贴近真实人生的，是包容你我他的现实生存的。她在《大地》这首短小隽永的诗中，把抒情主人公"我"放入人与大地的情怀中："我多想叹一口气/那埋藏在心里的苦闷和你一样/上面显露出纵横交错的纹路/是沟渠是溪河/是所有难以忘怀的记忆""虽然我听不懂，听不懂风的语言/虽然我看不懂，看不懂你身上滚烫的烙印/但我能懂，能懂你托起的河山/能懂你孕育的生命/也能懂你手中摇晃的驼铃/传出的一声声对人世的爱意"。

同某些夸张、怪诞、现代派派头十足的诗歌相比，柔沙的诗歌似乎有些缺少包装，或者说，她宁愿让自己的诗情直接面对读者，不愿把它包裹在珠光宝气之中，这反倒教人强烈地感受流淌在诗行中的情感的真，真的力，真的美。刘熙载说得好："诗可数年不作，不可一作不真。"《时代之光》一诗中的"光"本来是自然或者超自然的现象，进入她的诗境，融化于她对历史与现实、文化与性格的独特体验之中，就被锻铸成深沉的意象："嫦娥奔月，是一个古老的传说/藏在玉盘里的美人牵动了多少人的脉络/当航天器高唱着时代之歌/在倾泻的银光里飞向那个神秘莫测的住所/你我听到了科学和真理的快乐"。

二、柔沙的小说

柔沙的小说不多。《毒花情殇》算是一个小中篇，类似于推理抑或侦探小说，倒也吸引人读下去。小说中塑造的人物在爱恨情仇中血肉丰满地呈现在读者面前，给人的印象可谓深刻；《小丽的故事》写了两个闺蜜讲述的人生故事，小丽善良的妈妈与品行不端的姨母的对比描写揭示出善恶行径导出的结局大相径庭；《克劳斯的阴谋》围绕着波曼城博物馆的镇馆之宝——索菲亚钻石被盗，情节曲折地引出错综复杂的矛盾纠葛；《长香树》以神话故事中的女神爱芙罗黛蒂的许愿树为引子，描写了众多来树下许愿的人中，一个女孩蕾佳娜为患病的爷爷许愿的故事，尽管这良善的心灵之愿未能挽留住爷爷的性命，但爷孙之情足以让人动容。

这几篇小说尽管解构的故事远离柔沙熟悉的生活，但无不折射出现实生活的影子，特别是《小丽的故事》这个由闺蜜讲述的故事仿佛就发生在你我他的身边。作为一个初学者的尝试，这些小说的故事吸引人，情节曲折，人物塑造也是血肉丰满的。看出来柔沙是往高处努力的。

总之，柔沙在文学上还需要走好多的路，向上的路总是越来越陡峭，在前方的高处，还有一束束更为美丽的杜鹃花在怒放，在等待她去采撷。相信这个内心坚强的女孩会踏平一路坎坷，努力地攀登到山顶……

2020年4月

诗意生活：享受孤独的旅途

——读伊人诗歌散文集《自言自语》

丁永才

捧读伊人的诗歌散文集《自言自语》像捧着一把还跳动着内蒙古高原阳光的杜鹃花，面对朴素的诗境，品味着不一样的人生，情思如花瓣，飘飘洒洒扑入你的视野。

作为写诗作文的人，最大的勇气莫过于真实的风暴穿越内心。如果说爱恨情仇是古今诗文永恒的主题，那么孤独亦然。然而，诗文的孤独不是自私的，包容"我"和"你们"。"前不见古人，后不见来者，念天地之悠悠，独怆然而泣下"，不朽的章句，留下的是伟大的孤独。

作为女诗文作家的伊人，在这一情感的历程中，具有更多的平静和细致入微。当"我"沉默的时候，其实是最想和"你们"说些什么的时候。这样的心境不是诗文作家独有的，心里有话说不出，眼中没泪却想哭。当心灵被自己抑或周围人和事打动之时，诗文作家最终不是沉默者，而是情感和语言的载体。诗意生活，享受旅途的孤独是伊人的选择方式，这才是诗文作家独有的能力。

孤独总让人瞻前顾后。伊人也和许许多多的诗文作家一样，不断在怀旧的旅途中徜徉。那些天真、幼稚、纯朴总是或清晰或朦胧，蕴含着生命中更真实的部分。"如若/将生命视为旅行/野马似的魂灵就应该被放逐"，"如若/自由过往了曾经/热情抑或是无情/也别在等待中结束/这一场生命的旅行"，"怀念曾经/与云/与雾/与你的气息/一样孤寂/天空似乎还很坚强/鸿的翅膀拍打着翻卷的云浪/不忍离去/凄厉的哀鸣/留在他乡"。真正的诗文作家都是善良的孩子，他们总对生命之门带着永恒的崇敬和忏悔。强烈的"家园"思念，即是对生命真实的渴求，进入这样的诗文氛围，能让人在喧嚣的物欲中获得平静，在弱小的生命中感受到庄严和崇高，这便是艺术同生活的区别。

最满足的享受不是物质的占有，而是灵魂的依托。很多时候孤独的旅途就是热爱，也就是享受了，艺术的享受。"一个人走一走，带着自己的影子，带着月的影子，这凉凉爽爽的夜不知等待了我多久，我也是，为了这个夜，我不知期待了多久。""梦想中的生活，就是在世界的一隅安放宁静的灵魂。""眼泪充满生活，激情将酒勾兑成思念的滋味，就着这秋日，这秋叶，这熙熙攘攘的人群，咂摸着、咀嚼着这岁月的滋味。"如果都去满足物欲，谁来关怀灵魂？诗文作家如果放弃了语言的使命，那将真正一无所有。

读伊人的诗文作品，我觉得她一直在追求一种平凡的生活氛围中达到对生命的深层领悟的风格。我相信这种努力是非常有意义的。扎根泥土，植入生命的作品总是更具感染力的，诗文应该是以语言的形式存在的泥土和生命。"我将生活过成了诗的模样/将春天交给冬日的暖阳/我将枣子连同汤汁/置放在炉火的中央/将蜜糖的欢喜黏在你的脸上""躲在楼顶的天台上，和星星盼望着凝望着黑色的夜，像久别重逢的老友酣畅淋漓地诉说着，你看着我，我看着你，我也是许久没有这样地放养自己了。"托诗文就是坚持，于"我"和"你们"都是灵魂的寄托。伊人的诗文很容易读懂，文字明快利落，又不失个性，在平凡中见出深沉，独特而又典型化，通过她的孤独的旅行来书写商品经济冲击下仍保有一颗赤子之心的现代人心态。寄希望于伊人永远葆有一颗不倦的童心，去品味诗意人生的同时独享孤独的旅途。

后　记

丁永才

2024年金秋，呼伦贝尔进入五彩斑斓的季节，在经历即将阔别工作、生活了四十个年轮的第二故乡——呼伦贝尔，我和妻子多愁善感乃至伤心落泪的日子里，本书的主编——呼伦贝尔学院文学院院长、好朋友曹存有教授把序言发到我的微信里，欣喜地拜读后觉得算是对我落寞伤感的心灵的一个莫大的慰藉。

捧读这本书的校样，那么多温暖而又温馨的名字铺排进我的视野：艾平、王云介、李喜恩、李·额勒斯、宋湛、李岩、殷咏天、刘海玲、谢松岭、姚君英、蔡文婷、武战红、曲建华、群光、顾玉军、姜联军、康立春、杨东亮、吕阳明、夏万奎、杨海燕、包明娟、罗海燕、戴明荣、苏峰、薛文芳，等等。我不一一罗列了，你们的鼎鼎大名是照亮我心窗的太阳，将温暖我后半生的所有岁月。

6月30日，在坐落于内蒙古自治区呼伦贝尔市鄂温克族自治旗的蒙古族源科研中心大楼会议室，我的诗歌研讨会在呼伦贝尔市作家协会秘书长、《骏马》文学杂志主编、青年学者乌琼的主持下圆满落幕。与会领导、专家、学者、诗人、作家孟松林、刘立东、艾平、林海俊、姚广等近五十人先后发表了有的放矢的讲话，对我的诗歌作品进行了中肯的品评，让我既心潮澎湃，又受益匪浅。在这之前那些忙碌的日子里，大家耐心

后

记

地读我的诗作、认真地撰写评论文章，我由衷地感激。研讨会前后接站、送站、安排吃住，文友加兄弟的康立春、苏峰、群光，我妻子的学生武慧敏、同学金颖、孟莉莉、王敏都付出了辛苦。戴明荣、包建美、武慧敏、金颖、杨东亮、李岩、姜联军、胡云琦在研讨会现场给我赠送了花篮、鲜花、诗歌、画作；呼伦贝尔市红色文化研究会会长白吉堂现场宣布聘任我为呼伦贝尔市红色文化研究会名誉会长；满洲里市文联副主席、诗人祁建廷即兴朗诵了李岩的诗作《一棵绿草及它的全部意义》，现场响起雷鸣般的掌声……

会后，在鄂温克自治旗宾馆我全家举办的答谢宴会上，大家品尝美酒佳肴、共叙友情的同时，仍不时对我的诗歌发表掷地有声的评论，被我全家视为家族的高光时刻。好友巴特尔、金颖夫妇为宴会圆满举办，购买了高品质水果、饮料，大家品尝的同时，向他们投去赞许的目光。我们夫妇更是感激有加。

好多文友、诗友由于各种原因没能如期莅临研讨会，也发来祝福和评论文章，他们是李岩、殷咏天、曹存有、王云介、刘海玲、谢松岭、顾玉军、蔡文婷、曲建华等，捧读他们颇有见地的评论文章，我深知他们的辛苦和付出，远在无边无际的呼伦贝尔大草原，我的感激之情也铺天盖地。

至于各位大咖和文朋诗友们的评论文章我没有能力和权利一一评头品足，结集出版后自有慧眼人各抒己见。

最后，感谢我的工作单位内蒙古文化出版社新任社长韩斯日古楞，感谢我的老朋友北京鸿儒文轩图书有限责任公司老板崔付建。他们在这本书出版过程中鼎力相助，在这里我也说一声谢谢！